KB164644

Mark Twain
Pudd'nhead Wilson

•

얼간이 윌슨

창 비 세 계 문 학

31

•

얼간이 윌슨

•

마크 트웨인

김명환 옮김

창비

본 도서는 2007년 정부(교육과학기술부)의 재원으로 한국연구재단의 지원을 받아 수행된 연구(NRF-2007-361-AL0016)의 일환으로 출간되었습니다.

차례

•

얼간이 윌슨
7

일러두기

1. 이 책은 Mark Twain, *Pudd'nhead Wilson and Those Extraordinary Twins* (New York: Norton 2005)를 번역 저본으로 삼았다.

2. 이 책의 삽화는 미국에서 발간된 초판(Hartford, Conn.: American Publishing Company 1894)에 들어간 워런(C. H. Warren)과 씨니어 (F. M. Senior)의 삽화를 가져온 것이다.

3. 본문 중의 각주는 옮긴이의 것이다.

4. 외국어는 가급적 현지 발음에 준하여 표기하되, 일부 우리말로 굳어진 것은 관용을 따랐다.

아무리 선량하고 훌륭한 성격일지라도 조롱이 파괴하지 못할
성격은 없다. 극히 형편없고 어리석은 조롱이라도 그렇다.
예를 들어 당나귀를 관찰해보라. 그 성격은 거의 완벽하며,
미천한 동물 중 가장 뛰어난 성품을 가지고 있다.
그렇지만 조롱이 당나귀를 어떻게 만들었는지 보라.
누가 당나귀라 부르면 우리는 칭찬받는다고 느끼지 않고
어떻게 생각해야 할지 모르게 되는 것이다.[1]
　　　　　　　　　　　　　—『얼간이 윌슨의 책력(冊曆)』

독자에게 하는 귀엣말[2]

　법률에 대해 무지한 사람이 펜으로 재판 장면을 있는 그대로 모
사하려 할 때는 항상 실수를 하게 마련이다. 그래서 나는 이 책의
재판 장면들—그것을 재판 장면이라고 부른다면 말이다—을 훈
련받은 법정 변호사가 엄격하고 철저하게 수정하고 교정하기 전에
는 인쇄소로 보낼 마음이 없었다. 그 장들은 이제 모든 세부사항에

----

1 '당나귀'를 뜻하는 영어 단어 '애스'(ass)에는 '바보'라는 뜻도 있다.
2 이 '독자에게 하는 귀엣말'은 마크 트웨인 특유의 엉뚱한 너스레로, 일부러 문법
　적으로 어색하고 복잡하게 씌어져 있다.

서 정확하다. 왜냐하면 그것들을 윌리엄 힉스가 직접 눈으로 검토하는 가운데 다시 썼기 때문이다. 그는 삼십오년 전에 서남부 미주리에서 얼마 안되는 기간 동안 법을 공부한 후에 여기 피렌쩨에 요양차 왔으며, 여전히 마까로니와 베르미첼리[3]의 말먹이용 헛간에서 운동도 할 겸 숙식도 제공받으며 일손을 돕고 있는데, 그 헛간은 단떼가 육백년 전에 앉아 있곤 하던 돌이 벽에 박힌 그 집 바로 너머 당신이 피아짜델두오모[4]로부터 모퉁이를 돌면 있는 뒷골목 바로 위에 있다. 그 돌은 단떼가 지오또의 깜빠닐레[5]가 지어지는 것을 지켜보는 척하며 베아뜨리체를 기다리던 때의 것이었는데, 그는 그녀가 지나가자마자 언제나 지친 얼굴이 되고 말았다. 사실 베아뜨리체는 등교하기 전에 황제파[6]들의 반란이 터질 것에 대비해서 자신을 지키려는 수단으로 쓸 밤 케이크를 사러 가는 길이었는데, 바로 그 오래된 노점에서는 오늘날까지도 여전히 바로 그 케이크를 팔고 있고, 그것은 과거처럼 똑같이 부드럽고 질 좋은 케이크이다. 이 말은 결코 아첨이 아니고, 아첨과는 거리가 멀다. 힉스는 법률에는 좀 서툴러져버린 처지였지만 이 책을 위해 노력했고, 이제 법을 다룬 저 두세장은 정확하고 분명하다. 아무튼 그렇다고 그

---

3 마까로니와 베르미첼리는 이딸리아의 대표적인 국수 종류. 이를 말먹이용 헛간을 소유한 사람의 이름으로 삼아 독자의 웃음을 끌어내고 있다.
4 피렌쩨의 유명한 성당 광장.
5 14세기에 지오또가 설계한 이름난 고딕 양식의 종탑.
6 12~15세기에 중북부 이딸리아에서 교황파에 맞서서 신성로마제국 황제를 지지한 파. 단떼는 교황파에 속했다.

가 내게 직접 말했다.

　1893년 1월의 둘째 날에 피렌쩨에서 3마일 들어가는 세띠그나노 마을의 빌라 비비아니에서 내가 이 책을 탈고했는데, 그곳이 자리한 언덕은 확실히 이 지구상에서 가장 매력적인 전망을 보여주었으며, 어떤 행성을 가든 혹은 심지어 어떤 태양계를 가든 필적하기 힘든 가장 꿈 같고 매혹적인 일몰도 함께 보여주는 곳이었고, 또 그 집의 멋진 방에서 체레따니 상원 의원들과 그 혈통의 다른 명사들의 흉상이 과거에 단떼를 굽어보았듯이 나를 호의로 내려다보며 자신들을 내 가계로 입양하라는 무언의 요청을 했고, 나는 그 청을 기쁘게 행하는 것이니, 그 이유는 나의 오랜 선조들은 이 관복을 입은 당당한 고대 인사들과 비교할 때 봄의 풋내기 닭들에 불과하기 때문이요, 그래서 그 일은 내게 멋지고 만족스러우며

원기를 돋우는 일이 될 것이니, 육백년의 세월 또한 내게 마찬가지
일 것이다.

마크 트웨인

1장

진실을 말하든지 뻥을 쳐라 —— 여하튼 핵심은 이기는 거다.
—— 『얼간이 월슨의 책력』

이 연대기의 공간적 배경은 도슨스랜딩이라는 마을로, 미시시피 강의 미주리 주 쪽 강변에 있으며 쎄인트루이스에서 증기선으로 반나절 거리의 하류 쪽에 있다.

1830년에 그 마을은 소박한 단층집이나 이층집 들이 아늑하게 모여 있는 곳이었고, 회칠한 흰 벽들은 서로 엉켜 기어오르는 덩굴장미와 인동덩굴, 나팔꽃 들 덕에 거의 보이지 않을 지경이었다. 이 예쁜 집들이 제각기 지닌 앞마당은 흰 담장이 둘러지고 접시꽃, 금잔화, 물망초, 색비름 꽃, 그리고 다른 구식 화초들로 가득 차 있었다. 또 그 집들의 창가에는 채송화가 담긴 나무 상자들과 테라코타 화분들이 놓여 있었고, 화분에는 마치 불꽃의 폭발 같은 진홍색 제라늄들이 장미로 덮인 집 정면의 주된 색깔인 분홍빛을 도드라지게 하며 자라고 있었다. 화분들과 나무 상자들 바깥쪽 돌출부에 고양이를 위한 공간이 있으면, 틀림없이 고양이 한마리가—날씨가 좋을 때면—거기서 털로 덮인 배를 해로 향하고 앞발 하나를 코에 구부려 얹은 채 온몸을 죽 뻗고 행복한 분위기로 잠들어 있었다. 그로써 그 집은 완성되고, 이 상징으로 그 집의 만족과 평화가 온 세상에 분명해졌다. 그 상징의 증언은 절대로 확실한 것이었다. 고양이, 잘 먹이고 잘 돌보고 적당히 받들어 모시는 고양이가 없는 집이 완벽한 가정일 수는 있겠지만, 어떻게 입증할 수 있단 말인가?

가로의 양편에는 벽돌로 된 보도 바깥쪽을 따라 나무 상자가 줄기를 보호하는 아까시나무들이 가로수로 서 있었다. 이들은 여름에는 그늘을, 봄에 꽃봉오리들이 터질 때는 달콤한 향기를 제공해 주었다. 강에서 한 블록 뒤로 물러나 강과 평행하게 난 중심가는 마을의 유일한 상가였다. 중심가는 여섯 블록으로 이루어져 있었고, 각 블록에는 벽돌로 된 삼층 높이의 상점 건물 두세채가 그 사이에 낀 여러 작은 목조 상점 건물들 위로 솟아 있었다. 거리 전체에 걸쳐 줄에 매단 간판들이 바람에 삐걱거렸다. 홍백의 줄무늬가 있는 기둥은 성들이 줄지어 면한 베네찌아의 운하에서는 자부심 높은 유서 깊은 귀족 가문을 나타냈지만, 여기서는 단지 도슨스랜딩 중심가에 있는 이발소를 표시할 뿐이었다. 가장 큰 길 어귀에는 양철 냄비와 프라이팬, 컵 들로 머리끝부터 발끝까지 장식된, 페인트칠하지 않은 높은 기둥이 서 있었고, 이는 자신의 가게가 그 어귀에서 영업 중임을 알리는 땜장이의 (바람이 불 때는) 소란스러운 표지였다.

마을 정면에는 큰 강에서 맑은 물이 흘렀다. 마을의 몸통은 완만한 경사를 따라 뒤쪽으로 뻗어 있었고, 그 뒤쪽 경계는 여러갈래로 퍼져서 산기슭 주변에 집들을 흩어놓았다. 산들은 높이 솟아 마을을 반달 모양으로 감쌌으며, 기슭에서 정상까지 숲으로 덮여 있었다.

증기선은 거의 매시간 오르내렸다. 카이로 지선과 맴피스 지선에 속한 정기선들은 늘 이 마을에 멈춰섰다. 뉴올리언스 간선에 속하는 정기선들은 소리쳐 부르거나 승객이나 화물을 내려줄 일이 있을 때만 들렀다. 숱하게 많은 '임시

선'들의 경우도 마찬가지였다. 후자의 배들은 여러 강들, 즉 일리노이 강, 미주리 강, 어퍼미시시피 강, 오하이오 강, 머농거힐라 강, 테네시 강, 레드리버 강, 화이트리버 강 등으로부터 왔다. 그리고 추운 폴스오브세인트앤서니 폭포에서부터 온갖 기후대를 거쳐 아열대의 뉴올리언스에 이르기까지 미시시피 강변의 지역들에서 필요로 할 거라고 상상할 수 있는 편의품이나 필수품을 가득 싣고 사방으로 항해를 했다. 도슨스랜딩은 노예를 소유한 마을이었고, 노예노동에 기반을 둔 풍부한 곡물과 돼지고기 생산지를 배후로 하고 있었다. 마을은 졸린 듯한 분위기의 편안하고 느긋한 곳이었다. 마을은 생긴 지 오십년이 되었고, 느리게 성장하고 있었다―실은 극히 느린 속도였지만, 그래도 성장하고 있는 것은 틀림없었다.

마을의 으뜸가는 시민은 요크 레스터 드리스컬이라는 마흔살가량의 지방 판사였다. 그는 자신의 옛 버지니아 출신 혈통을 아주 자랑스러워했고, 낯선 방문객을 환대하고 꽤나 형식을 중시하는 당당한 행동거지를 보임으로써 그 전통을 지켰다. 그는 세련되고 공정하고 관대했다. 신사가 되는 것―흠이나 오점 없는 신사가 되는 것―은 그의 유일한 종교였고, 그는 그 종교에 언제나 충실했다. 지역 사람들 모두가 그를 존경하고 높이 평가하고 사랑했다. 그는 부자였고, 점점 더 재산을 불리고 있었다. 그와 그의 아내는 거의 완벽하게 행복했지만, 완벽하지는 않았던 이유는 아이들이 없기 때문이었다. 자식이라는 보물에 대한 갈망은 해가 지나갈수록 점점 강해졌지만, 축복은 결코 오지 않았고―끝내 오지 않을 운명이었다.

이 부부와 함께 홀로 된 판사의 누이, 레이철 프랫 부인이 함께 살았고, 그녀 또한 슬하에 자식이 없었다─자식이 없어 슬픔에 잠겨 있었고, 위로받을 길이 없었다. 두 여성은 선량하고 평범한 사람이었고, 자신의 의무를 다함으로써 깨끗한 양심과 지역의 칭송이라는 보상을 받았다. 두 사람은 장로교인이었지만, 판사는 자유 사상가였다.

마흔살가량의 변호사이자 독신인 펨브로크 하워드는 일급 가문의 후예임이 입증된 또다른 옛 버지니아 출신 귀인이었다.[7] 그는 세련되고 용감하고 당당한 인물이었고, 버지니아 최고의 범절을 충족하는 신사였으며, 신실한 장로교인, '법도'의 권위자이자, 자신의 말이나 행동이 상대방에게 옳지 않거나 수상해 보인다면, 작은 송곳에서 대포에 이르기까지 상대방이 원하는 어떤 무기로든 결투를 함으로써 자신의 언행을 설명할 준비가 항상 되어 있을 정도로 예의에 밝은 사람이었다. 그는 사람들에게 매우 인기가 있었고, 판사의 가장 친한 벗이었다.

또다른 버지니아 출신 일급 가문의 일원으로 대단한 능력을 지닌 쎄실 벌리 에식스 대령이 있었다─그러나 우리는 그에게 관심을 돌리지는 않겠다.

---

7 17세기 영국혁명기에 미국으로 도망가거나 이주하여 버지니아 주에 모여든 영국 귀족의 후손 가문들을 흔히 '버지니아의 일급 가문'(FFV, First Families of Virginia)이라고 했다.

퍼시 노섬벌랜드 드리스컬은 판사보다 다섯살 어린 형제였는데, 기혼자였으며 벽난로 곁에 자식들이 여럿 있었다. 그러나 이 아이들은 홍역, 후두염, 성홍열 등에 차례로 걸렸고, 의사가 자신의 효과적이면서 낡아빠진 방법을 쓸 기회를 주었다. 그리하여 요람은 텅 비어버렸다. 퍼시는 투기에 잘 돌아가는 머리를 가졌으며 사업이 번창하는 사람이었고, 재산이 불어나고 있었다. 1830년 2월 1일에 그의 집에서 남자아이 둘이 태어났다. 하나는 그의 아들이었고, 다른 하나는 노예 여자의 아들이었는데, 산모의 이름은 록새나였다. 록새나는 스무살이었다. 그녀는 출산 당일 일어나자마자 일감을 손에 가득 쥐게 되었는데, 두 아기를 모두 돌봐야 했기 때문이었다.

퍼시 드리스컬 부인은 일주일도 지나지 않아 세상을 떠났다. 록시[8]는 계속 두 아이를 맡았다. 그녀는 마음대로 할 수 있었는데, 드리스컬 씨가 곧 투기에 푹 빠져서는 그녀 멋대로 하도록 내버려두었기 때문이었다.

그 2월에 도슨스랜딩은 새로운 시민을 하나 얻었다. 데이비드 윌슨 씨였는데, 스코틀랜드계 부모를 둔 젊은이였다. 그는 뉴욕 주 내륙에 있는 자신의 출생지에서 이 외딴 고장으로 앞길을 개척하기 위해 흘러들어왔다. 스물다섯살이었고, 대학교육을 받았으며, 몇년 전 동부의 법대에서 대학원 과정을 마쳤다.

---

8 록새나의 애칭.

16

그는 수수하고 주근깨가 덮여 있는 얼굴에 모래색 머리카락을 지닌 젊은이로, 지적인 푸른 눈은 솔직함과 동료애를 담고 있었고 유쾌한 느낌으로 남몰래 반짝였다. 운 나쁜 발언만 아니었다면 그는 틀림없이 도슨스랜딩에서 당장 성공적인 경력을 쌓을 수 있었을 것이다. 그러나 그는 마을에서 보낸 첫날 치명적인 발언을 했고, 그 발언이 그를 '측정당하게' 만들었다. 그는 일단의 시민들과 막 안면을 튼 사이였는데, 그때 보이지 않는 곳에서 개 한마리가 비위에 몹시 거슬리게 요란하게 짖고 으르렁거리기 시작했다. 이에 대해 윌슨은 자기 생각을 바로 입 밖으로 내는 사람처럼 말했다.

"저 개의 절반이 제 소유면 좋을 텐데요."

"왜요?" 누군가가 물었다.

"왜냐하면 제가 가진 절반을 죽일 테니까요."

마을 사람들은 그의 얼굴을 호기심, 심지어 불안함을 가지고 뜯어보았지만, 아무런 실마리를 찾지 못했고 읽어낼 수 있을 만한 표정을 발견하지 못했다. 그들은 뭔가 불쾌한 것으로부터 떨어져나가듯이 그의 곁을 떠났고, 자기들끼리 그에 관해 토론했다. 한사람이 말했다.

"바보 같은데."

"같다고?" 다른 사람이 말했다. "그냥 바보라고 말하지그래."

"개의 딱 절반을 소유하면 좋겠다고 말했어. 천치 같으니." 세번째 사람이 말했다.

"자기가 가진 절반을 죽이면 나머지 절반은 어떻게 될 거라고 생각한 거야? 개가 살아 있을 거라고 그가 생각했다고 봐?"

"음, 그렇게 생각한 게 틀림없어. 그렇지 않다면 그는 이 세상에서 가장 명백한 바보야. 왜냐하면, 그렇게 생각하는 게 아니라면, 자기가 가진 절반을 죽여서 나머지 절반도 죽으면 그 나머지 절반에 대해서도 책임이 있다는 걸 알았을 거고, 그건 자기의 절반이 아닌 나머지 절반을 죽여도 마찬가지인데, 그렇다면 개 전체를 소유하기를 원했겠지. 그렇게 생각되지 않아, 이보게들?"

"응, 그렇지. 그가 개 전체의 절반을 소유한다면, 그렇게 되는 거지. 그가 개의 앞쪽 반을 소유하고 다른 사람이 뒤쪽 반을 소유한다고 해도, 역시 똑같이 그렇게 될 거고. 특히 첫번째 경우에 자네가 개 전체의 절반을 죽이면, 그 절반이 누구 것이었는지 말할 수 있는 사람이 없지. 그러나 만약 개의 앞쪽 반만 소유한다면, 그는 그 절반을 죽일 수는 있을 테고, 그러면—"

"아냐, 그럴 수 없어. 뒤쪽 절반도 죽으니까 그것에 대해 책임지지 않을 수가 없겠지. 뒤쪽 절반은 당연히 죽을 거고. 내 생각에 저 사람은 제정신이 아니야."

"내 생각에는 정신 자체가 아예 없어."

세번째 사람이 말했다—

"흠, 어쨌든 그는 모자란 사람이야."

"바로 그거야." 네번째 사람이 말했다. "그는 멍청이—진짜배기 멍청이야. 그런 존재가 만약 세상에 있다면 그일 거야."

"맞습니다, 그는 빌어먹을 바보예요. 그쪽에다 제 돈을 걸게요."

다섯번째 사람이 말했다. "누구라도 원하는 대로 달리 생각할 수 있지만, 제 느낌은 그래요."

"나도 의견이 같네, 신사 여러분." 여섯번째 사람이 말했다. "완벽한 밥통——그래, 그를 얼간이라고 부른대도 심한 것이 아니지. 그가 얼간이가 아니면, 내가 판단력이 없는 거고. 분명해."

윌슨 씨는 얼간이로 선출되었다. 그 사건에 관한 소문이 온 마을에 퍼졌고, 모든 사람이 심각하게 토론했다. 일주일 안에 그는 자신의 이름 데이비드를 잃어버렸고, 얼간이가 그 자리를 차지했다. 사람들은 곧 그를 좋아하기 시작했으며, 그것도 아주 좋아하게 되었다. 그러나 그때쯤에는 이미 별명이 완전히 자리 잡았고, 변하지 않았다. 그 첫날의 판결이 그를 바보로 만들었고, 그것을 떨쳐버릴 수 없었으며, 심지어 약간이나마 변화시킬 길도 없었다. 그 별명은 금세 가혹하거나 적대적인 느낌을 담지 않게 되었지만, 여전히 제자리를 지켰고 이십여년 동안 그렇게 계속될 것이었다.

2장

아담은 인간일 뿐이었다 — 이 점이 모든 것을 설명해준다.
그는 사과 자체를 원한 것이 아니라, 그것이 금지되었기 때문에 원한 것이다.
실수는 뱀을 금지하지 않은 것이었다. 그랬다면 아담은 뱀을 먹어치웠을 것이다.
— 『얼간이 윌슨의 책력』

얼간이 윌슨은 도착했을 때 돈이 약간 있었고, 그래서 마을의 서쪽 맨 끝자락에 있는 작은 집을 하나 샀다. 그 집과 드리스컬 판사의 집 사이에는 풀밭뿐이었고, 중간에 경계를 표시하는 울타리가 있었다. 그는 마을 중심가에 작은 사무실을 세내고 다음과 같은 글귀가 적힌 양철 간판을 내걸었다.

데이비드 윌슨
사무 및 법정 변호사

그러나 그의 치명적인 발언이 가능성을 이미 망쳐놓은 뒤였다──최소한 변호사로서의 가능성은 망쳐진 뒤였다. 어떤 고객도 찾아오지 않았다. 얼마 후 그는 간판을 내려 변호사와 관련된 어구를 지운 뒤 집에 걸었다. 그 간판이 이제 토지 측량사와 전문 회계사라는 변변치 않은 능력으로 용역을 제공할 것임을 알렸다. 이따금 측량 일이 생겼고, 또 이따금 어떤 상인이 장부 정리를 맡겼다. 스코틀랜드계 사람의 인내심과 용기를 가지고 그는 자신에 대한 평판을 깨끗이 불식시킨 후 법률 분야로 진출하기로 결심했다. 딱한 친구라니, 그는 그 일을 해내기 위해 얼마나 지루하고 오랜 시간이 걸리게 될지 미리 예상할 도리가 없었던 것이다.

그는 한가한 때가 무척 많았지만, 그 시간을 놀리지 않았다. 아이디어의 세계에 등장하는 새로운 것이라면 무엇이든지 관심을 가졌고, 집에서 그것을 공부하고 또 실험했다. 그가 특히 즐기는 유별난 취미의 하나는 손금 보기였다. 또다른 취미가 하나 더 있었지만, 그것에는 이름도 붙이지 않았고, 아무에게도 그 목적이 무엇인지를 설명하지도 않았으며, 그저 흥밋거리라고만 말했다. 실은 자신의 유별난 취미들이 얼간이로서의 평판을 더 굳혔음을 그가 알게 되었던 것이다. 따라서 그는 취미에 대해 말을 너무 많이 하지 않도록 점점 더 조심하게 되었다. 그 명칭 없는 취미는 사람들의 지문과 관련된 것이었다. 그는 외투 주머니에 홈들이 파인 작은 상자를 넣고 다녔고, 홈들에는 길이 5인치, 너비 3인치의 유리판들이 들어 있었다. 유리판의 아래쪽에는 흰 종이가 길게 붙여져 있었다. 그는 사람들에게 손으로 머리카락 속을 한번 만져서 손에 머리 기름이 살짝 묻도록 한 뒤, 유리판에 엄지손가락 지문을 찍게 하고, 그 다음 각각의 손가락을 순서대로 찍도록 했다. 그러고는 머리 기름으로 찍힌 일련의 흐릿한 자국들에 관해 흰 종이에 기록을 써넣었다. 즉 '존 스미스, 오른손', 그리고 연도와 일자를 쓰고, 다시 스미스의 왼손을 다른 유리판에 찍게 하여 마찬가지로 이름과 일자, 그리고 '왼손'이라는 표시를 기록했다. 유리판들은 홈이 파인 상자에 다시 담겨서 월슨이 '기록들'이라고 부르는 곳에 보관되었다.

그는 종종 밤늦게까지 자신의 기록들을 꼼꼼히 살피고 열심히 들여다보며 연구했다. 그러나 자신이 발견한 것—그가 발견한 것이 있다면—을 아무에게도 밝히지 않았다. 때때로 손가락 끝마디의 동그란 부분이 남긴 복잡하고 섬세한 패턴들을 종이에다 복사하고, 사도기寫圖器를 이용해서 엄청나게 확대한 다음에 굴곡진 선들의 거미줄 같은 모양을 쉽고 편하게 검토할 수 있도록 했다.

어느 찌는 듯한 날—1830년 7월 1일이었다—오후, 그는 작업실에서 한묶음의 뒤엉킨 회계장부를 정리하고 있었다. 작업실은 서쪽 방향으로 공터를 향해 나 있었는데, 밖에서 들려오는 대화가 그를 방해했다. 대화는 고함으로 진행되었고, 그래서 이야기를 나누는 두사람이 서로 가까이에 있지 않음을 알 수 있었다.

"어이, 록시, 아기는 잘 자라?" 멀리서 들리는 목소리였다.

"최고지. 너야말로 잘 지내니, 재스퍼?"

이 고함 소리는 가까이서 들려왔다.

"어, 그저 그래. 투덜거릴 건 없네. 조만간 너에게 같이 살림 차리자고 할 건데, 록시."

"너 따위가, 너 같은 검은 메기가! 하하 하! 난 너처럼 새까만 깜둥이와 어울리는 것보다는 더 나은 할 일이 있거든. 쿠퍼 아 가씨 댁 낸시한테 퇴짜 맞았니?" 록시는 이

렇게 쏘아주고는 다시 거침없는 웃음을 터뜨렸다.

"너 질투하는 거야, 록시. 그게 바로 네 문제라고, 이 어리석은 여 편네야, 하하하! 내가 제대로 한방 먹였지!"

"오, 그래, 네가 한방 먹였다 이거지. 재스퍼, 너의 그 건방이 제 대로 통하면 그게 널 틀림없이 죽일걸. 네가 내 소유라면 너무 나 가버리기 전에 널 강 아래로⁹ 팔아버릴 텐데. 네 주인을 다음에 만 나면 그렇게 말씀드릴 거야."

이 한가롭고 뜻없는 말씨름은 끝없이 계속되었다. 양쪽 모두 적 대감 없는 대결을 즐기면서 자신의 재치─그걸 재치라고 그들은 생각했다─에 아주 만족하고 있었다.

윌슨은 창가로 다가가서 싸우는 사람들을 관찰했다. 말씨름이 오가는 동안에는 일에 집중할 수 없었던 것이다. 빈터에 젊고 석탄

---

9 미국 중부를 북에서 남으로 관통하는 미시시피 강의 하류 지역, 즉 남부지방을 뜻한다. 해설 260면 참조.

처럼 까맣고 당당한 체구의 재스퍼가 뜨거운 태양 아래 외바퀴 손수레에 앉아 있었다. 한창 일하고 있어야 할 때였지만, 실상은 시작도 하기 전에 한시간 휴식을 취하면서 작업 준비만 하는 중이었다. 윌슨의 현관 앞에는 록시가 그 지역에서 생산된 수제 유모차 옆에서 있었다. 유모차 안에는 그녀가 기르는 두 아이가 양 끝에 앉아 서로 마주 보고 있었다. 외지인은 록시의 말투를 듣고 그녀가 흑인이라고 생각하겠지만, 실제로는 그렇지 않았다. 그녀는 십육분의 일만 흑인이었고, 그 십육분의 일은 겉으로 드러나지 않았다. 록시는 우람한 체구와 키에, 태도는 위풍당당하고 조각상과도 흡사했으며, 몸짓과 움직임은 고상하고 위엄 있는 우아함이 두드러졌다. 얼굴은 아주 희며 건강이 넘치는 붉은 뺨이 빛났다. 얼굴 모습은 개성과 표정이 풍부했으며 눈은 반짝이는 갈색이었다. 또 숱이 풍성한 곱고 부드러운 갈색 머리카락을 가졌지만, 겉으로 드러나지는 않았는데, 격자무늬 머릿수건으로 가리기 때문이었다. 얼굴은 균형 잡히고 똑똑해 보이고 잘생겼으며, 심지어 아름다울 정도였다. 자신과 같은 신분의 사람들 사이에 있을 때는 자연스럽고 독립적인 몸가짐에, 고귀하고 '콧대 높은' 태도를 보였지만, 백인들이 있는 자리에서는 물론 충분히 겸손하고 미천하게 행동했다.

어느 모로 보나 록시는 확실하게 백인이었지만, 십육분의 일을 구성하는 흑인이 다른 십육분의 십오를 압도하여 그녀를 깜둥이로 만들었다. 그녀는 노예였고, 언제든 팔릴 수 있었다. 그녀의 아이는 삼십이분의 삼십일이 백인이었지만, 그 아이 또한 노예였고, 법과 관습이라는 허구에 따라 깜둥이였다. 그는 백인 아이들처럼 푸른 눈과 옅은 황갈색 곱슬머리를 가졌고, 같이 자라는 백인 아이의 아버지조차도 아이들과 함께 시간을 거의 보내지 않은 탓에 두 아이를 옷차림으로 겨우 구분할 수 있었다. 백인 아기는 주름진 부드러운 모슬린 옷과 산호 목걸이를 하고 있었고, 다른 아기는 그저 무릎에 겨우 닿는 거친 아마포 셔츠를 걸치고 있었으며 장신구는 전혀 없었다.

백인 아이의 이름은 토머스 아 베켓 드리스컬이었고, 다른 아이의 이름은 발레 드 샹브르[10]이고, 성은 없었다. 노예들은 성을 가질 권리가 없었던 것이다. 록새나는 이 이름을 어디선가 들었고, 멋진 발음 소리가 귀를 즐겁게 해서 그것이 이름이라고 생각했기에 자신의 귀한 아기에게 그 이름을 주었던 것이다. 물론 그 이름은 곧 '체임버스'로 줄여 부르게 되었다.

윌슨은 록시의 얼굴을 알고 있었고, 재치 대결이 끝나갈 무렵에 기록을 한두개 수집할 요량으로 밖으로 나섰다. 재스퍼는 자신이 빈둥거리는 모습이 관찰되고 있음을 알아채자마자 당장 힘차게 일을 하러 나섰다. 윌슨은 아이들을 살펴보고는 물었다.

"이 애들이 몇살이지, 록시?"

"둘 다 같은 나이예요, 나리. 오개월이죠. 2월 1일에 태어났어요."

---

10 Valet de Chambre. 프랑스어로 '몸종'이라는 뜻이다.

"잘생긴 갓난아기들이군. 둘 다 똑같이 잘생겼어."

기쁨의 미소로 여자의 흰 이가 드러났고, 그녀는 말했다.

"축복받으시길, 윌슨 나리. 그런 말을 해주시다니 정말 감사합니다. 왜냐하면 하나는 깜둥이일 뿐이거든요. 아주 훌륭한 깜둥이 아기라고 제가 항상 말하지만, 그건 물론 제 아이이기 때문이죠."

"둘 다 옷을 안 입었을 때는 어떻게 구별하지, 록시?"

록시는 자기 체구에 어울리는 웃음을 터뜨렸다.

"아, 다른 사람은 몰라도 저만은 구별할 줄 알죠, 윌슨 나리. 그러나 퍼시 주인님마저도 아무리 해도 구별하지 못하실걸요."

윌슨은 잠시 잡담을 나누었고, 곧 수집을 위해 록시의 지문, 오른손과 왼손을 두개의 유리판에 채취했다. 그리고 꼬리표를 달아 기록하고 날짜를 적어넣었다. 또 두 아기로부터도 '기록'을 수집한 후 꼬리표를 붙이고 날짜를 적었다.

두달 뒤인 9월 3일에 윌슨은 이 셋의 지문을 다시 채취했다. 그는 아이의 어린 시절에 시간 간격을 두고 두세번 연속으로 '지문 채취'를 하고, 이후 여러해의 간격을 두고 다시 지문을 채취함으로써 '씨리즈'를 만드는 것을 즐겼다.

이튿날, 즉 9월 4일에 록새나의 마음을 뿌리부터 뒤흔든 일이 벌어졌다. 드리스컬 씨가 또 약간의 돈을 잃어버렸다─처음이 아니라 이전에도 벌어진 일이었다. 사실은 이미 세번 일어났던 것이다. 드리스컬은 더이상 인내할 수 없었다. 그는 노예와 다른 동물들에게 상당히 관대한 사람이었으며, 자기 자신의 인종에게는 극히 관대한 사람이었다. 그는 절도를 감내할 수 없었고, 분명히 도둑은 자기 집에 있었다. 도둑은 자기 깜둥이 중 하나임에 틀림없었다. 철저한 조치가 취해져야만 했다. 그는 자기 앞에 종들을 소집했다. 록시 외에 세명이 있었는데, 남자, 여자, 그리고 열두살 소년이었다. 그들은 모두 인척관계가 아니었다. 드리스컬 씨는 말했다.

"과거에도 너희 모두에게 경고했다. 그런데 아무 소용 없었다. 이번에는 너희에게 교훈을 가르치겠다. 도둑은 팔아버리겠다. 너희 중 누가 죄를 지었느냐?"

모두들 이 위협에 몸서리쳤다. 왜냐하면 이곳은 그들에게 좋은 집이었고 새로운 집은 십중팔구 더 나쁜 쪽으로

의 변화일 것이기 때문이었다. 모두들 죄를 부정했다. 아무도 약간의 설탕, 케이크, 꿀, 즉 "퍼시 주인님이 상관하거나 찾지 않을" 만한 것들을 제외하면 무엇도 훔치지 않았고, 어쨌든 돈은 단 한푼도 훔치지 않았다. 그들은 열심히 자신들이 아니라고 항변했지만, 드리스컬 씨를 전혀 움직일 수 없었다. 그는 한사람씩 돌아가며 "도둑 이름을 대!"라고 준엄하게 받아쳤다.

실은 록새나를 제외하고는 모두가 죄가 있었다. 그녀는 다른 노예들에게 죄가 있을 거라고 의심했지만, 정말 그런지는 알지 못했다. 그녀는 자기 스스로가 하마터면 죄를 지을 뻔했다는 것을 생각하고 공포에 질렸다. 두주일 전에 흑인 감리교회의 부흥회 덕분에 아슬아슬하게 구원받았는데, 거기서 "종교의 힘으로 회개"했던 것이다. 은총을 얻은 바로 다음날 자신의 변화가 스스로에게도 새로운 동시에 그 정화된 상태에 들떠 있던 순간, 주인이 책상 위에 2달러를 그냥 내버려두

었고 그녀는 빗자루로 청소를 하다가 유혹을 받게 되었다. 점점 더 원망을 느끼며 그 돈을 한동안 바라보다가 그녀는 소리를 질렀다.

"하느님이 그 부흥회를 저주하시길, 그게 내일로 늦춰졌더라면 좋았을 것을!"

그러고 나서 그녀는 유혹을 책으로 덮어버렸고, 다른 부엌데기가 그걸 가져간 것이다. 종교적 규범을 지키기 위해 그녀는 이렇게 희생했다. 이 행동은 당장은 필연적이었지만, 훗날의 몸가짐을 제어할 선례가 되도록 강제할 수는 없을 것이었다. 그렇다, 한두주가 지나면 경건함은 느슨해지고 그녀는 다시 합리적이 되어 다음번에 찬바람에 노출된 2달러는 위안을 베풀어줄 성령을 만나게 될 테고, 록시는 누가 그 성령인지를 말할 수 있을 것이었다.

그녀가 나쁜 사람이었나? 그녀가 자기 인종의 일반적인 기준보다 더 나쁜 인물이었나? 아니다. 그들은 삶이라는 전쟁에서 부당하게 기회를 빼앗겼고, 적의 약점을 ─ 약간만 ─ 군사적으로 활용하는 것이 죄라고는 생각하지 않았다. 그들은 틈이 생길 때마다 식품 창고에서 식량을 훔쳤고, 놋쇠 골무, 밀랍 한조각, 금강사金剛砂 주머니, 바늘 한줄, 은수저, 1달러 지폐, 소소한 옷가지들, 또는 비싸지 않은 다른 물건들을 훔치곤 했다. 그리고 그런 잘못들이 죄라고 생각하는 것과는 거리가 멀어서 호주머니에 전리품을 넣은 채 교회에 나가 가장 크고 진지한 목소리로 외치며 기도했다. 한 농장의 훈제창고는 자물쇠를 단단히 채워야 했는데, 흑인 집사마저도 하느님이 꿈속에서 보여준 햄, 혹은 외롭게 훈제창고에 걸려 사랑해줄 사람을 갈망하는 그 비슷한 물건들의 유혹에 저항할 수 없었기 때문이다. 그러나 햄이 백개 걸려 있다고 하더라도 집사는 하룻밤에 결코 두개를 가져가지는 않았다. 서리 내린 밤이면 인정 많은 깜둥이 서리꾼이 널빤지 끝을 데워 나무에서 잠자는 닭의 차가운 발밑에 넣으면 졸린 암탉은 감사의 꼬꼬 소리를 작게 내며 그 편안한 판자 위로 발을 디디곤 했다. 그러면 서리꾼은 암탉을 자루에 넣었다가 나중에는 자기 배 속으로 집어넣었다. 그러면서 이 사소한 도둑질로 말미암아 자신에게서 값으로 따질 수 없는 보물—자신의 자유—을 매일매일 강탈하는 사람에게 최후의 심판 날에 하느님이 기억할 만한 그 어떤 죄도 짓는 게 아니라고 완벽하게 확신했던 것이다.

"도둑 이름을 대!"

네번째로 드리스컬 씨가 똑같이 딱딱한 어조로 말하더니 이제 끔찍한 의미를 지닌 다음과 같은 말을 덧붙였다.

"일분 여유를 주겠다." 그는 시계를 꺼냈다. "일분 안에 자백하지 않으면 나는 너희 넷 모두를 팔 뿐 아니라, 그것도 강 아래로 팔아 넘기겠다!"

이 말은 그들을 지옥으로 보낸다는 것과 같았다! 미주리의 깜둥이 중 이 점을 의심하는 사람은 없었다. 록시는 제자리에서 휘청거렸고 얼굴빛이 창백해졌다. 다른 이들은 총에 맞기라도 한 듯이 무릎을 꿇었다. 모두 눈물이 솟구쳤고 애원하는 두 손을 위로 들더니 한순간에 세사람의 대답이 나왔다.

"제가 했어요!"

"제가 했어요!"

"제가 했어요! 주인님, 자비를 베푸세요. 우리 불쌍한 깜둥이에게 하느님이 자비를 베푸시길!"

"아주 좋아." 주인은 시계를 거두면서 말했다. "너희들이 이런 대접을 받을 자격은 없지만, 이 고장에서 팔겠다. 그러나 너희들은 강 아래로 팔려갔어야 마땅해."

범죄자들은 감사의 희열에 들떠 몸을 내던져 그의 발에 입을 맞추었고, 주인의 훌륭함을 결코 잊지 않을 것이며 살아 있는 한 그를 위해 기도를 멈추지 않을 것이라고 힘주어 말했다. 그들은 진심이었다. 왜냐하면 그가 마치 신처럼 전능한 손을 내밀어 지옥으로

가는 문을 닫아주었기 때문이었다. 주인 자신도 고귀하고 훌륭한 일을 했음을 알고 있었고, 속으로 자신의 아량에 흡족해했다. 그래서 그날밤 훗날 그의 아들이 읽고 감명받아 신사답고 인간다운 행동을 하도록 할 요량으로 일기에 이 사건을 적었다.

3장

삶이 어떤 것인지 알 정도로 충분히 오래 산 사람이라면 누구나 우리가 아담,
즉 우리 인류의 첫 큰 은인에게 얼마나 크게 고마워할 빚을 지고 있는지
깨닫게 된다. 그는 이 세상에 죽음이 있게 했던 것이다.
—『얼간이 윌슨의 책력』

퍼시 드리스컬은 자신의 가내노예들을 강 아래로 팔려가는 것
으로부터 구해준 날 밤에 푹 잤다. 그러나 록시는 한숨도 눈을 붙
이지 못했다. 끝 모를 공포가 그녀를 사로잡았다. 자신의 아기가 자
라나서 강 아래로 팔려갈 수도 있다니! 이 생각이 그녀를 공포로
미치게 만들었다. 그녀는 졸거나 잠시 멍했다가도 다음 순간 요람
으로 달려가 아기가 거기 있는지 확인했다. 그러고는 아기를 가슴
에 꼭 안아 미칠 듯한 입맞춤으로 자신의 사랑을 퍼부으며 신음 속
에 울며 말했다. "그렇게 하지 못하게 할 거야, 아, 그들이 절대 그
러지 못하게 할 거야! 불쌍한 엄마가 너를 먼저 죽일 거야!"

그녀가 아기를 요람에 다시 눕힐 때, 한순간 잠들어 있는 다른

아기가 눈길을 끌었다. 그녀는 그 아기에게로 가서 오래 들여다보며 홀로 생각했다.

"내 가여운 아기가 무슨 짓을 했기에 너처럼 행운을 가지지 못한단 말이냐? 이 아기는 아무 죄가 없다. 하느님은 너에게 잘해주시고, 왜 저 애에게는 그러지 않았는지. 저들이 다름 아닌 너를 강 아래로 팔지는 못하지. 난 네 아비를 증오한다. 그는 따뜻한 심장이 없어. 적어도 깜둥이들에게는 없어. 난 그를 증오하고, 죽일 수도 있어!" 그녀는 잠시 멈추고 생각하더니 다시 격하게 흐느끼기 시작하다가 돌아서서 말했다. "아, 내가 내 아이를 죽여야 해. 다른 방법이 없어. 아기를 죽이면 강 아래로 팔려가는 건 막을 수 있어. 그래야 해. 불쌍한 엄마는 너를 구하기 위해 너를 죽여야 해, 아가야." 그녀는 아기를 가슴에 안고 숨 막힐 정도로 포옹했다. "엄마가 널 죽여야 해. 방법이 뭐가 있을까! 그러나 엄마는 널 버리지 않을 거야. 아냐, 아냐. 자, 울지 마라. 엄마가 너와 함께 죽는단다. 엄마도 목숨을 끊을 거야. 이리 와라, 아기야. 엄마랑 가자. 우린 강에 뛰어들 거야. 그러면 이 세상 고통이 다 끝난단다. 저기 저세상에선 불쌍한 깜둥이를 강 아래로 팔지 않는단다."

그녀는 아기에게 낮은 소리로 노래를 불러 달래며 문을 향해 걸음을 옮겼다. 그러나 중간에 그녀는 갑자기 멈춰섰다. 자신의 일요일용 새 옷이 눈에 들어왔던 것이다. 값싼 커튼용 옥양목으로 만든, 촌스럽게 화려한 색깔과 환상적인 무늬가 뒤섞인 옷이었다. 그녀는 그 옷을 슬픈 눈으로 갈망하듯이 바라보았다.

"아직 입어보지도 못했네." 그녀는 말했다. "그런데 참 예쁘구나." 그러자 기분 좋은 생각이 떠올라 고개를 끄덕이며 덧붙였다. "그래, 모든 사람이 날 볼 텐데 이 누추하고 낡은 면 옷을 입은 시체로 물에서 건져질 수는 없지."

그녀는 아기를 내려놓고 옷을 갈아입었다. 그리고 거울을 보고는 자신의 아름다움에 놀랐다. 그녀는 죽음을 맞이하는 화장을 완벽하게 하기로 마음먹었다. 머릿수건을 벗어던지고 반들반들 광택이 나고 숱 많은 자신의 머리카락을 '백인처럼' 치장했다. 그리고 약간 야한 허섭스레기 리본들과 형편없는 조화들이 달린 가지 하나를 더했다. 마지막으로 어깨에다가 당시에 '구름'이라고 하던 보풀이 많은 장식을 얹었는데, 그것은 불타는 듯한 선홍빛이었다. 이제 그녀는 무덤으로 갈 준비가 다 되었다.

그녀는 아기를 다시 들어 안았다. 그러나 아기의 형편없이 짧고 작은 회색빛 거친 아마포 셔츠를 보았고, 그 궁핍한 누추함이 지옥의 광휘로 활화산이 분출하는 듯한 자기 모습과 대비됨을 느꼈다. 그녀는 모성애가 자극되었고 부끄러웠다.

"아니야, 아가야, 엄마가 널 이렇게 취급하지 않을 거야. 사람들이 엄마에게 감탄하는 것과 똑같이 천사들이 너를 두고 감탄하게 될 거야. 다윗과 골리앗과 다른 선지자들 앞에서 사람들이 두 손을 들어올리며 저 아기는 옷차림이 너무 거칠어서 천국에 어울리지 않는다고 말하지 못하게 할 거야."

말을 마칠 때쯤 이미 그녀는 아기의 셔츠를 벗겨내었고, 발가벗은 어린 아기에게 토머스 아 베켓의 밝은 푸른색 나비매듭과 예쁜 주름무늬 장식이 달린 눈처럼 희고 긴 아기 옷을 입혔다.

"자, 이제 되었다." 그녀는 아기를 의자에 앉히고 그 모습을 뜯어보려고 한걸음 물러섰다. 순간 록시의 눈은 놀라움과 찬탄으로 커지기 시작했고, 손뼉을 치며 소리를 질렀다. "야아, 끝내주는걸! 네가 이처럼 사랑스러운지 몰랐어. 토미 도련님이 조금도 더 이쁘지 않네―손톱만큼도 아니야."

그녀는 걸음을 옮겨 다른 아기를 바라보았다. 그리고 자기 아이로 홱 눈길을 돌렸다가는, 다시 이 저택의 상속자에게 눈길을 주었다. 그녀의 눈에서 이상한 빛이 나오기 시작했고, 곧바로 생각에 잠겼다. 그녀는 최면 상태인 듯했고, 그 무아지경에서 빠져나오면서 중얼거렸다. "내가 어제 둘을 목욕통 안에서 씻길 때 그 아비가 어느 쪽이 자기 아이냐고 물었지."

그녀는 꿈을 꾸는 사람처럼 이리저리 움직이기 시작했다. 그녀는 토머스 아 베켓의 옷을 벗기기 시작해 완전히 발가벗기고 거친 아마포 셔츠를 입혔다. 또 그의 산호 목걸이를 자기 아이의 목에 걸었다. 그리고 두 아이를 나란히 놓고 열심히 뜯어본 후에 중얼거렸다.

"자, 옷차림이 이런 일을 해낼 거라고 누가 믿겠어? 놀랄 일이네, 옷이 아니면 이 애의 아비는 말할 것도 없고 세상에서 오직 나만이 애들을 구별할 수 있어."

그녀는 자기 아기를 토미의 멋진 요람에 놓고 말했다.

"너는 지금부터 어린 톰 도련님이고, 나는 지금부터 연습을 해서 잊지 않고 너를 그렇게 부르는 데 익숙해져야지. 그러지 않으면 언젠가 실수를 해서 우리 둘 다 곤경에 처할 거야. 자, 이제 조용히 누워 더이상 칭얼거리지 마요, 톰 도련님—오, 하늘에 계신 하느님께 감사드려야지. 네가 구원받았다, 구원받았어! —이제 엄마의 불쌍한 작은 아기를 강 아래로 팔 사람은 이 세상에 없다!"

그녀는 이 저택의 상속자를 페인트칠도 안된 자기 아이의 소나무 요람에 놓고, 그 잠든 모습을 불안하게 응시하며 말했다.

"너에게 미안하다, 아가야. 내가 미안한 줄을 하느님은 아신다. 그러나 내가 어쩌겠니, 도대체 어쩌겠니? 네 아버지가 저 아이를 언젠가 누군가에게 팔게 될 거고 그러면 그는 강 아래로 가게 될 게 틀림없어. 나는 그걸 결코, 결코, 결코 견딜 수 없어."

그녀는 자기 침대에 몸을 던져 누웠고, 생각하다가 몸을 뒤척이고 몸을 뒤척이다 생각했다. 잠시 후에 갑자기 똑바로 앉았는데, 마음을 진정시키는 생각이 걱정 많은 마음에 날아들었기 때문이었다.

"그건 죄가 아니야—다름 아닌 백인들도 그렇게 했어! 그것은 죄가 아니야, 고맙게도 죄가 아니야. 내가 아니라 그들이 행한 일이야—그래, 그리고 그들은 숱한 사람 중에서도 가장 훌륭한 백인들이었어—다름 아닌 왕들 말이야!"

그녀는 생각에 잠기기 시작했다. 그녀는 언젠가 들은 어떤 이야기의 흐릿한 기억을 끄집어내려고 애쓰고 있었다. 마침내 그녀는 말했다.

"이제 알겠어. 이제 기억나. 그 늙은 깜둥이 전도사가 말해주었어. 일리노이에서 여기로 와서 깜둥이 교회에서 설교할 때 말이야.

그는 자신을 구할 수 있는 사람은 아무도 없다고 했어. 믿음으로도 할 수 없고, 노동으로도 할 수 없고, 어떤 것으로도 할 수 없다고 했어. 공짜로 오는 은총만이 오로지 유일한 길이라고 했고, 그것은 오직 주님 말고는 아무에게서도 나올 수 없다고 했어. 그리고 주님은 원하시는 대로 은총을 줄 수 있다고 했어. 성인이든 죄인이든 주님은 상관하지 않는다고 했어. 주님은 목사님처럼 자기 뜻하시는 대로 행한다고 했

어. 주님은 흡족하게 여기
는 누구라도 골라서 그를
자신의 자리에 오르게 하
고 영원히 행복하게 해주
고 그렇지 않은 자는 사탄
과 함께 지옥불에 타게 한

다고 했어. 전도사는 그것이 영국에서 오래전에 벌어진 일과 꼭 같
다고 했어. 왕비가 어느날 자기 아기를 눕혀놓고 누굴 부르러 나
갔대. 겉보기에 거의 백인인 그곳 깜둥이 하녀가 들어와서 누워 있
는 아기를 보고 자기 아이의 옷을 왕비의 아기에게 입히고 왕비 아
기의 옷을 자기 자식에게 입힌 뒤 자기 아이를 눕혀놓고 왕비의 아
기를 깜둥이 동네의 집으로 데리고 갔지. 그리고 아무도 그걸 알지
못했고, 깜둥이 여자의 아이가 나중에 왕이 되었고, 재산을 정리해
야 했을 때 왕비의 아이를 강 아래로 팔아버렸대. 자, 전도사가 직
접 그걸 말해주었어. 그래서 그건 죄가 아니야. 왜냐하면 백인들이
그랬기 때문이야. 바로 그들이 그랬어. 그래, 그들이 한 거야. 보통
백인들뿐만 아니라 숱한 사람 중에서 가장 훌륭한 백인들이 그런
거야. 오, 내가 그걸 기억해내서 너무나 기뻐!"

그녀는 마음이 가볍고 행복해져서 일어났고, 요람으로 가서 남
은 밤 동안 '연습'을 하면서 보냈다. 그녀는 자기 아이를 가볍게 두
드리고는 겸손하게 말했다. "가만히 누워 있어요, 톰 도련님." 그리
고 진짜 톰을 가볍게 두드리고는 엄한 소리로 말했다. "체임버스,

가만있지 못하니! ─넌 내가 혼내길 바라니?"

록시는 계속 연습해나가는 가운데, 자신이 어린 주인에게 하는 깍듯한 말투와 겸손한 태도가 가지게 한 경외심이 얼마나 차분하고 분명하게 찬탈자를 향한 언행으로 옮아가는지, 또 엄마다운 무뚝뚝한 말투와 명령조의 태도가 유서 깊은 드리스컬 가문의 불행한 상속자에게로 옮아가게 하는 일에도 자신이 얼마나 솜씨가 좋은지를 깨닫고 스스로 놀랐다.

록시는 연습을 하다가 때때로 쉬면서 자신이 처한 위험을 따져보는 일에 열중했다.

"이 집에서 일하는 깜둥이들을 돈을 훔쳤다고 오늘 팔아치우고 이 아기들을 모르는 다른 노예들을 살 거야. 그러면 잘된 거지. 내가 아이들에게 바람을 쐬게 하려고 나갈 때 길모퉁이를 돌자마자 애들 입가에 잼을 잔뜩 발라줄 것이고, 그러면 아무도 애들이 바뀐 것을 모를 거야. 그래, 일년이 걸리더라도 안전해질 때까지 그렇게 해야지.

두려운 것은 단 한사람밖에 없어. 저 얼간이 윌슨 말이야. 다들 그를 바보라고 부르고 어리석다고 말하지. 홍, 그 사람이 바보가 아닌 것은 내가 바보가 아닌 것처럼 분명해! 그는 이 마을에서 가장 똑똑한 사람이고, 그다음이 드리스컬 판사거나 어쩌면 펨 하워드일 거야. 빌어먹을 인간, 그가 가진 고약한 유리판들 때문에 걱정이 돼. 난 정말 분명히 그가 마법사일 거라고 믿어. 하지만, 걱정 마, 조만간 그 사람 근처에 가서 아이들 손가락을 다시 찍고 싶지 않느냐고 슬쩍 물을 거야. 손가락을 찍고 나서 그마저도 애들이 바뀐 것을 알아채지 못하면 아무도 알아볼 사람이 없을 거라고 믿어. 그러면 분명히 안심해도 돼. 그러나 마법의 작용을 막기 위해 말편자를 하나 가져가야 하겠지."

새로 온 깜둥이들은 물론 록시에게 아무런 문제가 되지 않았다. 주인도 아무 문제가 없었다. 왜냐하면 그의 투기사업 중 하나가 위기에 처해서 그 일에 마음을 온통 빼앗겨 아이들을 봐도 눈여겨보지 않았고, 록시가 할 일은 그저 그가 올 때 애들이 함박웃음을 터뜨리도록 하는 것이었다. 그러면 애들 얼굴은 잇몸이 드러나는 큰 입뿐이었고, 그 격렬한 웃음이 가시고 작은 아이들이 인간의 얼굴로 돌아오기도 전에 그는 가버렸다.

며칠 안에 투기의 운명이 너무나 불투명해져서 퍼시 씨는 그의 형제인 판사와 함께 어떻게 할지를 살피기 위해 떠나갔다. 여느 때처럼 토지 투기 문제였고, 소송으로 일이 꼬였던 것이다. 두 사람은 일곱주 동안 떠나 있었다. 그들이 돌아오기 전에 록시는 윌슨을 방문했고 만족을 얻었다. 윌슨은 아이들의 지문을 뜨고 이름과 날짜―10월 1일―를 기록해서 조심스럽게 보관하고, 계속해서 록시와 이야기를 나누었다. 그녀는 그가 한달 전에 지문을 뜬 이후로 아기들이 얼마나 살이 오르고 예뻐졌는지 찬탄하기를 바라며 애태우는 모습이었다. 그는 그녀가 마음에 흡족할 만큼 아이들의 성장을 칭찬했다. 애들이 잼이나 다른 얼룩으로 위장하지 않은 상태여서 록시는 내내 떨면서 금방이라도 그가 알아챌까봐 비참할 정도로 겁에 질려 있었다.

　그러나 그는 알아채지 못했다. 그
는 아무것도 발견하지 못했다. 그녀
는 기쁨에 차서 집으로 갔고, 이 문
제에 대한 걱정을 몽땅 마음에서 영
원히 지워버렸다.

4장

아담과 이브는 유리한 점이 많았지만, 그중 으뜸은
그들이 이가 나는 어린 시절을 피했다는 것이다.
──『얼간이 윌슨의 책력』

특별한 섭리에 관해 이러한 곤란함이 있다 ── 즉, 어느 쪽이 수혜자가 되도록
되어 있었느냐에 대해 종종 의구심이 든다는 것이다. 어린이들과 곰들, 그리고
예언자의 경우에 곰들은 그 일화에서 예언자보다 더 실질적인 만족을 얻었다.
왜냐하면 곰들은 어린이들을 차지했기 때문이다.[11]
──『얼간이 윌슨의 책력』

이 이야기는 록새나가 완성한 변화에 적응해야만 하며, 그래서
진짜 상속자를 '체임버스'라고 부르고 찬탈자인 작은 노예를 '토
머스 아 베켓'이라고 불러야 한다. 후자의 경우, 주변 사람들이 그러
했듯이 일상에서는 '톰'이라고 부르겠다.

'톰'은 찬탈한 바로 그 순간부터 못된 아기였다. 그는 이유 없이
울곤 했다. 사전 경고도 없이 못된 성질을 한바탕 터뜨리곤 했으
며, 비명을 계속해서 지르고 소동을 거푸 벌였다. 절정은 '숨 멈추

---

11 구약성서 열왕기 하 2:23~25 참조. 선지자 엘리사가 베텔로 가는데 아이들이 성
읍에서 나와 그를 놀린다. 엘리사가 하느님의 이름으로 그들을 저주하자, 숲에서
암곰 두마리가 나와 아이들을 찢어 죽인다.

기'였는데, 이가 나오는 시기를 겪는 이 아
기의 겁나는 특기였다. 아기는 그 '숨 멈
추기'의 격통 속에서 숨을 모두 토해 폐를
싹 비운 후에 다시 숨 쉬기 위해 애쓰면서
소리없이 몸부림치고 몸을 비틀고 발버둥
치면서 발작을 일으켰으며, 그러는 동안
입술은 파래지고 입은 벌어지고 경직되어
빨간 아랫잇몸의 쪼그만 이 하나를 검사
해보라는 듯이 드러내는 것이었다. 그리
고 끔찍한 고요함이 계속되어 마침내 숨
이 전혀 돌아오지 않을 거라는 확신이 들
때, 유모가 날아와서 물을 아기 얼굴에 뿌
리면, 보라, 폐가 다시 숨으로 차오르
고 곧바로 비명이나 고함, 아니면 울

부짖음이 터져나와 듣는 귀를 터지게 하고, 그 귀의 주인을 놀라게
하여 설령 머리 뒤에 후광이 있는 사람이라고 하더라도 후광과 썩
잘 어울리지 않을 험한 말을 하게 만들었다. 아기 톰은 자기 손톱
이 닿는 사람이면 누구든지 할퀴고, 자기 딸랑이로 닿는 사람이면
누구나 두들겨댔다. 물을 달라고 할 때면 줄 때까지 비명을 지르는
가 하면, 막상 주면 컵을 마루에 던지고 더 달라고 비명을 질러댔
다. 아무리 말썽을 피우고 돌보는 이가 나가떨어질 정도로 굴어도
그의 변덕은 모두 다 응석으로 눈감아졌다. 원하는 건 무엇이든 먹

을 수 있도록 허용되었는데, 특히 배탈이 날 음식도 주어졌다.

걸음마를 시작하고 혀짤배기 말을 하며 제 두 손의 용도를 알 정도로 컸을 때, 그는 그 어느 때보다 대단한 말썽쟁이였다. 록시는 그가 깨어 있을 때는 쉴 수가 없었다. 눈에 띄는 건 뭐든지 "쥐!" 하고 요구했고, 그건 명령이었다. 그것을 가져다주면 발광하며 두 손으로 밀어버리고 "쭈지 마! 쭈지 마!"라고 했고, 다시 치우면 "쥐! 쥐! 쥐!" 하면서 미친 듯이 소리를 질렀다. 그러면 록시는 톰이 발작을 일으키겠다는 의도를 실행에 옮기기 전에 다시 가져다주려고 발뒤꿈치에 날개를 단 듯이 뛰어야 했다.

그가 무엇보다도 좋아한 것은 부젓가락이었다. 그의 '아버지'가 창문과 가구 들을 부수지 못하게끔 금지한 물건이기 때문이었다. 록시가 등을 돌리자마자 그는 부젓가락 쪽으로 아장아장 걸어가 "좋아!"라고 하고는 록시가 지켜보고 있는지 곁눈으로 살피고 "쥐!"라고 하며 다시 곁눈질했다. 그리고 "가졌쩌!"라고 말하며 다시 훔쳐보았다. 마침내

"잡았따!"라고 하면 포획물은 그의 것이었다. 다음 순간 그 무거운 도구는 높이 들어올려졌다. 그다음 순간 깨지는 소리와 함께 울부짖는 소리가 들리고, 고양이는 허둥지둥 자리를 피했다. 록시는 전등이나 창문이 고칠 길 없이 부서지기 시작할 때에야 겨우 막을 수 있곤 했다.

톰은 온갖 응석을 다 부렸고, 체임버스는 전혀 그러지 못했다. 톰은 온갖 단것을 다 차지했고, 체임버스는 우유 섞은 옥수수죽과 설탕을 넣지 않은 굳은 우유를 먹었다. 그 결과, 톰은 병약한 아이였고 체임버스는 그렇지 않았다. 톰은 '다루기 어렵고' (록시가 사용한 표현이었다) 건방졌지만, 체임버스는 굴종적이고 고분고분했다.

상식과 실용적인 일상생활 능력이 뛰어났음에도 불구하고 록시는 응석에 약한 어리석은 엄마였다. 그녀는 자기 아이에게 바로 이런 존재였던 것이다──그리고 그 이상이었다. 즉 록시가 꾸며낸 허구에 의해 제 아이가 제 주인이 된 것이다.

이러한 관계를 겉으로 인정하고,

또 그 인정의 표현으로 요구되는 예의범절을 완벽하게 해낼 필요성 때문에 그녀는 그 범절들을 실천하는 데 아주 부지런하고 충실했으며, 곧 습관으로 굳어졌다. 습관은 자동적이고 무의식적인 것이 되었고, 자연스러운 결과가 뒤따라왔다. 오로지 다른 사람들을 속이려는 목적이던 것이 실제 자기기만으로까지 점차 바뀌어갔다. 가짜 공손함은 진짜 공손함이 되었고, 가짜 아첨은 진짜 아첨이, 가짜 공경은 진짜 공경이 되었다. 모조 노예와 모조 주인 사이의 분리라는, 꾸며낸 작은 틈은 점점 넓어지고 넓어져서 심연이 되었고, 정말로 현실의 심연이 되었다──그 한편에는 자신이 행한 기만의 밥이 된 록시가, 다른 한편에는 그녀에게 더이상 찬탈자가 아니라 받아들여지고 인정된 주인, 자신의 아이가 있었다.

그는 그녀의 사랑, 주인, 신이었으며, 그 셋이 하나로 합쳐진 존재였고, 그를 숭배하는 가운데 그녀는 자신이 누구인지 그가 누구인지를 잊었다.

아기 때에도 톰은 체임버스를 때리고 쥐어박고 할퀴고도 야단맞지 않았다. 체임버스는 고분고분 참는 것과 화를 내는 것 중에 전자의 노선만이 유리하다는 것을 일찍 터득했다. 딱 몇번 그는 톰의 괴롭힘을 참을 수 없어 맞서싸운 끝에 주인 댁에서 값비싼 댓가를 치렀다. 록시가 그런 것은 아니었는데, 그녀는 "너의 젊은 주인이 누군지 잊은 것"에 대해 심하게 야단치는 이상으로 나가더라도 적어도 뺨 때리는 것을 넘어서는 벌을 준 적이 없었다. 그렇다, 퍼시 드리스컬이 바로 장본인이었다. 그는 체임버스에게 어떤 경우에도 어린 주인을 향해 주먹을 들어올릴 권리가 없다고 말했다. 체임버스는 세번 선을 넘었는데, 자신의 아버지이지만 그 사실을 모르는 남자로부터 너무나 확실하게 매질을 당해서 이후로는 톰의 잔인함을 굴종 속에 받아들였고 더이상 선을 넘으려는 시도를 하지 않았다.

두 소년은 집 밖에서 소년 시절 내내 함께 다녔다. 체임버스는 제 나이보다 튼튼했고, 싸움꾼이었다. 튼튼한 이유는 거친 음식을 먹고 집에서 힘든 일을 했기 때문이며, 싸움꾼이 된 이유는 톰이 자신이 미워하지만 겁내는 백인 아이들을 상대로 연습할 기회를 많이 주었기 때문이었다. 체임버스는 통학길에 항상 그의 경호원이었다. 그는 톰을 보호하기 위해 휴식 시간이면 운동장에 대기했다. 싸움질을 잘한 덕에 이윽고 그는 대단한 명성을 얻었고, 톰은 그와 옷을 바꿔입고 마치 랜슬롯의 갑옷을 입은 써 케이처럼 '평화롭게 다닐' 수 있었다.[12]

체임버스는 기술이 필요한 놀이에도 능했다. 톰은 그에게 대리석 구슬을 주고 구슬치기 놀이를 시켰고, 그애가 딴 구슬을 몽땅 빼앗아가곤 했다. 겨울에는 체임버스가 톰이 입던 낡은 옷을 입고 언제나 옆에 있었다. 체임버스는 '구멍 숭숭' 빨간 벙어리장갑, '구멍 숭숭' 신발, 무릎과 엉덩이가 '구멍 숭숭'인 바지를 입고, 따뜻

----

12 토머스 맬러리(Thomas Malory)의 작품 『아서 왕의 죽음』에서 랜슬롯이 일부러 허풍쟁이 기사 써 케이의 갑옷을 입고 먼저 떠나는 바람에 더 무술에 뛰어난 랜슬롯의 갑옷을 입은 써 케이가 무사히 여행을 하는 일화가 나온다.

하게 껴입은 톰을 위해 썰매를 언덕 위로 끌고 올라가 타고 내려오게 해주었다. 그러나 자신은 한번도 썰매를 타지 못했다. 그는 톰의 지시에 따라 눈사람과 눈 성채를 만들었다. 그는 톰이 눈싸움을 하고 싶을 때는 참을성 있는 과녁이 되어주었지만, 과녁이 반격을 할수는 없었다. 체임버스는 톰의 스케이트를 강까지 날라서 끈을 묶어주고, 그를 뒤따라 얼음 위를 터벅터벅 걸었다. 그래야 필요할 때 옆에 있을 수 있었으니까. 하지만 스케이트 한번 타보라는 말은 전혀 듣지 못했다.

여름에 도슨스랜딩의 소년들이 가장 즐기는 여가활동은 농부의 과일 마차에서 사과, 복숭아, 멜론을 훔치는 것이었는데, 주된 이유는 농부의 채찍 끝에 맞아 머리가 터질 위험을 무릅쓰는 재미 때문이었다. 톰은 이 도둑질에 뛰어난 재주꾼이었다──대리로 말이다. 체임버스는 톰의 도둑질을 대신했고, 자신의 몫으로는 복숭아 씨앗, 사과 씨방, 멜론 껍질을 얻을 뿐이었다.

톰은 항상 체임버스가 수영을 함께 가서 보호자로서 옆에 머물도록 했다. 톰이 충분히 수영을 한 다음에는, 슬쩍 빠져나와 체임버스의 셔츠에 매듭을 여럿 만든 후 물에 적셔서 매듭을 풀기 어렵게 만들어놓고는 자신은 옷을 입고 옆에 앉아 체임버스가 벌거벗은 채 추워 벌벌 떨면서 도무지 풀어지지 않는 매듭을 이로 물어뜯는 것을 보며 비웃었다.

톰이 이렇게 자신의 비천한 동지에게 못되게 구는 것은 부분적으로는 타고난 나쁜 성격 때문이기도 했고, 부분적으로는 체임버스의 우월한 체격과 용기, 다방면에서 보여주는 영리함 때문이기도 했다. 톰은 다이빙을 할 줄 몰랐는데, 깨지는 듯한 두통을 일으키기 때문이었다. 체임버스는 어렵지 않게 다이빙을 할 수 있었고, 좋아하기도 했다. 어느날 그가 한 떼의 백인 소년들 사이에서 카누 고물에서 뒤로 빙글 도는 다이빙을 여러번 보여준 것이 너무도 열렬한 찬탄을 불러일으켜 톰은 기분이 상했고, 급기야는 체임버스가 공중에 떠 있을 때 카누를 그 밑으로 밀어넣음으로써 카누 바닥에 머리를 찧도록 했다. 체임버스가 의식을 잃고 누워 있는 동안 톰의 오래된 앙숙들은 그토록 바라던 기회가 온 것을 알고는 가짜 상속자를 실컷 두들겨패서 나중에 체임버스가 아무리 부축을 해줘도 톰은 집까지 자기 몸을 끌고 갈 수가 없을 정도였다.

소년들이 열다섯살이 넘은 어느날, 톰은 강에서 '수영 솜씨를 자랑하다가' 쥐가 올라서 도와달라고 소리를 질렀다. 그것은 이 동네 소년들이 특히 외지인이 근처에 있을 때 잘 쓰는 속임수였는데, 쥐가 난 척하며 살려달라고 울부짖는 것이었다. 외지인이 구조하려고 쏜살같이 달려오면, 울부짖던 아이는 그 사람이 가까이 올 때까지 허우적거리며 소리치다가 갑자기 비웃는 미소를 짓고는 유유히 헤엄쳐 사라졌다. 그러면 마을 아이들은 바보가 된 사람에게 비웃음과 폭소를 퍼부었다. 톰은 이 속임수를 여태껏 한번도 쓰지 않았지만, 아이들은 지금 그가 속임수를 쓴다고 생각하고 전혀 움직이질 않았다. 그러나 체임버스는 주인이 진짜로 살려달라는 것이라고 믿고 제때 헤엄쳐서 도착했고, 불행하게도 주인의 생명을 구했던 것이다.

이는 가벼운 깃털 하나가 견고한 성을 무너뜨린 셈이었다. 톰은 다른 것은 모두 이럭저럭 참아왔지만, 깜둥이, 더구나 다른 깜둥이도 아닌 이 깜둥이에게 애들 앞에서 영원히 남을 신세를 진 꼴이된 것을 도저히 참을 수 없었다. 그는 자기가 도와달라고 소리친 것을 진짜라고 '생각하는 척했다고' 체임버스에게 욕설을 퍼부었고, 돌대가리 깜둥이가 아니라면 자신이 장난치는 것을 알고 가만히 두었을 것이라고 말했다.

이때 톰의 적들은 수적으로 우세했고, 자기들 생각을 거리낌 없이 말했다. 그들은 톰을 비웃었고, 겁쟁이, 거짓말쟁이, 고자질쟁이 등 자주 쓰던 별명으로 부르면서, 이 일 덕분에 체임버스에게 별명을 새로 지어주고 마을에서 널리 쓰겠다고 말했다. '톰 드리스컬의 깜둥이 아빠'란 별명이었으며, 체임버스가 톰에게 두번째 생명을 주고 새로운 삶을 베풀어준 사람이라는 뜻이었다. 이런 비아냥거림에 톰은 미칠 지경이 되어 소리를 질렀다.

"저놈들 대가리를 깨, 체임버스, 쟤들 대가리를 깨! 호주머니에 손 넣고 뭘 하는 거야?"

체임버스는 충고 조로 말했다.

"그러나 톰 도련님, 저들이 너무 많아요, 저들이—"

"내 말 안 들려?"

"제발, 톰 도련님, 날 시키지 마세요! 저들이 너무 많아요—"

톰은 벌떡 일어나 자신의 주머니칼로 그를 두세차례 찔렀고, 소

년들은 체임버스를 가로채 부상당한 그가 도망갈 기회를 주었다. 체임버스는 상당히 상처를 입었지만, 중상은 아니었다. 만약 칼날이 조금 더 길었더라면 그의 인생은 거기서 끝났을 것이었다.

톰이 록시에게 '그녀의 본분'을 가르쳐준 지는 이미 오래전이었다. 그녀가 그의 숙소에서 포옹이나 감정을 드러내는 애칭을 시도해본 건 한참 전의 일이었다. '깜둥이'로부터 그런 것을 받는다는 것을 톰은 혐오스러워했고, 그녀는 거리를 유지하고 그녀 자신이 누구인지 기억하라는 경고를 받았다. 그녀는 자신의 사랑스러운 아기가 더이상 자기 아들이 아니게 되는 과정을 지켜봤고, 아들이라는 분명한 사실이 완전히 사라지는 것을 보았다. 남은 것은 오로지 주인이라는 것, 전적으로 명백하게 주인이라는 사실뿐이었다. 더구나 너그러운 주인도 아니었다. 그녀는 자신이 모성이라는 숭고한 위치로부터 변하지 않는 노예제라는 암울한 심연으로 가라앉는 것을 지켜보았다. 그녀와 아들 사이를 분리하는 심연은 완벽했다. 그녀는 이제 오로지 그의 재산, 편리한 물건, 개, 두려움에 몸을

움츠리는 무력한 노예, 그의 변덕스러운 성품과 사악한 성격에 저
항하지 못하는 천한 희생자일 뿐이었다.

때로 그녀는 피로로 녹초가 되었을 때에도 잠들 수가 없었다. 낮
에 벌어진 아들과의 일 때문에 분노가 너무도 들끓었기 때문이었
다. 그녀는 혼잣말로 우물거리거나 중얼거리곤 했다.

"그애가 나를 때렸어. 잘못한 것도 전혀 없는데, 사람들 뻔히 보
는 앞에서 얼굴을 쳤어. 그리고 정말 잘하고 있을 때에도 걔는 항
상 나를 깜둥이 년, 화냥년, 온갖 상스러운 이름으로 부르지. 오, 하
느님, 그애를 위해 그렇게 많은 일을 해주었고, 그애를 지금의 위치
로 높여주었건만, 이게 내가 보답으로 받는 것이구나."

때로 여느 때보다 심한 모욕이 준 분노가 심장을 곧바로 찌를
때, 록시는 복수 계획을 세우고 톰이 가짜이자 노예로서 세상에 폭
로되었을 때의 광경을 상상하고 신이 나곤 했다. 그러나 이렇게 신
이 나는 가운데 공포가 엄습해왔다. 그녀는 아들을 너무 강하게 만
들어놓았다. 그녀는 아무것도 증명할 수가 없었고, 맙소사, 그녀가

폭로하느라 수고한 댓가로 강 아래로 팔려갈 수도 있었다. 그래서 그녀의 계획은 항상 물거품으로 돌아갔고, 운명의 9월 어느날 오늘처럼 복수에 굶주린 자신의 마음을 달래는 데 필요한 증인을 확보해두지 않은 바보였던 자기 자신과 운명의 여신들 양자 모두에 대해 무력한 분노를 느끼며 계획을 물릴 수밖에 없었다.

그러나 톰이 우연히 그녀에게 선량하고 친절하게 구는 순간──이런 일은 가끔씩 있었다──쓰라린 가슴은 싹 치유되었고 행복했다. 행복하고 자부심이 차올랐다. 왜냐하면 톰은 자신의 아들, 자신의 깜둥이 아들이었고, 백인들 사이에서 주인 행세를 하면서 자신의 인종에 대한 백인들의 범죄에 은밀히 복수하고 있기 때문이었다.

그해 가을, 즉 1845년 가을에 도슨스랜딩에 두번의 성대한 장례식이 있었다. 하나는 쎄실 벌리 에씩스 대령의 장례식이었고, 다른 하나는 퍼시 드리스컬의 장례식이었다.

임종의 침대에서 드리스컬은 록시를 해방시켜주었고 자신이 맹목적으로 아끼던 허울만의 아들을 그의 형인 드리스컬 판사와 그의 아내에게 엄숙히 부탁했다. 아이가 없던 부부는 톰을 맡아 기뻐했다. 아이 없는 사람들을 기쁘게 하기란 어려운 일이 아닌 법이다.

드리스컬 판사는 한달 전에 남몰래 동생에게 가서 체임버스를 구매했다. 그는 톰이 아버지로 하여금 그애를 강 아래로 팔게 하려 한다는 말을 들은 참이었고, 그런 추문을 막기를 바랐다. 마을 여론은 가내노예를 경미한 이유나 아무 이유 없이 그렇게 취급하는 데 공감하지 않았다.

퍼시 드리스컬은 그가 엄청난 투기 대상으로 삼은 토지 자산을 건지려고 애쓰다가 지쳐서 성공하지 못하고 죽었다. 그가 무덤에 묻히자마자 벼락 경기는 붕괴했고, 이제까지 시샘의 대상이던 젊은 상속자 악당을 빈털터리로 만들어버렸다. 그러나 그건 아무 일도 아니었다. 그의 숙부는 톰이 자신의 상속자가 될 것이며 전재산을 자신의 사후에 물려받을 것이라고 말했다. 그래서 톰은 안심했다.

록시는 이제 살 집이 없었다. 그래서 그녀는 돌아다니며 친구들에게 작별인사를 하고 이곳을 떠나 세상을 구경하기로 결심했다. 즉, 자신과 같은 인종의 여성이 간절히 바라는 소망인 증기선 객실 담당 하녀가 되기로 한 것이다.

그녀가 마지막으로 방문한 이는 검은 거인 재스퍼였다. 그는 얼간이 윌슨의 겨울철 땔감 장작을 패고 있었다.

윌슨은 록시가 왔을 때 재스퍼와 이야기를 나누고 있었다. 그는 증기선 하녀를 하기 위해 아이들을 떠나는 것이 많이 힘들지 않으냐고 물었다. 그리고 악의 없이 놀리는 말투로 애들을 기억하기 좋게 열두살까지에 이르는 그들의 지문들을 복사해주겠다고 제안했다. 그러나 그녀는 상대방이 뭔가를 의심하는 것이 아닌가 하면서 금방 냉랭해졌고, 지문을 원하지 않는다고 말했다. 윌슨은 속으로 생각했다. "저 여자는 몸 안의 흑인 피 때문에 미신에 가득 차 있지. 내 유리판의 신비에 어딘가 악마적인 것, 마녀의 짓거리가 있다고 생각하는 게지. 여기 올 때는 손에 낡은 말편자를 들고 오곤 했어. 그게 우연일 수도 있지만, 난 아니라고 생각해."

5장

훈련이 전부다. 복숭아는 원래 쓴맛 나는 아몬드였다.
꽃양배추는 다름 아닌 대학 교육을 받은 양배추이다.
——『얼간이 윌슨의 책력』

벼락부자에 대한 볼드윈 박사의 한마디: 우리는 스스로
최고급 식용버섯이라고 생각하는 독버섯을 먹으려 하진 않는다.
——『얼간이 윌슨의 책력』

요크 드리스컬 부인은 이년간 톰이라는 상이 주는 축복을 누렸
다. 때로 약간 걱정거리를 안기는 축복인 것은 사실이었지만, 여하
튼 축복이었다. 그후 그녀는 세상을 떠났고, 그녀의 남편과 그의 아
이 없는 누이인 프랫 부인이 그 축복받은 사업을 같은 집에서 계속
해나갔다. 톰은 스스로 완전히 만족할 정도로——아니, 거의 만족할
정도로 애지중지 버릇없이 길러졌다. 이는 열아홉살이 될 때까지
계속되었고, 이후 그는 예일 대학으로 보내졌다. '조건들'을 훌륭
하게 준비하여 간 톰이었지만, 이 점을 제외하면 두각을 나타내는
인물이 아니었다. 그는 이년간 머문 후에 학업의 어려움을 내던져
버렸다. 그는 행동거지가 매우 세련되어져 귀향했다. 뚱하고 퉁명

56

스러운 면이 사라졌고, 이제 기분 좋게 부드럽고 매끄러워졌다. 말투가 때로는 간접적으로, 때로는 대놓고 아이러니했다. 그리고 점잖게 사람들의 아픈 곳을 건드렸지만, 인품 좋고 반쯤 무의식적인 태도로 했기에 안전하게 처신할 수 있었고 곤경에 빠지는 것을 막을 수 있었다. 그는 언제나처럼 게을렀고, 전문적인 직업을 찾으려는 끈질긴 의욕을 보여준 적이 결코 없었다. 그래서 사람들은 톰이 숙부의 후원을 돌아가실 때까지 받으려 든다고들 말했다. 그는 한두 가지 새로운 습관을 익혀 돌아왔는데, 그중 하나, 즉 술 마시기는 공개적으로 드러냈고, 다른 하나는 숨겼는데, 그것은 도박 벽이었다. 숙부 귀에 들어갈 만한 곳에서 도박을 한다는 것은 있을 수 없는 일이었다. 톰은 그걸 잘 알고 있었다.

동부에서 얻은 톰의 세련됨은 젊은이들 사이에서 인기가 없었다. 톰이 적당한 정도에서 그쳤다면 어쩌면 참아줄 수도 있었을 것이다. 그러나 톰이 장갑까지 끼자 그들은 참을 수 없었고, 참으려고 하지도 않았다. 그래서 그는 친구가 별로 없게 되었다. 톰은 아주 세련된 스타일로 재단된 유행하는 옷을 한벌 가져왔는데, 동부풍, 도시풍이라고 할 만한 것이었다. 그 옷은 모든 사람들을 괴롭게 했고 별나게 방자한 모욕으로 간주되었다. 톰은 자신이 불러일으키는 감정을 즐기면서 하루 종일 태평하고 행복하게 마을을 돌아다녔다. 그러나 젊은이들은 그날밤 양복장이 하나에게 일을 시켰고, 톰이 다음날 아침 퍼레이드를 시작했을 때, 늙고 불구인 깜둥이 종치기가 요란한 커튼용 캘리코 천으로 자신의 세련된 옷을 흉내 낸 복장을 하고 자신의 멋진 동부풍을 한껏 모방하면서 뒤를 따라다니는 것을 보게 되었다.

톰은 두 손을 들었고, 이후로는 지역 유행에 따라 옷을 입게 되었다. 그러나 더 번화한 곳을 알게 된 이후로 심심한 시골 마을은 지루했고, 날이 갈수록 더 그랬다. 그는 기분 전환을 위해 쎄인트루이스로 짧은 여행을 떠나기 시작했다. 거기서 자신에게 어울리는 친구들과 취향에 맞는 여흥을 찾았고, 몇몇 특정한 일들에서 집에 있을 때보다 더 많은 자유를 얻었다. 그래서 다음 두해 동안 쎄인트루이스 방문은 점점 잦아졌고, 거기 머무는 기간도 꾸준히 점차 길어졌다.

톰은 깊은 늪 속으로 빠져들고 있었다. 훗날 자신을 곤경에 빠뜨릴 위험을 남몰래 무릅쓰고 있었고, 실제로 곤경에 빠지고야 말았다.

1850년에 드리스컬 판사는 현직과 모든 사업에서 은퇴했고, 삼년째 편안하게 아무 일도 안하고 있었다. 그는 자유사상가협회의 회장이었고 얼간이 윌슨이 유일한 회원이었다. 협회의 주례 토론회가 이제 늙은 법률가의 인생에서 주요 관심사였다. 얼간이는 이십삼년 전 개에 관해 내뱉은 불운한 발언의 저주 아래 여전히 사회적 사다리의 맨 밑바닥에서 무명의 처지로 고생하고 있었다.

드리스컬 판사는 그의 친구였으며, 그가 평균 이상의 지성을 지녔다고 주장했다. 그러나 그것은 판사의 변덕 중의 하나로 치부되었을 뿐이고, 마을 여론을 바꾸는 데 실패했다. 아니, 차라리 판사의 주장이 실패의 원인 중 하나였다. 그러나 더 중요한 원인이 또 하나 있었다. 판사가 얼간이에 대해 그저 주장하는 데 그쳤더라면 효과가 상당히 좋았을 것이다. 그러나 그는 자신의 입장을 증명하려고 시도하는 실수를 했다. 몇년간 윌슨은 자신의 즐거움을 위해 기발한 책력을 남몰래 써오고 있었다. 그 책력에는 매일매일의 날짜에 그럴듯한 철학적 발언이 한마디씩 주로 아이러니의 형태로 적혀 있었고, 판사는 윌슨의 재치 있는 말과 기발한 생각 늘이 깔끔하게 다듬어지고 날카롭다고 생각했다. 그래서 어느날 그 경구들 일부를 가지고 다니다가 마을 유지들 앞에서 읽었다. 그러나 이 사람들은 아이러니가 통하는 이들이 아니었고, 그들의 정신적 시력은 아이러니에 초점을 맞춰 이해할 줄을 몰랐다. 그들은 이 장난스러운 소품들을 아주 견실한 진지함으로 읽었으며, 데이브 윌슨이 얼간이라는 데 대해 행여 의혹이 있었다면—실은 전혀 없었다—이 경구들이 그 의혹을 영원히 사라지게 했다고 주저 없이 결론을 내렸다. 이것이 바로 세상의 이치이다. 즉, 원수는 사람을 일부만 망가지게 할 수 있지만, 선량하고 분별없는 친구는 그 파멸을 완성하고 완벽하게 하는 법이다. 이 일이 있은 뒤 판사는 윌슨을 더 안쓰럽게 여겼고, 그의 책력에 장점이 있다고 더욱 확신했다.

드리스컬 판사는 자유사상가이면서도 여전히 사회에서 자신의 지위를 유지할 수 있었다. 왜냐하면 그는 지역에서 매우 중요한 인물이었고, 그래서 자기 고집대로 하고 자신의 생각을 끝까지 밀고 나갈 수 있기 때문이었다. 그가 아끼는 조직의 다른 회원도 같은 자유를 허락받았는데, 대중의 평가에 따르면 그가 수수께끼이고 아무도 그의 생각이나 행동이 중요하다고 생각하지 않기 때문이었다. 얼간이는 사람들에게 인기가 있었고 어디서나 환영받았지만, 그저 아무런 비중 없는 사람이었다.

사람들이 모두 애정을 담아 '팻시 이모'라 부르는 과부 쿠퍼는 딸 로워나와 함께 안락하고 깔끔한 작은 집에 살고 있었다. 딸은 열아홉살이었고, 낭만적이고 다정하며 매우 예쁘지만 그밖에는 특출한 점이 없었다. 로워나는 남동생들이 몇명 있었는데 그들도 뛰어난 점이 없기는 마찬가지였다.

과부는 큰 방이 하나 비어서 구할 수만 있다면 식사를 제공하는 조건으로 사람을 들이려고 했지만, 속상하게도 이 방은 일년째 비어 있었다. 그녀의 수입은 겨우 가족을 부양할 정도에 그쳤고, 사소한 호사품을 위해서는 하숙비 수입이 필요했던 것이다. 불길이 타오르는 듯이 더운 7월 어느날 마침내 그녀는 행복을 얻었다. 지루한 기다림이 끝난 것이었다. 일년 묵은 광고가 답을 얻었다. 그것도 마을 사람이 아니라—정말 아니다!—북부의 멀고 위대한 세계 저 멀리로부터 소식이 왔던 것이다. 편지는 쎄인트루이스에서 왔다. 그녀는 현관에 앉아 거대한 미시시피 강의 빛나는 흐름을 그저 바라보면서 자신의 행운에 대해 깊은 생각에 잠겨 있었다. 실로 특별한 행운이었는데, 한사람이 아니라 두사람의 하숙인이 오게 되었기 때문이다.

그녀는 편지를 가족들에게 읽어주었고, 로워나는 노예인 낸시가 방을 청소하고 환기도 하도록 감독하려고 춤추듯이 달려갔다. 또 남동생들은 마을로 달려나가 이 대단한 소식을 퍼뜨렸다. 왜냐하면 그것은 공공의 관심사였고, 만약 알려주지 않는다면 마을 사람들은 의아해하고 언짢아할 것이기 때문이었다. 곧 로워나가 기쁨에 찬 흥분으로 온통 얼굴이 붉어져서 돌아와 편지를 다시 읽어달라고 청했다. 편지 내용은 이러했다.

친애하는 부인: 제 동생과 저는 광고를 우연히 보았고 부인께서 제공하는 방을 얻도록 허락을 구합니다. 저희는 스물네살이고 쌍둥이입니다. 이딸리아 출생이지만, 유럽 여러 나라에서 오래 살았고, 미국에서도 몇년간 살았습니다. 저희 이름은 루이지와 안젤로 까뻴로입니다. 부인께서는 한사람의 하숙인을 바라십니다. 하지만, 친애하는 부

인, 만약 두사람 몫의 하숙비를 지불하는 것을 허락하신다면 저희가 폐가 되지는 않겠지요. 저희는 목요일에 도착하게 됩니다.

"이딸리아 사람들이라고! 너무 낭만적이야! 생각해봐요, 엄마. 이 마을에는 이딸리아 사람이 한번도 와본 적이 없어요. 그래서 모든 이들이 그들을 보고 싶어 안달할 거예요. 그리고 그들이 온전히 우리 손님이라니! 생각해보세요!"

"그래, 내 생각에도 그들이 대단한 관심을 불러올 것 같구나!"

"오, 정말 그럴 거예요. 마을 전체가 다 물구나무를 설 지경일걸요. 생각해봐요! 그 사람들은 유럽과 온 세상을 다 가봤어요! 이 마을에는 그런 여행자가 한번도 없었어요! 엄마, 그들이 왕들을 만났다고 해도 난 놀라지 않을 거야!"

"음, 장담하기는 어렵구나. 하지만 왕들을 만나지 않았더라도 그들 때문에 야단법석이 날 거야."

"그래요, 물론이에요. 루이지, 안젤로. 정말 멋진 이름이에요. 아주 웅장하고 이국적이에요. 존스나 로빈슨 같은 것과 달라요. 목요일에 오는데 이제 고작 화요일이라니. 기다리기엔 너무 잔인할 정도로 멀어요. 드리스컬 판사님이 집 앞에 오셨네. 얘기를 들으셨을 거예요. 가서 문을 열어드려야지."

판사는 축하와 호기심에 넘쳤다. 편지가 읽히고 논의되었다. 곧 로빈슨 판사가 도착해서 또 축하를 했고 다시 편지 읽기와 토론이 되풀이되었다. 이것이 시작이었다. 남녀 이웃들이 줄지어 왔고 그 행렬이 수요일과 목요일 낮과 저녁 내내 이어졌다. 편지는 거의 너덜너덜해질 정도로 여러번 읽혔다. 모두가 그 기품 있고 우아한 어조, 부드럽고 숙달된 문체에 찬사를 보냈고, 모두가 마음에 들어했고 흥분했으며, 쿠퍼 모녀는 내내 행복에 잠겨 있었다.

그 옛날에는 간조 때 배의 도착 시간이 아주 들쭉날쭉했다. 이번에 목요일 배는 밤 10시에도 도착하지 않았다. 그래서 사람들은 선착장에서 하루 종일 기다리며 헛수고를 했다. 그들은 화려한 외국인들을 보지 못한 채 심한 폭풍우 때문에 할 수 없이 집으로 돌아가야 했다.

11시가 되었다. 그리고 12시가 되자 쿠퍼 모녀의 집은 마을에서 여전히 불을 밝힌 유일한 집이었다. 비와 천둥은 아직 우르릉거렸고, 애타는 모녀는 변함없이 기다리며 변함없이 기대에 부풀어 있었다. 마침내 문 두드리는 소리가 났고 모녀는 벌떡 일어나 문을 열었다. 두 깜둥이 짐꾼이 여행가방을 하나씩 들고 들어왔고, 위층 손님방으로 올라갔다. 그리고 쌍둥이 형제, 서부가 이제까지 본 중에 가장 잘생기고 가장 잘 차려입고 가장 뛰어나 보이는 젊은이 한쌍이 들어왔다. 한 사람이 다른 사람보다 약간 더 살결이 희었지만, 그밖의 점에서는 완전히 판박이였다.

6장

우리가 죽었을 때 운구하는 이들도 슬프게끔 살도록 노력하자.
　　　　　　—『얼간이 윌슨의 책력』

습관은 습관이다. 그래서 누구도 그것을 단번에 창밖으로 내던질 수 없고,
한번에 한계단씩 아래층으로 유인해야 하는 것이다.
　　　　　　—『얼간이 윌슨의 책력』

　아침식사 때 쌍둥이의 매력적인 매너와 여유 있고 세련된 몸가짐은 금세 집주인의 호의를 차지했다. 거리감과 격식이 금방 사라졌고, 친근한 감정만이 뒤따랐다. 팻시 이모는 거의 처음부터 그들을 성 아닌 이름으로 불렀다. 그녀는 그들에 대한 아주 열렬한 호기심을 그대로 드러냈다. 쌍둥이는 자신들의 이야기를 함으로써 답했고, 그녀는 아주 기뻐했다. 그들이 더 젊을 때 가난과 역경을 겪었음이 금방 드러났다. 대화가 이리저리 흘러갈 때 이 나이 든 숙녀는 그 문제에 관해 한두가지 질문을 할 적절한 시점을 고르고 있었고, 마침내 금발의 쌍둥이에게 물었다. 그는 갈색 머리의 형제가 쉬는 동안에 자신들의 지난 이야기를 하고 있었던 것이다.

"내가 묻지 말아야 할 것을 묻는 것이 아니라면, 안젤로 씨, 어릴 때 어쩌다가 그렇게 친구도 없고 곤경에 빠지게 된 거요? 말해주실 수 있나요? 그러나 원치 않는다면 하지 마세요."

"아, 말씀드릴 수 있어요, 부인. 저희 경우는 단지 불운했을 뿐이고, 누구의 잘못도 아니에요. 저희 부모님은 이딸리아에서 유복했고, 저희가 유일한 자식이었죠. 저희는 피렌쩨의 오래된 귀족 가문이었어요." 로위나는 가슴은 철렁했으며, 콧구멍이 커지고 눈에 빛이 반짝였다. "그런데 전쟁이 터졌을 때 저희 아버지는 패배한 쪽이 있기 때문에 목숨을 부지하기 위해 달아나야 했죠. 영지는 압류되고 재산은 몰수되었으며, 저희는 독일에서 이방인으로서 친구도 없이 사실상 비렁뱅이로 지냈죠. 저희는 열살이었고, 그 또래로는 교육을 잘 받아서 매우 근면하고 책을 아주 좋아하며, 독일어, 프랑스어, 스페

인어, 영어를 곧잘 했지요. 또 놀라운 음악 신동이기도 했어요. 말씀드리기엔 뭣하지만 틀림없는 사실이에요.

아버지는 불운이 닥친 후 한달밖에 못 사셨어요. 어머니도 곧 그 뒤를 따르셨고, 저희는 세상에 홀로 남겨졌죠. 부모님들은 저희를 볼거리로 만듦으로써 편안하게 생활하실 수도 있었고, 여러번 돈이 되는 제안도 받으셨죠. 하지만 그런 생각을 하는 것조차 자존심이 용납하지 않으셨고, 차라리 먼저 굶어 죽겠다고 말하셨어요. 그러나 부모님이 허락하지 않으려던 것을 나중에 저희는 허락이라는 정식 절차 없이 해야만 했지요. 부모님의 병환과 장례식 때문에 얻은 빚으로 인해 저희 둘은 억류되었고 빚을 갚을 돈을 벌기 위해 베를린에 있는 싸구려 박물관에서 볼거리의 하나가 되었어요. 그 노예 상태를 벗어나는 데 이년이 걸렸지요. 임금도 받지 못하고 심지어 생활비도 못 받은 채 독일 전역을 돌아다녔어요. 공짜로 구경거리가 되어야 했고, 빵을 구걸해야 했지요.

아, 부인, 나머지 얘기는 그리 중요한 것이 아니에요. 열두살의 나이에 노예 상태에서 탈출했을 때 저희는 어떤 면에서는 어른이었죠. 경험이 소중한 것들을 가르쳐주었는데, 그중에는 어떻게 스스로를 돌볼 것인가, 어떻게 고리대금업자들과 사기꾼들을 피할 것인가, 어떻게 자기 사업을 남의 도움 없이 자신의 이익을 위해 운영할 것인가 등이 있었죠. 여러해 동안 온갖 곳을 여행하며 이상한 언어를 약간씩 배우고 기이한 풍경과 관습 들에 익숙해지며 폭넓고 다양하며 신기한 종류의 교육과정을 밟은 셈이죠. 즐거운 삶이었어요. 베네찌아, 런던, 빠리, 러시아, 인도, 중국, 일본 등에도 갔어요."

이 대목에서 노예인 낸시가 문에서 고개를 들이밀고 외쳤다.

"마나님들, 집 안이 사람들로 그득 찼고, 저 신사분들을 보고 싶어 흘러넘치고들 있어요." 그녀는 쌍둥이를 고개를 까딱여 가리키고는 다시 문밖으로 사라졌다.

과부에게는 자랑스러운 순간이었고, 자신의 이웃과 벗 들에게 멋진 외국인을 자랑하는 데 큰 만족을 느끼리라고 생각했다. 이들은 어떤 종류의 외국인도 거의 본 적이 없고, 지체 있거나 풍채 있는 외국인은 전혀 본 적이 없었다. 그러나 그녀의 감정은 딸의 마음과 비교하면 실로 차분한 것이었다. 로워나는 구름 속에 떠 있었고, 공중을 걷는 기분이었다. 오늘은 이 재미없는 시골 마을의 무미건조한 역사에서 가장 낭만적인 사건이 벌어지는 날, 최고의 날이었다. 자신이 그 영광의 원천에 친숙할 정도로 가까이에 서서 영광의 폭포수가 자신의 머리와 주위로 쏟아지는 것을 느끼는 가운데, 다른 처녀들은 그저 바라보기만 하면서 부러워할 따름이지 끼어들 수는 없을 것이었다.

과부는 준비가 되었고, 로워나도 준비를 갖추었고, 외국인들도 마찬가지였다.

일행은 홀을 따라 쌍둥이 형제를 앞세우고 움직여서 열린 현관문으로 들어섰는데, 거기서는 낮은 말소리들이 흘러나오고 있었다. 쌍둥이들이 문 근처에 자리를 잡고 과부는 루이지 옆에, 로워나는 안젤로 옆에 섰고, 열병식과 손님 소개가 시작되었다. 과부는 온통 함박웃음을 지으며 대만족했다. 그녀는 행렬을 맞이하여 로워나에게 넘겨주었다.

"안녕하세요, 쿠퍼 부인." ─악수.

"안녕하세요, 히긴스 형제분들, 루이지 까뻴로 백작이에요. 히긴스 씨예요." ─악수가 있었고 잡아먹을 듯이 뚫어지게 바라보다가 "만나서 반갑소"라는 말이 히긴스에게서 나오고, 루이지 백작 쪽에서 공손하게 고개를 숙이며 상냥하게 "정말 기쁩니다!"라는 말이 나온다.

"안녕, 로워나." ─악수.

"안녕, 히긴스 선생님, 안젤로 까뻴로 백작을 소개합니다." 악수와 찬탄하는 눈길 후에, "만나서 반갑소"가 나오고, 공손한 목례와 미소 띤 "정말 기쁩니다!"라는 말이 따르고, 히긴스는 다음으로 넘어간다.

방문자 중 여유 있는 태도를 가진 이는 아무도 없었다. 그러나 정직한 사람들이어서 여유 있는 척하는 이도 없었다. 그중 누구도 귀족 작위를 가진 이를 만난 적이 없었고, 만나리라고 기대해본 사람도 없었다. 따라서 작위는 마치 말뚝 박는 기계가 주는 충격처럼 뜻밖의 것이었다. 몇사람은 이 예상치 못한 상황에 대처하려고 했고, 그래서

어색하게 '전하' '각하' 혹은 그와 유사한 표현을 썼다. 그러나 대부분의 사람들은 낯선 단어와, 그 단어가 어렴풋하나마 경외심을 불러일으키며 화려한 궁정과 당당한 의식과 성유聖油를 바른 왕을 연상시키는 데 압도되어버렸다. 그래서 그저 우물쭈물 악수만 하고 말도 못하고 지나갔다. 이따금씩, 어디서나 어떤 환영회에서도 일어나는 일이지만, 지나치게 친근한 척 구는 사람이 줄을 멈추게 하고는 쌍둥이 형제에게 이 마을이 마음에 드는지, 얼마나 오래 머물 생각인지, 그리고 가족은 안녕하신지를 묻고는 날씨 이야기로 넘어가 곧 시원해지기를 기대한다고 말하느라 행렬이 지체되게 만들었다. 이는 집에 돌아가 "그들과 참 오래 이야기를 했어"라고 말하기 위해서였다. 그러나 아무도 후회할 만한 언행은 하지 않았고, 이 큰 행사는 칭찬받을 만하고 만족스러운 방식으로 끝까지 진행되었다.

자유로운 대화 시간이 뒤따랐다. 쌍둥이는 이 모임 저 모임을 옮겨다니면서 편안하고 유창하게 이야기를 나누는 가운데 동의를 얻어내고 찬사를 이끌어냈으며 모든 사람에게서 호감을 얻었다. 과부는 쌍둥이 형제의 승리 행진을 자랑스러운 눈으로 지켜보았고, 이따금 로위나는 깊은 만족감으로 스스로에게 속삭였다. "생각해봐, 그들이 우리 손님이라니―온전히 우리 손님이라니!"

어머니나 딸이나 한가할 틈이 없었다. 내내 쌍둥이에 대해 애타게 궁금해하는 질문들이 황홀경에 빠진 모녀의 귀에 쏟아져들어왔다. 모녀는 각자 숨죽이고 열심히 귀 기울이는 한 떼의 사람들에

둘러싸인 변함없는 중심이었다. 각자 자신이 평생 처음으로 '영광'이라는 멋진 단어의 진짜 뜻을 알게 되었음을 깨달았고, 그 엄청난 가치를 인식했으며, 그 숭고한 최상의 기쁨을 맛보기 위해 왜 사람들이 여러 시대에 걸쳐 더 하찮은 행복, 보물, 그리고 생명 그 자체를 기꺼이 내던져왔는가를 이해하게 되었다. 나뽈레옹과 그의 부류들이 모두 설명되었다──그리고 정당화되었다.

로워나가 마침내 아래층에 모인 사람들 곁에서 자신의 의무를 다했을 때, 그녀는 이층으로 올라가서 넘치는 사람들의 소망을 거기서 수용할 수 있을지 둘러보았다. 왜냐하면 아래층 응접실은 방문객 모두를 받을 만큼 크지 않았기 때문이다. 다시 거기서 그녀는 애타는 질문자들에 포위되었고 또다시 일몰 무렵의 영광의 바다에서 헤엄치게 되었다. 이른 오후가 거의 끝났을 때, 그녀는 자기 생애의 가장 찬란한 이 사건이 거의 끝났음을, 어떤 것도 그것을 연장할 수 없음을, 그와 필적할 어떤 것도 자신의 운명에 벌어질 수 없음을 거의 고통을 느끼며 알아차렸다. 그러나, 걱정 마시라, 그 자체로도 충분했고, 이 멋진 일은 처음부터 상승곡선을 그리며 진행되었으며 고귀하고 기억할 만한 성공이었다. 쌍둥이가 만약 이 행사에 정점을 찍을 일을 할 수 있다면, 뭔가 희귀하고 놀라운 일, 그들에게 모여든 사람들로부터 최고의 찬사를 집중시킬 일, 전기가 통하는 놀라움의 성격을 지닌 일을 할 수 있다면──

이때 엄청난 쾅 소리가 아래층에서 들렸고, 모두 무슨 영문인지 알고 싶어 달려내려갔다. 쌍둥이가 피아노 앞에 앉아 훌륭한 스타

일로 고전적인 이중주를 하는 소
리였다. 로워나는 만족했다. 마음
밑바닥까지 만족스러웠다.

　이방의 젊은이들은 피아노에
오래 붙잡혀 있었다. 마을 사람들
은 탁월한 연주에 경탄하고 매료
되었으며, 연주가 끝나버린다는 것을 견딜 수 없었다. 사람을 황홀
경에 빠뜨리는 멜로디가 넘쳐흐르는 이 연주에 비할 때 마을 사람
들이 이제까지 들어온 음악은 몽땅 생기 없는 연습곡에 불과하며
우아함이나 매력이 빠진 것으로 보였다. 그들은 인생에서 처음으
로 명인의 연주를 듣는 것임을 깨달았다.

7장

고양이와 거짓말의 가장 두드러진 차이점 중 하나는
고양이는 아홉번의 생만 산다는 것이다.
―『얼간이 윌슨의 책력』

모인 이들은 마지못해 작별했으며, 자신들의 집으로 흩어져가
면서 열띤 대화를 나누었고 도슨스랜딩이 아마 오래도록 이런 급
의 사람들을 다시 보지 못할 것이라는 데 모두 동의했다. 쌍둥이는
환영회가 진행되는 동안에 이미 여러건의 초대를 받아들였고, 지
역 자선단체를 위한 아마추어 공연에서 이중주를 하겠다고 자원하
기도 했다. 마을은 이들을 기꺼이 가슴에 품을 준비가 되어 있었다.
드리스컬 판사는 바로 그들을 마차에 태우는 행운을 얻었고 대중
에게 그들을 보여줄 첫번째 사람이 되었다. 쌍둥이는 그의 마차를
함께 타고 마을 중심가를 행진했고, 사람들은 이를 보기 위해 창가
와 길가로 몰려들었다.

판사는 이방인들에게 새 묘지, 감옥, 가장 큰 부자의 집, 프리메이슨 회당, 감리교 교회, 장로교 교회, 그리고 재정이 확보되면 침례교 교회가 지어질 장소를 보여주었다. 또 시청과 도살장을 안내하고, 자치 소방대가 제복을 입고 나오도록 해서 가상의 불을 끄는 것을 보여주었다. 다음으로 민병대에게 소총을 점검하게 한 후, 그는 이 모든 멋진 것들에 대해 지칠 줄 모르는 열광적 찬탄을 쏟아내었으며 쌍둥이의 반응에 아주 만족스러워했다. 실제 쌍둥이는 판사의 경탄에 대해 맞장구를 쳤고 할 수 있는 한 최상의 찬사로 그에게 되갚았다. 그들이 여러 나라에서 이미 이런 경험을 천오백 내지 천육백번쯤 한 탓에 그 신기함이 상당히 닳아없어지지 않았더라면 좀더 뜨겁게 칭찬할 수도 있긴 했겠지만 말이다.

판사는 그들이 즐거운 시간을 가지도록 최선을 다해 환대했으며, 그의 대접에 어딘가 모자란 점이 있었다면 그 자신의 잘못은 아니었다. 판사는 그들에게 우스운 일화들을 아주 많이 들려주었고, 항상 요점을 잊어버렸지만 쌍둥이가 그 요점을 언제나 되찾아줄 수 있었다. 판사의 일화들은 꽤 오래된 것들이어서 쌍둥이가 과거에도 아주 여러번 그런 이야기들의 흐름을 되살려주는 역할을 한 경험이 있기 때문이었다. 판사는 그들에게 자신이 역임한 여러가지 고위직에 대해 모두 말해

주었고, 이런저런 직책을 어떻게 수행했는지, 그리고 한때 의회에도 진출했고, 지금은 자유사상가협회 회장이라는 것을 말했다. 그는 협회가 생긴 지 사년이 되었고 이미 두명의 회원이 있으며 확실하게 자리를 잡았다고 했다. 판사는 만약 협회 모임에 참석하고 싶다면 저녁에 쌍둥이 형제를 초대하겠노라고 했다.

그리하여 판사는 쌍둥이 형제를 불렀으며, 가는 길에 손님들에게 얼간이 윌슨에 대해 모두 말해주었는데, 윌슨에 대해 미리 긍정적인 인상을 받고 그를 좋아할 준비를 갖추도록 하려는 목적이었다. 이 계획은 성공했다──호의적인 인상을 받았다. 나중에 좋은 인상은 확인되고 더 탄탄해졌는데, 윌슨이 이방인들에 대한 예의로 평소의 화제를 물리치고 일상적인 주제에 대해 대화하며 친근한 관계와 우정을 다지는 데 만남의 시간을 쓰자고 제안했던 것이다. 이 제안은 표결에 부쳐졌고 실행되었다.

활기찬 대화 속에 시간은 빨리 지나갔다. 대화가 끝났을 때 외롭고 방치되어온 윌슨은 두 친구 덕분에 대화가 시작되기 전의 그 자신보다 훨씬 더 풍요로워졌다. 그는 당장 중간에 낀 약속 하나를 조정하여 쌍둥이들이 자신의 숙소를 방문하도록 초대했고, 그들은 기쁘게 응했다.

저녁이 무르익을 즈음에 쌍둥이는 윌슨의 집으로 가고 있었다. 얼간이는 집에서 그들을 기다리고 있었고 그날 아침에 자신이 목격한 한가지 일을 곰곰이 궁리하며 시간을 보내고 있었다. 그 일은 이러했다. 그는 우연히 아주 일찍, 즉 새벽에 일어났다. 그리고 자신의 집 가운데로 난 홀을 가로질러 방 하나에 뭔가를 가지러 들어갔다. 그 방 창문에는 커튼이 없었는데, 집의 그쪽 방향에는 오랫동안 아무도 살지 않았기 때문이었다. 그런데 창문을 통해 그는 놀랍고 흥미로운 뭔가를 보았다. 젊은 여성이 있었는데, 있어서는 안될 곳에 있었다. 드리스컬 판사의 집, 그것도 판사의 개인 서재 혹은 응접실 위층의 침실에 그녀가 있었다. 그곳은 젊은 톰 드리스컬의 침실이었다. 그 집의 거주자는 톰과 판사, 판사의 홀로 된 누이인 프랫 부인, 그리고 깜둥이 하인 세명이 전부였다. 그러면 이 젊은 숙녀는 누구란 말인가? 두집은 평범한 뜰로 구분되어 있었고, 낮은 담장이 앞쪽 거리로부터 가운데를 가로지르고 뒤의 골목길로 이어졌다. 거리는 멀지 않았고, 방의 창문과 창문 가리개가 둘 다 열려 있어서 윌슨은 그 여성을 아주 잘 볼 수 있었다. 그 여성은 분홍색과 흰색의 넓은 줄무늬가 있는 깔끔하고 단정한 여름옷을 입었고, 보닛에는 분홍색 베일이 달려 있었다. 분명히 그녀는 걸음걸이와 자세를 연습하고 있었다. 우아하게 연습해내면서 자신이 하는 일에 아주 몰입해 있었다. 이 여자는 도대체 누구며, 어떻게 젊은 톰 드리스컬의 방에 들어왔단 말인가?

월슨은 재빨리 그녀에게 들킬 염려가 별로 없이 관찰할 수 있는 위치를 택했고, 처녀가 베일을 들어올려 얼굴이 드러나길 바라면서 지켜보았다. 그러나 그녀는 월슨을 실망시켰다. 이십분 후에 그녀는 사라졌고, 그가 반시간을 더 같은 자리에 머물렀건만 다시 나타나지 않았다.

정오쯤에 그는 판사 댁에 들러 프랫 부인과 그날의 큰 행사, 즉 팻시 쿠퍼 숙모의 지체 높은 외국인들을 알현하는 일에 대해 이야기를 나누었다. 그는 부인의 조카인 톰의 안부를 물었고, 부인은 그가 집으로 오는 중이며 밤이 되기 조금 전에 도착할 것으로 기대한다고 했다. 그에 덧붙여 자신과 판사는 조카의 편지 덕에 그가 아주 훌륭하고 믿음직스럽게 행동하고 있음을 알고 흡족해하고 있다고도 했다. 이 말에 월슨은 속으로 한쪽 눈을 찡긋했다. 월슨은 집에 새로 온 사람이 있느냐고 대놓고 묻지 않았지만, 프랫 부인에게 실마리를 얻을 법한 질문들을 했다. 그리하여 월슨은 프랫 부인 자신은 알지 못하는 뭔가가 그 집에서 일어나고 있음을 알게 된 데 만족하며 물러나왔다.

이제 그는 쌍둥이를 기다리면서 그 여자가 누구일까, 그리고 어떻게 아침 동틀 무렵에 그 젊은이의 방에 있었을까 하는 문제를 궁리하고 있었다.

8장

우정이라는 고귀한 열정은 아주 다정하고, 변함없고, 충직하고,
오래가는 성격을 지닌 것이어서 돈을 빌려달라는 말만 하지 않으면
평생 지속될 것이다.
—『얼간이 윌슨의 책력』

사물의 균형을 잘 고려하라. 천국의 늙은 새가 되느니
젊은 풍뎅이가 되는 게 더 낫다.
—『얼간이 윌슨의 책력』

자, 이제 록시의 이야기를 추적할 차례이다.

해방되어 정기선 하녀가 되려고 떠날 때 그녀는 서른다섯살이었다. 그녀는 뉴올리언스 항로의 썬시내티 정기선인 '그랜드 모굴'에 이급 객실 하녀로 자리를 얻었다. 몇번의 항해 덕에 일이 손에 익고 편해졌고, 그녀는 증기선에서의 생활이 지닌 활기, 모험, 독립성에 매혹되었다. 나중에는 승진하여 객실 하녀의 장이 되었다. 간부 선원들은 모두 록시를 좋아했고, 그녀는 그들의 농담과 친근한 태도를 지극히 자랑스러워했다.

팔년 동안 록시는 일년 중 사분의 삼을 그 배에서 일했고, 겨울에는 빅스버그 정기선에서 일했다. 그러나 이제 두달 동안 팔에 류

머티즘을 앓았고, 세탁물 통을 손에서 놓지 않을 수 없었다. 그래서 일을 그만두었다. 그러나 그녀는 자리를 잘 잡은 편이었고, 자신의 말로 표현하라면 부자라고 했을 것이다. 그녀는 성실한 삶을 살았고, 노년을 대비하여 매달 4달러씩 뉴올리언스의 은행에 저축했기 때문이었다. 그녀는 한때 "맨발의 깜둥이 사내에게 신발을 신겨 자신을 짓밟게" 한 적이 있고 그런 실수는 한번으로 족하다고 말했다. 고된 노동과 절약으로 이룰 수 있다면 그녀는 영원히 인간들로부터 독립할 작정이었다.

배가 뉴올리언스의 부두에 닿았을 때 그녀는 그랜드 모굴의 동료들에게 작별을 하고 짐을 뭍으로 옮겼다.

그러나 록시는 한시간 만에 되돌아오고 말았다. 은행이 이미 파산해서 자신의 400달러마저 날려버렸던 것이다. 가난뱅이가 되었고, 집도 없었다. 게다가 적어도 당분간은 신체적으로도 불편한 몸이었다. 간부 선원들은 록시의 곤경을 크게 동정했고, 약간의 돈을 추렴해주었다. 그녀는 자신이 난 고향으로 가기로 결심했다. 거기에는 깜둥이 중에 친구들이 있었고, 불행한 이들이 언제나 불행한 이들을 돕는 법임을 스스로 잘 알고 있었다. 젊은 시절의 그 미천한 친구들은 자신을 굶게 내버려두지 않을 것이었다.

그녀는 케이로우에서 작은 지역 정기선을 탔고, 집으로 향했다. 시간은 자신의 아들에 대한 쓰라린 감정을 거두어갔고, 그에 대해 평정심을 가지고 생각할 수 있었다. 그녀는 그의 사악한 측면을 마음에서 지워버렸고, 오로지 때로 자신에게 친절을 베푼 행동들의 기억만을 곱씹었다. 이런 기억들에 금박을 입히거나 장식을 해서 되돌아보기에 매우 즐겁게 만들었다. 그녀는 아들을 만나기를 갈 망하기 시작했다. 록시는 고향에 가서 노예답게 그에게 아양을 부릴 것이었고—물론 그녀의 태도는 이래야 마땅할 것이었다—어 쩌면 시간이 아들의 성품을 바꿔놓아서 오래 잊은 옛 유모를 보고 기뻐서 잘 대해줄지도 모를 일이었다. 그건 멋진 일이 될 것이다. 자신의 원한과 가난을 잊게 해줄 것이다.

그녀의 가난! 그 생각이 그녀의 꿈에 또다른 궁궐을 덧붙여 짓게 만들었다. 어쩌면 그는 자신을 도울지 모른다. 어쩌면 이따금 푼돈 을, 말하자면 한달에 1달러 정도 쥐여줄지 모른다. 어쨌든 그런 푼 돈은, 아, 정말 크게 도움이 될 것이었다.

도슨스랜딩에 도착할 때쯤에 록시는 다시 옛날의 자신으로 돌 아가 있었다. 우울은 사라졌고, 도도해져 있었다. 분명히 자신은 잘 해나갈 것이었다. 하인들이 자신의 끼니를 그녀에게 나눠주거나, 설탕과 사과, 다른 맛있는 것을 집으로 가져가라고 훔쳐다줄 부엌 은 많았고, 아니면 그녀 스스로 훔치게끔 기회를 줄 곳도 많았는데, 후자는 똑같이 훌륭한 해결책이 될 것이었다. 그리고 교회가 있었 다. 그녀는 그 어느 때보다도 광적으로 헌신적인 감리교도였고, 그 녀의 경건함은 가짜가 결코 아니고 강하고 진지했다. 그렇다, 동료 들의 호의가 넘쳐나고 교회 구석 자신의 옛 자리를 다시 차지하면, 이후로 끝까지 완벽하게 행복하고 평화로울 것이었다.

무엇보다도 먼저 그녀는 드리스컬 판사의 부엌으로 갔다. 거기서 그녀는 아주 깍듯하고 대단히 열렬하게 받아들여졌다. 록시의 놀라운 여행들과, 그녀가 본 신기한 고장들과 몸소 겪은 모험들은 그녀를 경이로운 존재이자 로맨스의 여주인공으로 만들었다. 깜둥이들은 그녀가 경험한 굉장한 이야기들에 매혹되었고, 끊임없이 다그치는 질문, 터져나오는 웃음, 기쁨의 감탄과 찬사의 표현으로 이야기를 방해했다. 록시는 이 세상에서 증기선 생활보다 더 나은 것이 있다면 그 생활에 대해 이야기하는 일에서 생기는 영광뿐이라고 남몰래 스스로에게 고백하지 않을 수 없었다. 청중은 자신들의 저녁거리로 그녀의 배를 채워주고 그녀의 바구니를 채우기 위해 식품저장고가 거덜나도록 훔쳐내었다.

톰은 쎄인트루이스에 있었다. 하인들은 그가 지난 이년간 주로 그곳에서 시간을 보냈다고 말했다. 록시는 매일 왔고 드리스컬 판사 집과 그 집안의 일에 대해 많은 이야기를 나눴다. 한번은 그녀가 왜 톰이 그렇게 자주 집을 비우는지를 물었다. 소위 '체임버스' 가 말했다.

"사실은 나리가 도련님이 읍내에 있을 때보다 집을 비울 때 더 편하시기 때문이야. 그래, 나리가 그때 도련님을 더 사랑하지. 그래서 한달에 50달러를 주지."

"아니겠지, 정말 그래? 체임버스, 너 농담하는 거지, 그렇지?"

"전혀 아니라오, 엄마. 톰 도련님이 내게 직접 그리 말했다고. 그렇지만 신경 쓸 거 없어요. 그 돈으로 충분하지 않으니."

"맙소사, 충분하지 않다니, 왜?"

"응, 말할 기회를 준다면, 엄마, 말해줄게. 충분하지 않은 이유는 톰 도련님이 노름을 하기 때문이지."

록시는 너무 놀라 두 손을 번쩍 치켜들었고 체임버스는 계속 말했다.

"나리도 알고 말았지. 왜냐하면 톰 도련님의 노름빚 200달러를 갚아야 했거든. 진짜야, 엄마, 엄마 자신이 살아 있는 것만큼이나 분명하다니까."

"2, 200달러! 아, 너 무슨 소리를 하는 거야? 2, 200달러. 하느님 맙소사, 그건 괜찮은 중고 깜둥이를 살 수 있을 만큼 충분한 돈이야. 너 거짓말 아니지, 아가? 너 늙은 어미에게 거짓말하는 거 아니지?"

"내가 말한 그대로가 하느님의 진실이야. 200달러지. 내 말이 틀렸다면 죽어도 좋아. 그리고, 오, 하느님, 나리는 그저 펄쩍펄쩍 뛰었지! 나리는 끓는 물처럼 화가 났고 도련님을 우산 상속에서 뺐어."

그는 그 마지막 멋진 말을 하고는 자신의 식사거리인 고기를 맛있게 핥았다. 록시는 잠시 그 말뜻을 고민하다가 포기하고 물었다.

"도련님을 우산 어떻게 했다고?"

"우산 상속에서 뺐다고."

"그게 뭐냐? 무슨 뜻이야?"

"유언장을 찢어버렸다는 거지."

"유언장을 찢어버렸다고! 그분이 도련님을 결코 그렇게 대할 순 없을 거야! 그 말 도로 주워담아. 내가 슬픔과 고난 속에 낳은 이 한심한 짝퉁 깜둥이야."

록시가 꿈꿔온 궁궐, 톰의 호주머니에서 가끔씩 얻어낼 1달러라는 꿈의 궁궐이 눈앞에서 무너져내리고 있었다. 그녀는 이런 재난을 견딜 수가 없었다. 그 생각조차 참을 수가 없었다. 그런데 그녀의 말은 체임버스를 웃겼다.

"하하하! 들어봐! 내가 짝퉁이면, 엄마는 뭐야? 우리 둘 다 짝퉁 흰둥이잖아. 그게 우리야. 그것도 아주 강력하게 훌륭한 짝퉁이지. 하하하! 우리는 짝퉁 깜둥이에는 미치지 못하지, 그리고—"

"헛소리 말고 닥쳐, 네 머리통을 깨버리기 전에. 그리고 유언장에 대해 말해봐. 찢어버리지 않았다고 말해, 제발, 아가. 그러면 너를 결코 무시하지 않을게."

"어, 찢어버리지 않았어. 왜냐하면 새 유언장이 만들어졌거든. 그리고 톰 도련님은 다시 괜찮아. 그런데, 엄마, 왜 이 일에 그렇게 열을 내? 내 생각에는 엄마가 상관할 일 전혀 아닌데."

"내가 상관할 일이 아니라고? 그럼, 알고 싶다, 대체 누가 상관할 일이냐? 도련님이 열다섯살이 될 때까지 내가 그분 엄마가 아니었단 말이냐? 너 한번 대답해봐. 그리고 가난하고 한심한 신세로 세상으로 쫓겨나는 꼴을 보면서도 내가 전혀 상관하지 않을 수 있다고 말하는 거야? 네가 한번이라도 직접 엄마 입장이 되어본다면, 발레 드 샹브르, 그런 멍청한 소리는 하지 않을 거다."

"어, 그런데, 주인 나리가 용서하고 유언장을 다시 고쳤어. 그러면 만족해?"

그렇다, 그녀는 만족했으며, 이제 이 문제에 대해 아주 행복하고 감정이 넘쳐나게 되었다. 그녀는 매일 다시 찾아왔고, 마침내 톰이 집에 돌아왔다는 소식을 들었다. 그녀는 감정이 북받쳐 떨기 시작했고, 당장 체임버스를 보내 "딱하고 늙은 깜둥이 엄마가 그저 얼굴 한번 보고 기쁨 속에 죽게 해달라"라고 사정했다.

톰은 체임버스가 이 간청을 가지고 들어왔을 때 특유의 게으르고 느긋한 자세로 소파에 기대어 있었다. 힘든 일을 군말 없이 하는 일꾼이자 어린 시절의 보호자에 대한 오래된 혐오는 시간이 지났어도 바뀌지 않았다. 그 감정은 여전히 강렬하고 가차 없었다. 그는 일어나 앉아 자신이 무의식적으로 이름을 도용하고 혈통의 권리를 가로채 향유하고 있는 젊은이의 잘생긴 얼굴을 무서운 시선으로 바라보았다. 그는 자기 시선의 희생자가 공포로 질려 만족스러울 만큼 창백해질 때까지 노려보다가 말문을 열었다.

"그 늙고 쓸모없는 년이 내게 뭘 원하는 거지?"

만나달라는 청원이 머뭇머뭇 반복되었다.

"누가 네놈에게 깜둥이들의 사교적 관심사를 들고 와 방해할 권리를 주던?"

톰은 자리에서 일어나 있었다. 상대방 젊은이는 이제 눈에 띄게 떨고 있었다. 그는 무슨 일이 닥칠지 눈치챘고, 머리를 옆으로 돌리고 왼팔을 들어 머리를 보호하려고 했다. 톰은 한마디 말도 없이 그 머리와 왼팔에 주먹세례를 퍼부었다. 희생자는 한방 맞을 때마다 "제발, 톰 도련님, 오, 제발 톰 도련님!" 하고 애원했다. 일곱번을 때린 다음에 톰은 "문을 향해 앞으로 갓!" 하고 명령했다. 그는 뒤따라가며 한번, 두번, 세번 확실한 발길질을 했다. 마지막 발길질은 순수한 혈통의 백인 노예가 문지방을 넘어서는 데 도움을 주었고, 그는 낡은 누더기 소매로 눈물을 훔치면서 절뚝거리며 달아났다. 그 뒤에다 톰은 소리를 질렀다. "들여보내!"

그러고 나서 그는 숨을 헐떡이며 다시 소파에 몸을 내던지고는 내뱉었다. "저놈이 딱 적당할 때 왔어. 화가 나는 생각들은 가득 차 있고 풀 놈은 아무도 없던 참이었는데. 정말 상쾌하군! 기분이 나아졌어."

이제 톰의 엄마가 들어선 다음 문을 닫았다. 그리고 노예로 태어난 사람의 말과 태도에다 공포와 이해관계가 만들어줄 수 있는 온

갓 아양과 애원조의 비굴함을 보이며 아들에게 접근했다. 그녀는 자기 아들에게 한길 떨어져 멈춰서고는 그의 남자다운 체구와 훤칠함에 두어번 감탄했다. 톰은 적절하게 무관심한 듯이 보이기 위해 머리 밑으로 팔을 넣고 소파 등받이에 다리 하나를 꼬아 올렸다.

"하느님 맙소사, 얼마나 컸는지, 아기씨! 틀림없이 알아보지 못했을 거예요, 톰 도련님! 정말 몰라볼 거예요. 날 잘 보세요. 그 옛날 록시를 기억하시나요? 옛날의 깜둥이 엄마를 기억하나요, 아기씨? 아, 이제 난 평화로이 누워 죽을 수 있어요. 도련님을 봤으니."

"닥쳐, 빌어먹을, 짧게 말해! 원하는 게 뭐야?"

"여전하시네요? 옛날 톰 도련님과 똑같네요. 항상 그렇게 옛 엄마에게 즐겁게 장난을 치시니. 나는 분명히 알았어요—"

"짧게 말해. 분명히 말하잖아, 짧게! 뭘 원해?"

이것은 쓰라린 실망이었다. 톰이 옛 유모를 만나 기뻐하고 부드럽게 한두마디를 건네 자신을 뼛속까지 자랑스럽고 행복하게 하리라는 생각을 여러날 동안 그토록 소중히 키워왔기에 단 두마디의 면박은 톰이 장난치는 것이 아님을, 자신의 아름다운 꿈이 바보스러운 헛된 꿈, 초라하고 가련한 실수였음을 록시에게 확인해주었다. 그녀는 마음속 깊이 상처를 입었고, 너무 창피해서 잠시 동안 무엇을 할지 어떻게 행동해야 할지 전혀 몰랐다. 다음 순간 그녀의 가슴이 들썩이기 시작했고, 눈물이 떨어졌으며, 의지가지없는 상황에서 또다른 꿈, 즉 자기 아이의 자비심에 호소해보리라고 마음이 움직였다. 그래서 아무 생각도 하지 않고 충동적으로 애걸했다.

"아, 톰 도련님, 가련한 옛 엄마는 요즘 불운을 겪고 있답니다. 팔이 약간 마비되어 일도 할 수 없어요. 도련님이 제게 1달러, 그저 작은 1달러만 주신다면—"

톰이 갑자기 벌떡 일어나서 애원하던 이도 놀라 펄쩍 뛰었다.

"1달러? 내가 너에게 1달러를 준다고! 목을 졸라버릴까보다. 그 따위가 네 용무였더냐? 꺼져! 빨리 꺼져!"

록시는 천천히 문으로 물러났다. 그녀가 반쯤 갔다가 멈춰서더니 슬픈 듯이 말했다.

"톰 도련님, 난 도련님이 작은 아가일 때 돌보았고, 도련님이 젊은 청년이 될 때까지 혼자 힘으로 키웠어요. 이제 도련님은 젊고 부자이지만 나는 돈 한푼 없이 늙어가고 있고, 여기로 온 것은 도련님이 옛 엄마가 무덤까지 난 작은 길을 가는 동안 도와주리라 믿었기 때문이에요. 그리고—"

톰은 이전의 그 어떤 말투보다도 이 말투가 더 거슬렸다. 왜냐하면 그것이 자기 양심에 약간 반향을 불러오기 시작했기 때문이었다. 그래서 그는 말을 가로막고, 거칠지는 않지만 단호하게 자기가 지금 도울 만한 상황이지도 않고 돕지도 않을 거라고 말했다.

"나를 전혀 돕지 않을 거라고요, 톰 도련님?"

"그래! 이제 물러가서 더이상 성가시게 하지 마."

순종하는 태도로 록시는 고개를 떨구었다. 그러나 이제 그녀 가슴에 옛 원한의 불길들이 솟아올라 맹렬히 타기 시작했다. 그녀는 완전히 꼿꼿해질 때까지 고개를 서서히 들어올렸다. 동시에 그녀의 큰 몸집이 무의식적으로 당당하고 주인 같은 자세를 취했으며, 사라진 청춘 시절에 그 태도에 배어 있던 위엄과 우아함이 다 살아 났다. 그녀는 손가락을 들어 그것으로 자기 말을 또박또박 끊어내 며 말했다.

"말씀 잘 하셨소. 기회가 있었건만, 발밑에 짓밟아버렸군. 다시 기회가 오면 무릎 꿇고 내게 싹싹 빌게 될 거요!"

톰의 마음에 차가운 전율이 흘렀다. 이유는 알 수 없었다. 이런 말이 그렇게 가당치도 않은 입에서 당당하게 발언될 때 이같은 효과를 낼 수밖에 없다는 것을 생각해본 적이 없기 때문이었다. 그러나 그는 당연한 반응을 보였다. 톰은 큰 소리로 조롱하며 답했다.

"네가 내게 기회를 줄 거라고—네가? 어쩌면 지금 무릎을 꿇는 게 낫겠군! 그런데 내가 무릎 꿇지 않으면—그냥 이 얘기를 더 하자면 그렇다는 거지만—무슨 일이 일어나지? 어디 한번 말해보시지?"

"어떻게 될지 말해주지. 도련님 숙부에게 곧장 찾아가서 도련님에 대해 아는 모든 걸 낱낱이 고할 거요."

톰은 뺨이 창백해졌고, 록시는 그걸 봤다. 골치 아픈 생각들이 그의 머릿속에 꼬리를 물기 시작했다. '저 여자가 어떻게 알지? 하지만 알아냈음에 틀림없어. 그렇게 보여. 내가 유언장을 되찾은 지 석달도 안되어 또 벌써 빚을 많이 졌고, 그 사실이 밝혀져 파멸하지 않도록 온힘을 다하고 있어서 날 방해만 않는다면 꽤나 잘 일을 숨겨나가는 중이야. 그런데 지금 이 악마가 어떻게든 내 진실을 알아냈다는 거지. 저 여자가 얼마나 아는지 궁금하네. 아, 아, 아, 사람 심장을 찢어놓기에 충분하구나. 그러나 그녀 비위를 맞춰야 해—다른 방법이 없잖아.'

뒤이어 그는 차라리 구역질이 난다고 할 명랑한 웃음과 함께 공허할 뿐인 쾌활한 태도를 지어내며 말했다.

"좋아, 좋아, 록시, 너와 나 같은 옛 친구는 싸워선 안되지. 여기 1달러 있어—그래, 뭘 아는지 말해봐."

그는 살쾡이 은행[13]의 지폐를 내밀었고, 그녀는 가만히 서서 움직이지 않았다. 이제 무마하려드는 그의 광대 짓거리를 비웃을 차례가 그녀에게 돌아왔고, 그녀는 기회를 놓치지 않았다. 록시는 목소리와 태도에 뿌리 깊은 앙심을 드러내며 말했는데, 그것은 옛 노예도 칭찬과 아부에 가해진 모욕과 상처를 십분 동안 기억할 수 있으며, 또 기회가 오면 복수를 즐길 줄 안다는 것을 톰으로 하여금 깨닫게 해주었다.

"뭘 아느냐고? 내가 아는 걸 말씀드리지. 난 그 유언장을 휴지 조각으로 만들 만큼은 알고 있고, 그 이상도 알지. 조심하쇼, 그 이상도 안다고!"

톰은 아연실색했다.

"그 이상?" 그는 말했다. "그 이상이라니? 그 이상의 것이 들어

---

13 금은 보유고에 따라 지폐 발행 한도를 제한한 1863년 전국은행법 시행 이전에 지폐를 남발한 은행들을 가리킴. 주로 찾아가기 힘든 '살쾡이나 다닐 법한' 곳에 은행을 둔 데서 유래한 명칭.

갈 구석이 대체 어디 있나?"

록시는 비웃음을 날렸고, 머리를 획 젖히며 팔을 허리에 얹고 경멸하듯이 말했다.

"그래! 오, 난 알지! 왜냐하면 네가 딱하고 하찮은 1달러짜리 헌 지폐로 알고 싶어하니까. 내가 너에게 무슨 말을 할 거라고 생각하지? 넌 무일푼이야. 난 네 숙부에게 말할 거야. 그것도 지금 당장 말할 거야. 그분은 내 고자질에 아무리 적어도 5달러는 줄 거고 매우 기뻐하기도 할걸."

그녀는 혐오스럽다는 듯이 몸을 획 돌려 걸어가기 시작했다. 톰은 공포에 질렸다. 그는 록시의 치마를 잡고 기다리라고 애원했다. 그녀는 얼굴을 돌리고 고자세로 말했다.

"이것 봐라, 내가 아까 뭐랬더라?"

"당신이, 당신이— 난 아무것도 기억나지 않아. 뭐라고 말했지?"

"다음번에 내가 너에게 기회를 줄 때는 무릎을 꿇고 빌 거라고 말했어."

톰은 잠시 멍해졌다. 그는 흥분으로 헐떡거렸다. 이윽고 그는 말했다.

"오, 록시, 젊은 주인에게 그런 끔찍한 일을 요구하지는 않겠지. 진담이 아니겠지."

"진담인지 아닌지 금방 알게 해줄게. 너는 내가 여기에 가난하고 비천하고 미미한 행색으로 와서 그렇게 멋지고 잘생긴 모습으로 자랐다고 칭찬하고, 내가 널 어떻게 돌봤고 네가 아플 때 어떻게 간호하고 지켜보았는지, 이 세상에서 나 말고는 너에겐 엄마가 없었다고 말하면서, 먹을 것을 구할 1달러를 불쌍하고 늙은 깜둥이에게 주라고 구걸하는데, 욕하고 침을 뱉는 거나 다름없이 대했어. 넌 나를 욕했어. 욕 말이야. 하느님 아버지가 벌할 거야! 그래, 나리, 한번만 더 기회를 주지. 바로 지금이야. 딱 일초의 절반만 주지. 말 듣고 있어?"

톰은 무릎을 꺾고는 사정하기 시작하며 말했다.

"내가 비는 모습을 보고 있잖아. 진짜로 비는 거야. 이제 말해, 록시. 말해줘."

이백년에 걸쳐 보상받지 못한 모욕과 불법의 상속자는 그를 내려다보며 깊은 만족의 술잔을 들이켜는 듯이 느껴졌다. 그녀는 이윽고 말했다.

"멋지고 훌륭한 젊은 백인 신사가 깜둥이 여편네에게 무릎을 꿇다니! 난 죽기 전에 딱 한번만 이걸 보고 싶었지. 이제 가브리엘 천사여, 나팔을 불어라, 나는 준비가 되었으니…… 일어나!"

톰은 일어났다. 그는 겸손하게 말했다.

"자, 록시, 날 더이상 벌하지 마. 난 벌받아 싸지만, 제발 선의를 베풀어서 이제 그만하게 해줘. 숙부에게 가지 마. 내게 말해줘. 내가 5달러를 줄게."

"그래, 네가 주리라 믿어. 넌 그 정도에서 끝내게 되지 않겠지. 그러나 여기서 말해주지는 않겠어ㅡ"

"제발, 안돼!"

"귀신 붙은 집을 무서워하나?"

"아, 아니."

"자, 그러면 오늘밤 10시나 11시에 귀신 붙은 집으로 와서 사다리를 타고 올라와. 계단은 부서졌으니까. 그러면 날 만날 수 있을 거야. 난 귀신 붙은 집을 홰로 삼아 지내고 있어. 다른 곳에서 잘 수 있는 돈이 없으니까." 그녀는 문 쪽으로 움직이려다 멈춰서더니 말했다. "달러 지폐를 내게 줘." 그는 지폐를 그녀에게 주었다. 그녀는 그걸 찬찬히 살피더니 말했다. "흠, 파산한 은행 돈과 아주 비슷하군." 그녀는 다시 움직이다가 또 멈췄다. "위스키 있어?"

"그래, 약간."

"가져와!"

그는 이층의 방으로 달려가서 삼분의 이쯤 남은 병을 가지고 왔다. 그녀는 병을 기울여 한모금 마셨다. 그녀의 눈은 만족으로 빛났고, 병을 자신의 숄에 숨기면서 말했다.

"아주 좋군──내가 가져갈 거야."

톰은 겸손하게 그녀를 위해 문을 열어주었고, 그녀는 마치 근위대 병사처럼 근엄하고 꼿꼿하게 걸어나갔다.

9장

왜 우리는 아기가 태어날 때는 기뻐하고 장례식에서는 슬퍼하는가?
그것은 우리가 당사자가 아니기 때문이다.
—『얼간이 윌슨의 책력』

그럴 마음만 있다면 흠을 잡기는 쉽다.
옛날에 한사람이 살았는데, 그는 자신의 석탄에 대해 흠을 잡을 수가 없자
그 안에 선사시대의 두꺼비가 너무 많이 들어 있다고 불평했다.
—『얼간이 윌슨의 책력』

톰은 소파에 몸을 던지고는 맥박이 마구 뛰는 머리를 두 손으로 감싸쥐고 팔꿈치를 무릎에 걸쳤다. 그는 앞뒤로 몸을 흔들며 신음 소리를 냈다.

"내가 깜둥이 여편네에게 무릎을 꿇었어!" 그는 중얼거렸다. "이미 타락의 깊고 깊은 밑바닥을 쳤다고 생각했는데, 그런데, 아, 맙소사, 이것에 비하면 아무것도 아니었어…… 흠, 이 상황에서 한가지 위안은 있네. 이번에는 밑바닥을 쳤어. 더이상 내려갈 곳은 없어."

그러나 그것은 성급한 결론이었다.

그날밤 10시에 그는 창백하고 힘없고 비참한 모습으로 귀신 붙

92

은 집의 사다리를 타고 올라갔다. 록시는 방들 중 하나의 문 앞에 서서 기다리고 있었는데, 그가 오는 소리를 들었기 때문이었다.

이 집은 몇년 전에 귀신이 나온다는 소문을 얻은 이층 통나무집 이었는데, 그 소문 덕분에 그 집의 쓸모는 끝장나버렸다. 아무도 그 후로 거기 살거나 밤에 가까이 가려하지 않았고, 대부분의 사람들 은 낮에도 그 근처에 가기를 꺼렸다. 귀신 나온다는 소문에 경쟁자 가 없었으므로 그저 귀신 붙은 집이라고 불렸다. 그곳은 이제 오래 돌보지 않아 엉망이 되고 폐허가 되어가고 있었다. 그 집은 얼간이 윌슨의 집에서 300야드 떨어져 있었고, 그 사이에는 공터밖에 없었 다. 그 방향으로는 마을의 끝 집이었던 것이다.

톰은 록시를 따라 방으로 들어갔다. 그녀는 방 한구석에 침대 삼 아 깨끗한 짚을 쌓아놓았고, 값싸지만 잘 세탁한 옷들이 벽에 걸려 있었으며, 양철 등 하나가 마루에 작은 불빛들로 주근깨 형태를 만들었다. 또 여러가지

비누 상자와 양초 상자가 흩어져 있었는데, 의자 대용이었다. 두 사람은 앉았다. 록시가 말했다.

"자, 이제, 너에게 단도직입적으로 말하고, 돈은 나중에 계산하겠어. 난 서두를 이유가 없어. 내가 무슨 말을 할 거 같아?"

"어, 너, 너, 오, 록시, 나를 너무 어렵게 만들지 마! 난봉과 어리석음 때문에 내가 어떤 꼴이 됐는지를 어쩌다가 알게 되었다고 그냥 말하란 말이야."

"난봉과 어리석음! 아니야, 나리, 그게 아니야. 내가 아는 것에 비하면 그건 정말 아무것도 아니야."

톰은 그녀를 뚫어지게 쳐다보다가 말했다.

"아니, 록시, 무슨 말이야?"

그녀는 일어서서 그의 머리 위로 마치 운명처럼 그림자를 드리웠다.

"내가 할 말은 이거야. 그리고 이건 하느님의 진실이지. 네가 드리스컬 나리의 핏줄이 아닌 것은 네가 내가 아닌 것과 마찬가지야. 바로 이게 내가 할 말이야!" 그리고 그녀의 눈은 승리로 불타올랐다.

"뭐라고!"

"그렇소, 나리. 그리고 그게 또 다가 아니야. 넌 **깜둥이**야! 깜둥이로 태어났고, 그래서 노예야! 넌 이 순간부터 깜둥이이자 노예인 거야. 내가 입만 열면 드리스컬 나리가 널 이틀 안에 강 아래로 팔아버리고 말걸!"

"터무니없는 거짓말이야, 이 한심하고 늙은 허풍선이야!"

"거짓말이 결코 아니야. 진실일 뿐이고, 진실 외에 아무것도 아냐. 그러니 하느님, 보우하소서. 그래, 나리—넌 바로 내 아들이야—"

"이 악마 같으니!"

"그리고 네가 오늘도 발로 차고 매질한 저 불쌍한 애가 퍼시 드리스컬의 아들이고, 다름 아닌 너의 주인이지—"

"이 짐승 같으니라고!"

"그리고 그애 이름은 톰 드리스컬이고, 네 이름은 발레 드 샹브르, 그리고 넌 성이 없지. 왜냐하면 깜둥이들은 성이 없으니 말이야!"

톰은 벌떡 일어나서 나무 막대기를 집어 치켜들었다. 그러나 엄마는 다만 그를 비웃으며 계속 말했다.

"앉아, 이 애송이야! 나를 겁먹게 할 수 있다고 생각해? 그럴 능력이 너나 네 패거리에게는 없어. 아마 네가 등 뒤에서 날 총으로 쏠 수는 있겠지, 기회가 있으면. 그게 바로 네 방식이니까. 나란 사람은 널 속속들이 알아. 그러나 난 죽어도 상관없어. 왜냐하면 이 모든 것이 기록되어 안전한 사람에게 맡겨져 있거든. 그걸 가진 사람은 내가 살해당하면 어디서 범인을 잡을지 알고 있지. 오, 네 영혼이 축복받을지라. 네가 만약 이 엄마를 바로 너 같은 바보로 안다면 엄청 실수한 거야, 내 장담하지! 자, 이제, 조용히 앉아서 얌전히 굴어. 그리고 내 말이 끝날 때까지 일어서지 마!"

톰은 잠시 동안 복잡한 충동과 감정의 회오리 속에서 안달하고는, 마침내 확신하는 듯한 어조로 말했다.

"이 모든 게 헛것이지. 자, 이제, 마음대로 해보시지. 난 너랑은 끝장이야."

록시는 답을 하지 않았다. 그녀는 등불을 들고 문 쪽으로 걸어갔다. 톰은 당장 차디찬 공포에 질렸다.

"돌아와, 돌아와!" 그는 울부짖었다. "그런 뜻이 아니었어, 록시. 그 말은 다 취소할게. 다시는 그런 말 안할게! 제발 돌아와, 록시."

여자는 잠시 멈춰서 있다가 심각하게 말했다.

"바로 그게 네가 집어치워야 할 일이야, 발레 드 샹브르. 날 록시라고 부르면 안돼. 마치 나와 동등한 사람인 것처럼 말이야. 애들은 자기 엄마에게 그런 식으로 말하지 않아. 넌 나를 엄마나 어머니라고 불러야지. 적어도 주변에 사람이 없을 때는 그걸 내 호칭으로 써야 해. 말해봐!"

톰은 무진 애를 써야 했지만, 소리내어 그 말을 했다.

"좋아, 뭐가 자신에게 이로울지를 안다면, 다신 잊지 말라고. 자, 이제 넌 내 말이 거짓말이거나 허튼소리라고 하지 않겠다고 했어. 경고로 말해두겠어. 만약 다시 그런 말을 한다면 그게 내게 마지막으로 거는 말이 될 거야. 나는 판사에게 쿵쾅거리며 곧바로 가서는 네가 누구인지 말하고 증명해버릴 거야. 내 말이 믿어져?"

"오," 톰은 신음하며 말했다. "믿는 것 이상이야. 난 분명히 알고 있어."

록시는 자신이 완벽하게 정복했음을 깨달았다. 그녀는 누구에게

라도 증명할 수 있는 것이 하나도 없었고, 기록 운운한 협박은 거짓말이었다. 그러나 록시는 자신이 다루는 인간을 잘 알고 있었고, 자기 발언이 가져올 효과에 대해 아무런 의심 없이 그렇게 말했던 것이다.

그녀는 양초 상자로 가서 앉았고, 승리감에 찬 태도가 지닌 자부심과 당당함은 그 상자를 옥좌로 만들었다. 그녀는 말했다.

"자, 이제, 체임버스, 사업 얘기를 하자고. 그러면 더이상 바보짓 하지 않아도 돼. 우선 매달 50달러를 만들어. 그중 절반을 엄마에게 넘겨주는 거야. 당장 내놔봐!"

그러나 톰이 가진 거라고는 6달러밖에 없었다. 그는 그것을 넘겨주었고, 다음달 연금부터 제대로 시작하겠노라고 약속했다.

"체임버스, 너 얼마나 빚지고 있지?"

톰은 몸서리치고는 대답했다 —

"거의 300달러야."

"어떻게 갚을 생각이지?"

톰은 신음 소리를 내뱉었다.

"오, 몰라 — 내게 그런 끔찍한 질문 하지 마."

그러나 그녀는 집요하게 물고 늘어져 고백을 받아내고야 말았다. 그는 변장을 하고 어슬렁거리면서 사람들 집에서 소소한 귀중품을 훔치고 있었다. 사실 그가 쎄인트루이스에 머무는 것으로 되어 있던 두주일 전에 그는 동네 사람들을 싹쓸이해 털기도 했다. 그러나 그는 필요한 돈을 만들기에 충분할 만큼 장물을 팔아넘길 수 있을지 자신이 없었고, 지금처럼 온 마을이 흥분된 상태에서 더이상 모험을 하기도 두려웠다. 록시는 잘했다고 하며 그의 행동을 도와주겠다고 했지만, 그것이 오히려 그를 겁에 질리게 만들었다. 그는 벌벌 떨며 감히 말하기를 그녀가 마을에서 사라지면 자신이 훨씬 편하고 안전하다고 느낄 것이며 고개를 들고 다닐 수 있을 거라고 했고, 계속해서 설득하는 주장을 펴려는 참이었다. 그러나 그녀가 말을 가로막고는 자신은 사라질 준비가 되어 있으며 정기적으로 자기 몫의 연금을 받는다면 사는 곳은 상관없다고 말함으로써 그를 놀라면서도 안심하게 만들었다. 그녀는 멀리 가지는 않을 것이며, 돈을 받기 위해 한달에 한번 귀신 붙은 집을 방문하겠다고 말했다. 그러고 나서 말을 이었다.

"난 이제 널 그렇게 증오하지는 않지만 참 여러해 동안 그랬지. 그리고 누구라도 그랬을 거야. 내가 바꿔치기해서 너에게 훌륭한 집과 훌륭한 이름을 주고 양복점 정장을 입은 백인 신사이자 부자로 만들어주었잖아? 그런데 그 댓가로 난 뭘 얻었지? 넌 항상 날 깔봤어. 그리고 늘 사람들 앞에서 치사하고 심한 말을 했고 내가 깜둥이임을 결코 잊지 못하게 했어――그리고――그리고――"

그녀는 흐느끼기 시작하면서 무너져내렸다. 톰은 말했다.

"하지만 알잖아, 당신이 엄마라는 걸 몰랐어――게다가――"

"좋아, 그건 상관하지 마, 이제. 그만둬. 나는 잊어버릴 거야."

그리고 그녀는 사납게 덧붙였다. "그리고 너, 다시는 옛날이 기억나도록 하지 마. 아니면 정말 후회하게 될 거야. 분명하게 말해두겠어."

그들이 헤어질 때, 톰은 힘이 닿는 한 가장 설득력 있는 태도로 말했다.

"엄마, 누가 아버지인지 말해줄 수 있어?"

그는 자신이 당혹스러운 질문을 하는 것이라고 짐작했다. 그의 추측은 빗나간 것이었다. 록시는 자세를 가다듬더니, 오만한 태도로 머리를 쳐들며 말했다.

"너에게 말해줄 수 있느냐고? 그럼, 말할 수 있지! 넌 아버지를 부끄럽게 생각할 일이 전혀 없을 거야. 다름 아닌 내가 그걸 말해줄 수 있지. 그는 이 마을 전체에서 가장 고귀한 신분이었어. 옛 버지니아 출신, 일급 가문에 속했지. 드리스컬 집안이나 하워드 집안과 똑같은 훌륭한 가문이었고, 최고의 전성기를 보냈지." 그녀는 점점 더할 나위 없이 오만한 태도를 띠며, 인상적으로 덧붙였다. "너의 젊은 주인 톰 드리스컬의 아버지가 죽던 해에 죽은 쎄실 벌리 에식스 대령을 기억하니? 그리고 온갖 마을 사람들이 몽땅 나와 마을 역사상 최고로 성대한 장례식을 치러준 것을 기억하니? 바로 그 사람이다."

하늘로 치솟아오르는 자기만족의 영향 아래에서 그녀에게 사라져버린 젊은 날의 우아함이 되돌아왔고, 그녀의 자태는 주변환경이 조금만 더 어울렸다면 여왕과도 같다고 할 법한 품위와 당당함을 얻었다.

"이 마을에서 너만큼 고귀하게 태어난 깜둥이는 하나도 없다.

자, 이제, 가라! 그리고 원하는 만큼 고개를 높이 치켜들고 다녀
라―넌 그럴 권리가 있어. 그리고 내가 그걸 맹세할 수 있어."

10장

모든 사람이 "우리가 죽어야 한다는 것은 얼마나 가혹한 일인가"라고
말한다──살아야만 했던 사람들 입에서 나오는 기이한 불평이다.
　　　　　　　　　　　　　　　──『얼간이 윌슨의 책력』

화가 났을 때는 넷까지 세라. 아주 화가 났을 때는 욕을 해라.
　　　　　　　　　　　　　　　──『얼간이 윌슨의 책력』

　톰은 잠자리에 든 후에도 이따금 잠에서 갑자기 깨어났고, 첫번째로 든 생각은 '아, 기쁘다, 이게 다 꿈이었구나!'였다. 그리고 나서 무거운 몸으로 다시 누우면서, 신음 소리와 함께 "깜둥이! 내가 깜둥이라니! 아, 차라리 죽어버렸으면!" 하고 중얼거렸다.

그는 새벽에 이 공포를 한번 더 반복하며 깨어났고, 더이상 악몽으로 자신을 배신하는 잠과 씨름하지 않기로 결심했다. 그는 생각하기 시작했다. 정말로 쓰라린 생각들이었다. 생각은 대략 이런 식으로 흘러갔다.

'도대체 왜 깜둥이들과 백인들이 만들어졌을까? 하느님이 창조한 것도 아닌 첫번째 깜둥이가 무슨 범죄를 저질렀기에 출생의 저주가 그에게 내린 것일까? 그리고 왜 이렇게 끔찍한 차이가 백인과 흑인 사이에 만들어졌나? ……이 아침에 깜둥이의 운명은 얼마나 가혹해 보이는가! 그러나 어젯밤까지만 해도 그런 생각은 내 머리에 떠오른 적이 없었는데.'

그는 한시간 이상을 한숨 쉬고 신음하며 보냈다. 그러자 '체임버스'가 공손하게 들어와 아침이 거의 다 준비되었다고 말했다. '톰'은 이 귀족 출신의 백인 젊은이가 깜둥이인 그에게 굽실거리며 '젊은 주인님'이라고 부르는 것을 보고 얼굴이 새빨개졌다. 그는 거칠게 말했다.

"내 눈 앞에서 꺼져!" 그리고 그 젊은이가 가버리고 나자 중얼거렸다.

"불쌍한 놈, 내게 해를 끼친 건 하나도 없지만, 이제 나에겐 눈엣가시네. 왜냐하면 그는 젊은 신사인 드리스컬이고, 나는―아, 죽어버렸으면 좋겠다!"

몇년 전에 일어난 크라카타우[14] 폭발과 같은 엄청난 폭발은 그에 따르는 지진, 지진해일, 화산재 구름으로 주변 지형의 표면을 알아볼 수 없게 바꾸고, 높은 지대를 내려앉게 하고 낮은 지대를 들어 올리며, 사막이던 곳을 아름다운 호수로 만드는가 하면, 푸른 초원이 미소 짓던 곳을 사막으로 만들어버린다. 톰에게 닥친 엄청난 재난은 내면의 도덕적 풍경을 그와 마찬가지로 바꿔버리고 말았다. 그의 내면의 어떤 낮은 장소들은 이상理想의 위치로 융기되어 올라갔고, 어떤 이상들은 계곡으로 주저앉아 부석浮石의 재와 유황을 파멸한 머리 위에 뒤집어쓰고 비탄에 잠겨 있었다.

며칠 동안 그는 외진 곳을 배회하며 자기 처지를 파악하기 위해 애쓰며, 궁리하고, 궁리하고, 궁리했다. 그것은 전혀 새로운 일이었다. 친구를 만나면 나오던 평생의 습관이 신비스럽게도 사라졌음을 그는 깨닫게 되었다. 자신의 팔이 악수를 위해 자연스럽게 내밀어지지 않고 축 처졌다. 자신 속의 '깜둥이'가 그 비굴함을 드러냈으며, 그는 얼굴을 붉히고 수치스러워했다. 자신 속의 '깜둥이'는 백인 친구가 악수하자고 손을 내밀면 놀라고 말았다. 그는 자신 속의 '깜둥이'가 저도 모르게 백인 무뢰한과 부랑아 들에게 인도에서 길을 양보하는 것을 알게 되었다. 마음에 둔 가장 소중한 존재, 남몰래 숭배하는 우상인 로워나가 그를 초대했을 때, 자신 속의 '깜둥이'가 당황하여 핑계를 대게 만들었고 그 집에 가서 무서운 백인들과 동등하게 자리에 앉는 것을 겁내게 되었다. 자신 속의 '깜둥이'는 이곳저곳, 그리고 저 너머로 움츠리고 눈치 보고 다니면서,

14 1883년에 대폭발과 지진해일로 큰 인명 피해를 낸 인도네시아의 화산섬.

모든 사람의 얼굴, 어조와 몸짓에서 자기 정체를 의심하거나 어쩌면 간파한 기미를 스스로 알아챘다고 상상했다. 톰의 행동은 아주 이상하고 평소답지 않아서 사람들은 그것을 느끼고 그가 지나갈 때 뒤돌아보고는 했다. 그리고 그가 뒤를 돌아보고──아무리 애써도 뒤돌아보지 않을 수 없었다──상대방 얼굴에서 당혹스러운 표정을 포착했을 때, 그는 메스꺼운 감정을 느꼈고, 가능한 한 재빨리 시야에서 달아났다. 그는 곧 쫓기는 심정과 쫓기는 표정을 가지게 되었고, 멀리 산꼭대기나 외딴 장소로 달아나곤 했다. 그는 함의 저주[15]가 내렸다고 혼잣말을 했다.

그는 식사 시간을 두려워했다. 자신 속의 '깜둥이'는 백인의 식탁에 앉기를 부끄러워했고 진실이 알려질까 항상 두려워했다. 한번은 드리스컬 판사가 "무슨 일 있냐? 너 마치 깜둥이처럼 비실대는 걸로 보인다" 하고 말했을 때, 고발자가 "네가 범인이다!"라고 할 때 숨겨진 살인자가 느낀다고 하는 감정을 느꼈다. 톰은 몸이 좋지 않다고 하면서 식탁에서 물러났다.

허울뿐인 '숙모'들이 보이는 염려와 애정은 공포가 되었고, 그들도 피하게 되었다.

그리고 언제나 허울뿐인 '숙부'에 대한 증오가 마음속에 꾸준히 자라고 있었다. 그는 마음속으로 이렇게 생각했기 때문이다. '그는 백인이야. 그리고 난 그의 동산動産, 소유물, 상품이고, 그는 자기 개

---

15 구약성서 창세기에 나오는 노아의 세 아들 중 하나. 아버지에게 잘못을 저질러 그 후손 가나안이 노아의 저주를 받았음.

를 팔듯이 나를 팔 수 있어.'

이 일이 있은 후 일주일이 지나는 동안, 톰은 자신의 성격이 아주 근본적으로 변화했다고 생각했다. 그러나 그것은 그가 자신을 잘 몰랐기 때문이었다.

여러모로 그의 생각들은 완전히 바뀌었고 결코 그 이전으로 돌아갈 수 없었지만, 성격의 주된 구조는 변하지 않았고 변할 수도 없었다. 아주 중요한 한두가지 성격상 특징이 변화를 겪었다. 그 변화의 결과들은 때가 되어 기회가 주어지면 나타날 것이었고, 그중에는 아주 심각한 성질의 결과들도 있을 것이었다. 엄청난 정신적, 도덕적 충격의 영향 아래에서 그의 성격과 습성은 완전히 변화하는 양상을 띠었지만, 잠시 후 폭풍우가 잦아듦에 따라 과거 모습으로 되돌아가기 시작했다. 그는 점차 과거의 경박하고 안이한 태도, 감정 상태, 말버릇으로 돌아갔고, 주변의 누구도 그가 모자라고 경솔한 과거의 톰과 달라진 점이 있음을 알아차릴 수 없었다.

그가 마을을 상대로 저지른 연쇄 절도는 자신이 희망하던 것보다 더 결과가 좋았다. 노름빚을 갚는 데 필요한 돈이 생겼고, 숙부에게 발각되어 또 유언장을 망치는 일을 막아주었다.

그와 그의 엄마는 서로를 꽤나 좋아하게 되었다. 그녀는 그를 아직 사랑할 수 없었다. 그녀의 표현에 따르자면, "그에게는 아무것도 없었기" 때문이었다. 그러나 그녀의 성품은 지배 대상이 될 사물이나 사람을 필요로 했고, 톰이 있는 게 없는 것보다 나았다. 엄마의 강한 성격과 공격적이고 명령조의 태도는 톰에게 경탄을 이

끌어냈는데, 그가 자기 마음의 평안에 필요한 정도보다 더 자주 그런 태도에 부딪히게 된다는 사실에도 불구하고 그러했다. 그러나 전체적으로 그녀와의 대화는 마을 유지들의 집안 속사정을 누설하는 난잡스러운 수다였고, (그녀가 마을에 올 때마다 집집마다 부엌을 돌아다니며 얻어들은 이야기들이었다) 톰은 그것을 즐겼다. 그의 기질과 딱 맞아떨어졌던 것이다. 그녀는 어김없이 정확하게 그의 돈에서 자기 몫으로 절반을 챙겼고, 그는 이때마다 그녀와 수다를 떨기 위해 어김없이 귀신 붙은 집에 갔다. 이따금 그녀는 중간에도 그를 만나러 그곳으로 오곤 했다.

가끔 그는 쎄인트루이스로 몇주 동안 올라갔고, 마침내 유혹이 또다시 그를 사로잡았다. 그는 많이 땄지만 다 잃었고, 더불어 본전보다 훨씬 더 많은 돈을 잃었으며, 따라서 가능한 한 빨리 돈을 만들어내기로 다짐했다.

이 목적을 위해 그는 자기 마을에서 새로운 절도 행각을 계획했다. 다른 마을은 결코 생각해보지 않았다. 누가 드나드는지 모르는 집들이나 생활습관을 알지 못하는 집들에 대해 모험하기가 두렵기 때문이었다. 프랫 숙모에게 이틀 후에나 도착할 것이라고 편지를 쓴 후에 쌍둥이가 도착하기 전인 수요일에 변장을 하고 귀신 붙은 집에 도착했고, 금요일 아침 동이 터올 때까지 엄마와 함께 숨어 있었다. 그리고 숙부 댁으로 가서 자신이 가진 열쇠로 뒷문으로 들어가 자기 방으로 숨어들었다. 거기서 거울과 화장품들을 사용할 수 있었다. 그는 절도를 위해 변장할 목적으로 보퉁이에 처녀 옷을 가지고 있었고, 엄마의 옷 한벌과 검은 장갑, 베일을 착용한 상태였다. 새벽에 그는 도적질을 하려고 잔뜩 꾸몄지만, 길 건너 창문에서 얼간이 윌슨을 봤고, 얼간이가 자신을 목격했음을 깨달았다. 그래서 잠시 동안 약간의 몸짓과 우아한 자세를 취해 윌슨을 대접하고, 시야에서 벗어나 엄마의 옷으로 변장을 하고 잠시 후 아래층으로 내려와 뒷문으로 빠져나온 다음 자신이 노리고 있는 일감의 현장을 정찰하기 위해 중심가로 향했다.

그러나 그는 안절부절못하고 있었다. 그는 록시의 옷을 이미 갈아입었고, 게다가 나이 든 이의 구부정한 자세로 자신을 더욱 숨기고 있었다. 그래서 윌슨이 아직도 엿보고 있다고 하더라도 이른 아

침에 뒷길로 이웃집을 나서는 초라한 노파에 대해 신경 쓸 일은 없을 것이었다. 그러나 윌슨이 그가 나서는 것을 보고 수상하다고 생각하고 뒤를 밟았다면? 그 생각에 톰은 얼어붙었다. 그는 그날 하려던 절도

를 포기했고, 가장 한적한 길을 골라 귀신 붙은 집으로 서둘러 돌아왔다. 엄마는 가고 없었지만, 얼마 지나지 않아 팻시 쿠퍼 댁에서 큰 잔치가 열린다는 소식을 가지고 돌아왔으며, 그 기회가 특별한 신의 섭리와도 같으며 너무 솔깃하고 완벽하다고 그를 설득했다. 그래서 결국 그는 도적질에 나섰고, 모든 사람이 팻시 쿠퍼 댁에 간 동안 멋지게 성공을 거두었다. 성공이 자신감을 키웠고, 실제로 대담무쌍하게 만들었다. 뒷골목에서 엄마에게 장물을 넘겨준 후 스스로 잔치에 가서 그 집에서 여러 귀중품까지 추가로 털었던 것이다.

이렇게 이야기가 오랫동안 곁가지를 친 끝에, 우리는 다시 얼간이 윌슨이 금요일 저녁에 쌍둥이가 도착하길 기다리며 그날 아침의 이상한 유령, 즉 젊은 톰 드리스컬의 침실에 있던 처녀에 관해 머리를 짜내고 있던 시점, 조바심치며 추측하고 골머리를 썩이면서 도대체 그 수치심을 모르는 여자가 누구인지 궁금해하던 시점으로 돌아오게 되었다.

11장

작가를 틀림없이 즐겁게 할 방법이 세가지 있는데, 그 셋은 뒤로 갈수록
높은 단계를 이룬다. 첫째, 작가에게 그의 저서 중 하나를 읽었다고 말하는 것,
둘째, 그의 저서를 모두 읽었다고 말하는 것, 셋째, 그가 곧 출간할 책의 초고를
읽게 해달라고 요청하는 것이다. 첫째는 그의 존경을 살 수 있고,
둘째는 경탄을 얻어내며, 셋째는 당신을 그의 마음에 쏙 들게 만든다.
　　　　　　　　　　　　　　　—『얼간이 윌슨의 책력』

형용사에 관하여: 아니다 싶을 때는 삭제해버려라.
　　　　　　　　　　　　　　　—『얼간이 윌슨의 책력』

쌍둥이는 곧 도착했고, 담소가 시작되었다. 대화는 허물없이 친
근하게 이어졌고, 그 영향으로 새로운 우정은 편안해지고 두터워
졌다. 윌슨은 요청을 받고 자신의 책력을 꺼냈고, 한두 대목을 골
라 읽었는데, 쌍둥이는 아주 예의 바르게 그 구절들을 칭찬했다. 저
자는 몹시 기뻐했고 집에서 읽게 그 책력의 일부를 빌려달라고 그
들이 말했을 때 기꺼이 응했다. 널리 여행을 하는 동안에 쌍둥이는
작가를 즐겁게 하는 세가지 분명한 방법이 있음을 알아냈고, 지금
그중 가장 좋은 방법을 사용하고 있었다.

그런데 대화가 끊기게 되었다. 젊은 톰 드리스컬이 나타나서 합
류했던 것이다. 그는 쌍둥이가 악수하기 위해 일어날 때 이 훌륭한

방문객들을 평생 처음 보는 것처럼 행동했다. 그러나 이것은 위장술일 뿐이었다. 왜냐하면 집털이를 하면서 잔치에서 엿본 적이 있기 때문이었다. 쌍둥이는 톰이 수염 없는 매끈한 얼굴에 꽤 잘생겼고, 부드럽게 물결치는 행동거지, 다시 말해 우아한 몸가짐을 지녔다고 속으로 생각했다. 안젤로는 그의 눈이 멋지다고 생각했고, 루이지는 그 눈이 뭔가 베일에 가려지고 음험한 데가 있다고 생각했다. 안젤로는 톰이 유쾌하고 허물없이 대화하는 태도를 가졌다고 생각했고, 루이지는 그 태도가 매력적이라기보다는 지나치게 스스럼없다고 느꼈다. 안젤로는 그가 충분히 멋진 젊은이라고 생각했고, 루이지는 판단을 유보했다. 톰이 대화에 끼어들며 한 첫마디는 그 자신이 이전에 윌슨에게 백번은 한 질문이었다. 질문은 항상 쾌활하고 선량한 듯이 던져졌으며, 언제나 약간의 고통을 주었는데, 비밀스러운 상처를 건드리기 때문이었다. 그러나 이번에는 손님들이 있는 탓에 그 고통이 날카롭게 느껴졌다.

"자, 변호사 일은 어떠신가요? 벌써 사건 하나 맡으셨는지?"

윌슨은 입술을 깨물었지만, 할 수 있는 한 무심한 듯이 "아니, 아직 아냐"라고 대답했다. 드리스컬 판사는 쌍둥이에게 윌슨의 이력을 말해주면서 자상하게도 변호사 일 관계는 뺐던 것이다. 젊은 톰은 즐겁게 웃으면서 말했다.

"여러분, 윌슨은 변호사지만 이제는 활동하지 않고 있어요."

비꼬는 투는 쓰라렸지만 윌슨은 자제력을 발휘했고 감정 없이 말했다.

"활동하지 않지요. 사실이에요. 사건을 한번도 맡은 적이 없고, 정리할 회계장부가 충분해서 원하는 만큼 자주 들여다볼 정도가 될 수 없는 조그만 도시에서 숙련된 회계사로 이십년 동안 가난하게 생계를 이어온 것은 사실이에요. 그러나 변호사 개업을 할 만큼 나 스스로를 잘 교육해온 것도 사실이에요. 내가 네 나이 때는, 톰, 전문직을 선택해서 그 일을 할 만큼 능력을 곧 갖추었단다." 톰은 움찔했다. "나는 소송 일을 맡을 기회가 한번도 없었고, 앞으로도 없을지 몰라. 그러나 기회를 얻는다면 준비가 되어 있다는 것을 알게 될 거야. 여러해에 걸쳐 지금까지 법률 공부를 계속해왔으니까."

"그거야. 훌륭한 투지네요. 보기 좋네. 나도 내 사업을 모두 당신 방식으로 할 생각이 있어. 내 사업과 당신의 변호사 일은 아주 멋진 짝이 될 게 틀림없어, 데이브." 그리고 젊은이는 다시 웃었다.

"네가 사업을—" 윌슨은 톰의 침실에 있던 여자가 생각나서 말하려는 참이었다. '네가 네 사업에서 수상쩍고 불명예스러운 부분을 내게 넘긴다면 그건 상당할걸.' 그러나 그는 생각을 고쳐먹고 말했다. "그러나 이 일은 일상 대화에 잘 어울리지 않네."

"좋아, 주제를 바꾸지. 당신이 또 핀잔을 주려는 참인 것 같으니. 어쨌든 기꺼이 대화 주제를 바꾸지요. 요즘 '엄청난 미스터리'는 어떻게 번창하고 있나? 윌슨은 평범한 창유리를 시장에서 사서 기름 묻은 손가락 자국으로 장식하고는 그걸 저 멀리 유럽의 왕관 쓴 족속들이 자신의 왕궁을 장식하도록 터무니없는 시세에 팔아 부자가 되려는 계획을 가지고 있죠. 그걸 가져와봐, 데이브."

윌슨은 자신의 유리판 세개를 가지고 와서 말했다.

"오른손 손가락들에 머리 기름이 약간 묻게끔 자기 머리카락 속에 손가락을 문지른 다음에 손끝의 볼록한 부분을 유리에 누르게 하지요. 피부의 가늘고 섬세한 선 모양이 나오게 되고, 다른 것에 닿아 문질러 지워지지 않게 하면 영구보존할 수 있어요. 톰, 네가 시작해봐."

"아니, 내 지문은 이전에 한두번 이미 채취한 것 같은데."

"그래, 하지만 그때는 어린 소년이었지. 가장 최근이 겨우 열두 살 때였으니."

"그랬어. 물론 그후로 나는 완전히 변했고, 왕관 쓴 족속들이 원하는 것은 아마 다양함이겠지."

그는 자신의 짧은 머리카락에 손가락을 문지른 후에 유리에다가 한번에 하나씩 손가락을 눌렀다. 안젤로는 다른 유리판에 손가락을 눌렀고, 루이지도 세번째 유리판에 똑같이 했다. 윌슨은 그 유리판들에 이름과 날짜를 기록하고 치웠다. 톰은 다시 특유의 짧은 웃음을 터뜨리더니 말했다.

"나는 아무 말도 하지 않으려고 했어. 하지만 다양성이 당신이 추구하는 것이라면, 유리판 하나를 낭비한 거야. 쌍둥이 한쪽의 지문은 다른 한쪽의 지문과 똑같아."

"어, 이미 한 일이고, 나는 어쨌든 둘 다 가지고 싶어." 이렇게 말하며 윌슨은 자기 자리로 돌아가 앉았다.

톰이 말했다. "그러나 이봐요, 데이브, 당신은 사람들의 지문을 채취할 때면 운수도 말해주곤 했어. 신사분들, 데이브는 만능 천재, 최우량 천재, 이 마을에서 열매 맺을 위대한 과학자이고, 예언자들이 고향에서 일반적으로 얻는 초라한 명예를 지닌 예언자예요. 여기서는 그의 과학에 대해 누구도 아랑곳하지 않고, 그의 머리통을 '생각 공장'이라고 부르기 때문이지요. 어이, 데이브, 그렇지 않아? 그러나 상관 마세요. 언젠가 두각을 드러내게 될 거예요. 알잖소, 그의 손가락 지문 말이지요, 헤헤! 그러나 정말로 윌슨에게 당신들 손바닥을 한번 보게 하는 게 좋을 것 같군요. 그건 입장료 두배의 가치가 있을 거예요. 아니라면 돈은 출입구에서 돌려줄 겁니다. 아니, 그는 두분 손금을 책처럼 쉽게 읽어낼 것이고, 당신들에게 일어날 오류십가지 일뿐만 아니라 일어나지 않을 오류천가지 일도 말해줄 거예요. 이봐요, 데이브, 신사분들에게 이 마을이 얼마나 영감에 가득 찬 만능 과학자를 얻고도 그걸 모르는지를 보여줘."

윌슨은 이 끈질기고 별로 예의 바르지 못한 야유에 움찔했고, 쌍둥이 형제도 그와 함께, 또 그를 배려하는 마음 때문에 상처받았다. 그들은 이제 윌슨을 구하는 가장 좋은 길은 톰의 지나친 놀림을 무시하면서 윌슨의 관심사를 진지하게 받아들이고 존경으로 대하는 것이라고 바르게 판단했다. 그래서 루이지는 말했다.

"우리는 방랑을 하면서 손금 보기에 대해 좀 알게 되었고, 그게 얼마나 놀라운 일을 할 수 있는지 잘 압니다. 그게 과학이 아니라면, 과학에서도 가장 위대한 것 중 하나가 아니라면, 어떤 다른 이름을 붙여야 할지 모르겠네요. 동방에서는ㅡ"

톰은 놀라고 믿을 수 없다는 얼굴을 했다. 그는 말했다.

"저 요술이 과학이라고? 하지만 정말 진담으로 말하는 게 아니시겠죠?"

"아니요, 순전히 진담입니다. 사년 전에 마치 우리의 손바닥이 인쇄물로 뒤덮였다는 듯이 손금을 낱낱이 읽힌 적이 있습니다."

"오, 당신들은 정말 뭔가 있다고 말하는 거예요?" 못 믿겠다는 태도가 약간 누그러지면서 톰이 물었다.

"손금 보기에는 이런 정도까지는 있지요." 안젤로가 말했다. "우리 성품에 대해 말한 것은 세세한 부분까지 정확했고, 우리 자신도 그보다 더 잘 말할 수 없었습니다. 다음으로 우리가 겪은 일 중 기억할 만한 두세가지도 밝혀졌어요. 우리 자신을 빼면 참석한 누구도 알 수 없는 일들이었죠."

"아니, 그건 지독한 마법이야!" 톰은 소리를 질렀지만, 이제 아주 흥미를 느끼기 시작했다. "그러면 미래에 당신들에게 일어날 일을 어떻게 알 수 있었죠?"

"전체적으로, 꽤 잘 알 수 있었습니다." 루이지가 말했다. "예언한 일들 중 가장 두드러진 두세가지가 그후에 일어났어요. 가장 두드러진 일 하나는 해가 가기 전에 일어났습니다. 소소한 예언도 몇

가지 실현되었고요. 소소한 예언 몇가지와 주요한 일들 몇가지는 아직 실현되지 않았고, 물론 앞으로 안될 수도 있습니다. 그러나 나는 그 예언들이 실현되지 않으면 더 놀랄 겁니다."

톰은 완전히 진지해졌고, 깊은 인상을 받았다. 그는 변명하듯이 말했다.

"데이브, 나는 그 과학을 하찮게 여기려는 뜻은 아니었어. 그저 농담, 아니 잡담이라고 하는 게 낫겠네. 당신이 저분들 손금을 좀 봤으면 해. 자, 해보지 않을래요?"

"아, 원한다면 물론이지. 그러나 내가 전문가가 될 가능성이 전혀 없었고, 전문가라고 주장하지도 않는다는 걸 넌 알잖아. 과거 사건이 손금에 꽤 분명하게 기록되어 있으면 대체로 알아낼 수 있지만, 소소한 사건들은 종종 놓치지. 물론 항상 놓치는 건 아니고 자주 그런다는 말이야. 하지만 미래를 읽어내는 데는 별로 자신이 없어. 손금 보기가 내 일상적인 연구인 것처럼 말하고 있지만, 그렇진 않아. 지난 육년간 여섯사람도 살펴보지 못했어. 보다시피 사람들이 놀려댔기 때문에 입방아가 잦아들도록 그만둬버렸지. 루이지 백작, 뭘 할지를 말해주겠어요. 당신 과거를 한번 알아맞혀보고, 만약 성공한다면—아냐, 전체적으로 미래는 건드리지 않겠소. 그건 정말로 전문가의 일이거든요."

그는 루이지의 손을 잡았다. 톰은 말했다.

"잠깐—아직 보지 마, 데이브! 루이지 백작, 여기 연필과 종이가 있어요. 당신이 말한 그 일, 당신에게 예언되고 일년 안에 일어난 가장 두드러진 일을 적어서 내게 주면, 데이브가 그 사건을 당신 손금에서 찾아낼지 알 수 있지 않겠어요."

루이지가 한줄을 써서 남이 못 보게 종이를 접어 톰에게 넘겨주며 말했다.

"종이를 언제 들여다볼지 말씀드리겠습니다. 윌슨 씨가 찾아낸다면 말이에요."

윌슨은 루이지의 손바닥을 들여다보기 시작했다. 그는 생명선, 심장선, 머리선 등을 살피고, 그 선들을 사방에서 둘러싼 더 가늘고 섬세한 표시들과 선들이 이루는 거미줄이 주된 손금들과 맺는 관계들을 주의 깊게 살펴보았다. 엄지 아래 살이 많은 부분을 만져보고 그 모양도 눈여겨보았다. 또 손목과 새끼손가락 밑 부분 사이에 있는 살이 많은 부분을 만져보고, 역시 그 모양새도 눈여겨보았다. 그는 손가락들을 공들여 꼼꼼히 조사하면서, 손가락들의 모양, 비례, 아무 일도 하지 않고 놓여 있을 때의 자연스러운 모습들을 관찰했다. 이 모든 과정을 세 관찰자는 아주 흥미롭게 지켜보았다. 그들의 숙인 머리는 루이지의 손바닥 위로 함께 모아져 있었고 한마디 말로 정적을 깨는 사람도 없었다. 윌슨은 이제 손바닥을 다시 찬찬히 들여다보며, 그가 발견한 것을 이야기하기 시작했다.

그는 루이지의 성격과 성향, 취향, 싫어하는 것, 선호하는 것, 야심들과 괴팍한 면들을 지도 그리듯이 말해주어 때로 루이지를 움찔하게 하고 다른 이들을 웃게 만들었다. 그러나 쌍둥이 둘 다 지도가 기막히게 그려졌고 정확하다고 단언했다.

그다음으로 윌슨은 루이지의 인생사로 넘어갔다. 그는 이제 자신의 손가락을 주된 손금 선을 따라 천천히 움직이며 조심스럽게 머뭇거리며 시작했는데, 가끔씩 자기 손가락을 하나의 '별'[16], 또는 '별'과 같은 중요 지점에 멈추고 그 주변을 세심하게 살폈다. 그는 한두가지 과거사를 입에 올렸고, 루이지는 맞는다고 확인해주었으며, 탐색은 계속되었다. 곧 윌슨이 놀란 얼굴 표정으로 갑자기 고개를 들었다.

"여기에 당신이 밝히고 싶지 않은 사건이 기록되어 있는데요—"

"말하세요." 루이지가 사람 좋게 말했다. "날 당혹스럽게 하지 않을 거라고 약속해요."

그러나 윌슨은 여전히 주저했고, 어떻게 해야 할지 전혀 모르는 듯했다. 잠시 후 그는 말했다.

---

16 서양식 손금 보기에서 중요하게 여기는 손바닥의 별 모양 무늬.

"내 생각에 너무 민감한 문제라서 말하기가, 말하기가. 차라리 글로 쓰거나 귓속말로 하고 당신이 그걸 말로 공개할지를 스스로 정하는 게 낫다고 믿어요."

"좋아요." 루이지가 말했다. "쓰세요."

윌슨은 뭔가를 종이쪽지에 써서 루이지에게 넘겼고, 그는 그걸 읽고는 톰에게 말했다.

"당신이 가진 종이쪽지를 펼쳐 읽으세요, 드리스컬 씨."

톰은 읽었다.

"내가 사람을 죽일 거라는 예언이 있었다. 그건 그해가 가기 전에 실현되었다." 톰은 덧붙였다. "이럴 수가!"

루이지가 윌슨의 쪽지를 톰에게 주며 말했다.

"이제 이 쪽지도 읽어보시오."

톰은 읽었다.

"당신은 누군가를 죽였는데, 남자인지 여자인지 어린이인지는 알 수가 없소."

"맙소사!" 톰은 크게 놀라 말했다. "이건 내가 들어본 중에 가장 놀라운 일이네! 아니, 자기 자신의 손이 가장 큰 적이라니! 생각해보라고—자기 손이 자기 인생의 가장 깊고 치명적인 비밀들의 기록을 보존하고 있고, 이 요술을 부릴 줄 아는 낯선 사람 아무에게나 그걸 폭로하고 배신할 준비가 되어 있다니. 그런데 당신은 그 무서운 일이 당신 손에 새겨져 있는데, 왜 다른 사람으로 하여금 손금을 보게 한 거요?"

"아," 루이지는 태연하게 말했다. "상관없습니다. 나는 그 사람을 정당한 이유로 죽였고, 후회하지 않아요."

"이유가 뭐였죠?"

"음, 그가 살인을 자초했지요."

"왜 그가 사람을 죽였는지 내가 말해주겠습니다. 루이지가 말을 안하려고 하니 말이오." 안젤로가 열을 내며 말했다. "그는 내 목숨을 구하려고 살인을 했습니다. 그게 이유요. 따라서 그것은 고귀한 행위였고, 숨길 일이 아니지요."

"그래요, 그래요," 윌슨이 말했다. "형제의 목숨을 구하기 위해 그러는 것은 훌륭하고 고상한 행동이죠."

"보세요," 루이지가 말했다. "그런 말을 들으니 매우 기쁘네요. 사심 없음이나 영웅적 자세, 혹은 고결함이 있기에 그 정황이 정당화될 수 있다는 말이죠. 하지만 당신은 한가지 사실을 간과했어요. 내가 만약 안젤로의 생명을 구하지 않았다면, 내 목숨은 어찌 되었겠소? 그자가 안젤로를 죽이게 내버려두었더라면, 나도 죽이지 않았겠어요? 나는 내 생명도 구한 것이었소, 보시다시피."

"그래, 너는 그런 식으로 얘기하지." 안젤로가 말했다. "그러나 난 널 알아. 그리고 네가 자신을 생각했던 거라고는 전혀 믿지 않아. 나는 루이지가 그자를 죽인 무기를 아직도 가지고 있고, 언젠가 여러분에게 보여드리겠습니다. 그 사건이 그 무기를 흥미롭게 만들고, 또 그 무기가 루이지의 손에 들어오기 전에 사연이 있었기 때문에 더욱 흥미롭지요. 바로다의 가이코와르라는 훌륭한 인도 왕자가 루이지에게 준 무기로, 그의 가문이 이삼세기 동안 보유

하던 것이지요. 이런저런 시기에 그 가문을 괴롭힌 불쾌한 인간들을 아주 많이 죽였지요. 그 무기는 다른 칼이나 단검 등과 다르게 생겼다는 점을 제외하면 별로 볼만한 것이 못됩니다. 여기, 당신들을 위해 그려보리다." 그는 종이 한장을 찾아 재빨리 스케치를 했다. "여기 있소— 넓고 흉악한 칼날, 날카롭기가 면도날 같지요. 그 표면에 새겨진 것은 소유자들의 이름이나 머리글자가 담긴 긴 목록입니다. 보시다시피 나는 루이지와 내 이름을 로마자로 덧붙였고 우리 집안의 문장紋章도 넣었지요. 얼마나 희한한 칼자루인지 보실 수 있을 겁니다. 그것은 거울처럼 잘 닦인 단단한 상아로 되어 있고, 길이와 폭이 4, 5인치가량이어서 체격이 큰 사람의 손목만 하고, 엄지로 편히 잡을 수 있게 끝이 평평하게 되어 있죠. 칼을 잡으면 끝 쪽에 엄지가 놓이면서 그걸 높이 들고 아래로 내려치는 것이죠. 가이코와르는 칼을 루이지에게 줄 때 어떻게 쓰는지 가르쳐주었는데, 그날밤이 지나가기 전에 루이지는 그 칼을 사용했고, 가이코와르는 그 때문에 부하를 한사람 잃었죠. 칼집은 값비싼 보석들로 멋지게 장식되어 있었소. 당신들은 칼집이 칼 자체보다 더 볼만하다는 것을 알게 될 겁니다, 물론."

톰은 속으로 말했다.

'여기 온 게 행운이군. 칼을 헐값에 팔 뻔했어. 그 보석들이 유리 모조품이라고 생각했거든.'

"계속하세요. 멈추지 마세요." 윌슨이 말했다. "호기심이 발동해서 이제 살인에 대해 듣고 싶군요. 그 일에 대해 말해주세요."

120

"아, 간단히 말하면, 전적으로 그 칼에 책임이 있지요. 한 토착민 하인이 틀림없이 칼집의 값진 보석 때문에 한밤에 궁전의 우리 방으로 스며들어와 우리를 죽이고 칼을 훔치려고 했던 겁니다. 루이지는 칼을 베개 밑에 두었고, 우리는 한 침대에 있었죠. 침침한 취침등이 켜져 있었어요. 나는 잠들었지만, 루이지는 깨 있었고, 침대로 다가오는 흐릿한 형상을 봤다고 생각했습니다. 루이지는 칼집에서 칼을 빼냈고, 침대 이불의 방해를 받지 않고 대기하고 있었죠. 날씨가 더워 우리는 이불을 덮지 않고 있었거든요. 갑자기 그 토착민이 침대맡에서 일어나 오른손을 치켜들고 내 위로 몸을 숙였습니다. 그의 손에는 내 목을 노린 단검이 있었고요. 그러나 루이지가 그의 손목을 잡고 끌어낭기면서 자신의 칼을 그의 목에 꽂아넣었죠. 그게 얘기의 전부입니다."

윌슨과 톰은 깊은숨을 쉬었다. 그 비극에 대해 일반적인 이야기가 오간 후에, 얼간이는 톰의 손을 잡고 말했다.

"자, 톰, 우연이지만 난 네 손금을 한번도 본 적이 없어. 어쩌면 너도 세상에 밝힐 만한 의심스러운 사생활이 있을지 모르지!"

톰은 자신의 손을 뿌리쳤고, 꽤나 당황한 것처럼 보였다.

"아니, 얼굴을 붉히시잖아요!" 루이지가 말했다.

톰은 그를 향해 인상을 쓰면서 날카롭게 말했다.

"흠, 내 얼굴이 붉다면, 내가 살인자라서는 아니지!" 루이지의 검은 피부 얼굴이 붉어졌다. 하지만 그가 말하거나 움직이기 전에 톰은 걱정스러운 듯 서둘러 덧붙였다. "아이고, 천번 사과를 드립니다. 내 뜻은 그게 아니라, 생각 없이 말이 나왔어요. 정말, 정말 죄송해요—날 용서해주셔야 해요!"

월슨이 구원에 나서서 최선을 다해 상황을 수습했다. 그리고 실제 쌍둥이에 대해서는 수습하려는 노력이 완전히 통했는데, 그들은 루이지에 대한 모욕보다 월슨의 손님이 못된 태도를 보이며 집주인에게 저지른 무례가 더 크게 유감스러웠기 때문이었다. 그러나 월슨의 노력이 정작 잘못을 저지른 자에게도 통했는지는 별로 분명하지 않았다. 톰은 태연하려 노력했고 꽤 잘해냈지만, 마음 밑바닥에서는 자신의 언행을 본 세사람의 목격자를 향해 골이 났다. 실제로 그는 자신의 모습을 목격하고 관찰한 데에 대해 세사람에게 너무나 화가 났기 때문에 그런 모습을 보인 자신에게 화내는 것을 거의 잊어버리고 말았다. 그러나 곧 그의 마음을 안정시키고 거의 자비와 우정의 상태로까지 되돌리는 일이 일어났다. 쌍둥이 사이에서 사소한 말다툼이 벌어진 것이다. 대단치는 않았지만 말다툼임에는 틀림없었다. 그리고 얼마 지나지 않아 그들은 서로에 대해 분명하게 짜증난 상태가 되었다. 톰은 큰 흥미를 느꼈다. 실로 톰은 아주 기뻐서 한층 점잖은 동기에서 행동하는 것처럼 가장하면서 그 짜증을 악화시키도록 조심스럽게 최대한 노력했다. 그가 부추긴 탓에 불은 달아올라 활활 타오를 정도에 이르렀고, 불길을 보는 즐거움을 느낄 참이었는데, 다음 순간 문 두드리는 소리가 방해를 하고 말았다—이는 톰을 분하게 만든 만큼이나 월슨에게는 기쁜 일이었다. 월슨은 문을 열었다.

방문객은 존 벅스톤이라는 선량하고 무식하며 원기 넘치는 중년의 아일랜드인이었는데, 자기 나름의 좁은 범위 안에서는 뛰어난 정치인이었고 항상 모든 공적인 일에서 큰 몫을 차지하곤 했다. 당시 그 마을의 주된 흥밋거리는 럼주 문제였다. 강력한 럼주 지지파와, 역시 강력한 럼주 반대파가 있었다. 벅스톤은 럼주 지지파와 훈련을 하고 있었고, 쌍둥이를 찾아와 자기 파의 대중집회에 참석하도록 초청하기 위해 보내진 것이었다. 그는 용건을 알리고, 사람들이 이미 시장 건물 위의 큰 강당에 모이고 있다고 말했다. 루이지는 초청을 예의 바르게 받아들였지만 안젤로는 좀 덜 기꺼워했는데, 그는 군중을 싫어했고 미국 독주를 마시지 않기 때문이었다. 그는 실은 때때로 금주론자이기도 했는데, 그편이 현명하다고 생각이 들 때는 그랬다.

　쌍둥이는 벅스톤과 함께 떠났고, 톰 드리스컬은 초대받지 않았지만 그들과 함께했다.

　멀리서 중심가를 따라 흘러오는 길게 흔들리는 횃불 행렬을 볼 수 있었고, 베이스 드럼의 쿵쿵 소리, 씸벌즈의 챙챙 소리, 피리 한두 개가 내는 삐삐 소리, 그리고 멀리서 나는 만세 소리의 희미한 울림을 들을 수 있었다. 이 행렬의 꼬리는 쌍둥이가 가까이 도착했을 때 시장 건물의 계단을 올라가고 있었으며, 강당에 들어서자 그 안은 사람들, 횃불들, 담배 연기, 소음과 열기로 가득 차 있었다. 그들은 벅스톤의 안내로 연단으로 갔고──톰 드리스컬이 여전히 따라오고 있었다──엄청나게 폭발적으로 환영받으며 의장에게 인

도되었다. 소음이 약간 잦아들자, 의장은 "우리의 탁월한 손님들을
또 한번의 박수로 자유인의 천국이자 노예의 지옥인 우리의 영광
스러운 조직에 회원으로 선출할 것"을 제안했다.

이 달변 덕에 또다시 열광의 홍수가 봇물 터지듯 했고, 천둥소리
같은 만장일치로 선출이 이루어졌다. 그리고 폭풍 같은 외침들이
일어났다.

"그들을 적셔줘! 적셔줘! 그들에게 한잔 줘!"

위스키 잔들이 쌍둥이에게 건네졌다. 루이
지는 자신의 잔을 높이 들고 입술로 가져갔
지만, 안젤로는 잔을 내려놓았다. 다시 폭풍
같은 외침들이 일어났다.

"한사람은 뭐가 문제야?" "금발 머리는 왜
우리 말을 거스르는 거야?" "해명해라! 해명
해라!"

의장이 묻고 나서 알렸다.

"우리가 불행히도 실수를 했습니다, 신사

여러분. 나는 안젤로 까뺄로 백작이 우리 신조에 반대한다는 것, 즉 실은 금주론자이며, 회원으로 가입할 뜻이 없음을 확인합니다. 그는 우리가 그를 뽑은 표결을 재고하기를 원하고 있습니다. 여러분의 뜻은 어떠신지요?"

회중 가운데에서 휘파람과 야유 소리가 가득 실린 웃음소리가 터져나왔지만, 의사봉을 힘차게 두드리자 곧 질서 비슷한 것이 회복되었다. 이윽고 회중 가운데서 한사람이 말하기를, 실수가 생겨 몹시 유감스럽지만 그 실수를 오늘 회의에서 정정하는 것은 불가능하다고 했다. 조직 규약에 따르면 다음 정기 회의에 가서야 안건으로 상정할 수 있다는 것이었다. 그는 동의안이 요구되지 않으므로 동의안을 내지 않겠다고 했다. 그는 회중의 이름으로 안젤로에게 사과하고 싶고, '자유의 아들들'이라는 조직의 힘이 닿는 한 그의 임시회원 자격은 그 자신에게 유쾌할 것임을 확인시켜주고 싶다고 청했다.

이 발언은 큰 갈채를 받았으며, 다음과 같은 외침이 뒤섞였다.

"말 잘한다!" "설령 금주론자라 할지라도 그는 어쨌든 좋은 친구야!" "그의 건강을 위해 건배!" "그에게 최고의 술을 줘. 한방울도 남김없이 마셔야 해!"

잔들이 돌았고, 연단의 모든 사람들이 안젤로의 건강을 위해 건배하는 동안에 강당은 노래가 우렁차게 울렸다.

그가 신나는 좋은 친구이기 때문이지,

그가 신나는 좋은 친구이기 때문이지,

그가 신나는 좋은 친구이기 때문이지—

아무도 그걸 부정할 수 없지.

톰 드리스컬은 마셨다. 두번째 잔이었는데, 안젤로가 자기 잔을 내려놓자마자 그것까지 마셨기 때문이었다. 두잔의 술이 그를 아주 얼큰하게, 멍청이 짓을 하게 할 정도로 얼큰하게 만들어서 그는 의사진행, 특히 노래와 야유와 훼방 놓는 발언에 있어 매우 활기차고 두드러진 역할을 하기 시작했다.

의장은 여전히 가운데 서 있었고, 쌍둥이는 양옆에 서 있었다. 형제들이 서로 놀랍도록 닮은 모습에 톰 드리스컬은 재치 있는 말이 떠올랐고, 의장이 연설을 시작하자마자 앞으로 뛰어나가 술기운에 얻은 자신만만한 태도로 청중에게 말했다.

"친구들, 나는 의장의 입을 닥치게 하고 이 인간 필리피나[17]가 여러분에게 연설 한토막 하도록 하는 데 동의합니다."

이 말의 묘사적 정확성이 회중을 사로잡아서 우렁찬 폭소가 뒤따랐다.

사백명의 낯선 이들 앞에서 이뤄진 이 모욕이 주는 날카로운 수치감에 루이지의 남유럽적 혈기는 한순간에 비등점에 도달했다.

---

17 두사람이 똑같이 생긴 아몬드 열매 등을 나눠가진 후, 다음번에 만났을 때 먼저 '필리핀' 하고 말한 이에게 상대방이 벌금을 내거나 선물을 하는 놀이, 혹은 그 열매.

이 젊은이의 성격은 이런 문제를 간과하는 법이 없었고, 응징을 늦추는 법도 없었다. 그는 성큼 몇걸음을 걸어서 아무런 의심 없이 서 있는 농담꾼 뒤에 멈춰섰다. 그러고는 뒤로 물러나 엄청난 힘으로 발길질을 해서 톰은 연단의 무대조명인 각광脚光들을 훌쩍 넘어 날아가 자유의 아들들의 첫줄에 앉은 이들 머리 위에 떨어졌다.

아무 잘못도 없는데 자기 머리 위로 사람이 내던져지면 술 취하지 않은 사람도 좋아하지 않는다. 하지만 취한 사람은 그런 일을 조금도 참을 수 없는 법이다. 드리스컬이 떨어진 자유의 아들들의 둥지에는 그 안에 취하지 않은 새가 한마리도 없었다. 실은 아마도 강당 전체에 취하지 않은 사람이 하나도 없었을 것이다. 드리스컬은 즉시 다음 열에 있는 자유의 아들들의 머리 위로 분노에 차서 내던져졌고, 이 아들들은 그를 그다음 열로 내던졌으며, 그를 자신에게 넘긴 첫열의 아들들을 곧장 주먹으로 두들기기 시작했다. 이 과정은 드리스컬이 출입문 쪽을 향해 쿵쾅거리며 하늘을 날듯이 여행을 하는 동안에 한열 한열에서 모두 한결같이 반복되었다. 따라서 그는 자기 뒤쪽으로 사람들이 분개하고 뛰어들고 싸우고 욕하는 행렬을 점점 길게 남기게 되었다. 횃불들도 차례차례 꺼져버렸고, 곧이어, 의사봉을 귀먹을 정도로 두들겨대는 소리, 으르렁대는 성난 목소리와 넘어지는 벤치들의 우당탕 소리 위로 사지를 얼어붙게 만드는 비명이 솟구쳤다.

"불이야!"

싸움은 바로 멈췄다. 욕설도 중단되었다. 딱 한순간 죽은 듯한 침묵, 얼어붙은 고요가 폭풍이 몰아치던 곳에 들어섰다. 바로 다음 순간 사람들 모두가 똑같은 충동 속에 제정신과 힘이 다시 돌아와서 이리저리로 몰리고 몸싸움하고 뒤흔들리면서 나아갔으며, 그 군중의 끝자락이 창문과 출입문 들 사이로 녹아나가면서 점점 군중의 압력이 줄어들었다.

소방수들은 이전에 그토록 갑작스럽게 현장에 있어본 적이 없었다. 이번에는 소방대가 시장 건물 바로 뒤에 있었기 때문에 거리가 떨어져 있지 않은 탓이었다. 일반 소방대와 사다리 소방대가 있었다. 각 소방대가 절반은 럼주파, 다른 절반은 반럼주파로 이루어져 있었는데, 이는 당시 개척지 마을에서 도덕적, 정치적으로 서로 동등하게 하자는 방침에 따른 것이었다. 반럼주파는 일반 소방대와 사다리 소방대를 충분히 채울 정도로 현장 근처를 어정거리고 있었다. 이분 만에 그들은 자신의 붉은 옷과 헬멧을 썼으며—그들은 정규 복장이 아니고는 결코 공식적으로 움직이지 않았다—머리 위의 대중집회가 긴 창문들 사이로 부서져나와 아케이드 지붕 위로 쏟아졌을 때, 구조자들은 집회자들을 위해 강력한 물줄기를 준비한 상태였고, 물줄기는 집회자 상당수를 지붕에서 쓸어내버렸고 나머지를 거의 익사시킬 정도였다. 그러나 물이 불보다는 나았고, 여전히 창문으로부터 대탈출은 계속되었으며, 사정없는 물세례는 건물이 빌 때까지 계속되었다. 그리고 나서 소방수들은 강당으로 기어올라가 실제 화재보다 사십배는 강한 불도 끝장낼 정도의 물을 퍼부어댔다. 시골 소방대는 실력을 자랑할 기회가 자주 없고, 그래서 기회가 생기면 최대한 이용하게 마련이었다. 하여 그 마을의 사려 깊고 현명한 기질을 가진 시민들은 화재에 대비해 보험을 들지 않았고, 소방대에 대비해 보험을 들었던 것이다.

12장

용기는 공포에 대한 저항, 공포의 정복이지, 공포의 부재가 결코 아니다.
한 존재가 부분적으로 겁쟁이인 면이 없다면, 용감하다고 이르는 것은 칭찬이
아니며 단어를 느슨하게 잘못 사용한 것일 따름이다. 벼룩을 생각해보라!
—공포에 대한 무지가 용기라면, 벼룩은 신의 피조물 중에서 비교할 상대가
없을 정도로 가장 용감한 존재이다. 크기와 힘에서 당신과 벼룩의 관계가 규모가
큰 군대와 젖먹이 아이의 관계와 동일하다는 사실을 전혀 상관하지 않은 채,
벼룩은 당신이 잠들었든 깨어 있든 공격해온다. 벼룩은 항상 위험과 즉각적인
죽음의 코앞에서 하루 밤낮을 살고 매일매일을 살지만, 10세기 전에
지진의 위협을 맞은 도시의 거리를 걷는 사람만큼이나 두려움이 없다.
우리가 클라이브, 넬슨, 퍼트넘을[18] '공포가 무엇인지 모르던 사람들'이라고
일컬을 때, 항상 벼룩을 추가해야 하고, 그 행렬 맨 앞에 세워야 한다.
—『얼간이 윌슨의 책력』

드리스컬 판사는 금요일 밤 10시에는 침상에 들어 잠들었고, 아침 동트기 전에 일어나 친구인 펨브로크 하워드와 낚시를 갔다. 두 사람은 버지니아 주가 여전히 합중국의 중요하고 가장 당당한 구성원이던 때, 거기서 함께 소년으로 자라났으며, 여전히 버지니아를 입에 올릴 때면 그 이름 앞에 자랑스럽고 사랑스러운 형용사인 '옛'을 붙이곤 했다. 미주리 주에서 옛 버지니아 출신 인물에게는 누구나 다들 인정하는 우월함이 따라붙었다. 또 그 인물이 자신이

[18] 주로 18세기에 활약한 영국과 미국의 유명한 군인들.

저 위대한 공동체의 으뜸가는 가문의 후예라는 것 또한 입증할 수 있다면 그 우월함은 거의 최고의 탁월함으로 고양되었다. 하워드 집안과 드리스컬 집안은 이런 귀족 출신이었다. 그들의 눈에 그것은 참된 귀족이었다. 그 귀족 집단은 성문화되지 않은 자신의 법을 가지고 있었고, 그것은 이 나라의 성문법에서 발견되는 그 어떤 것 못지않게 명확히 규정되었고 엄격했다. 버지니아의 일급 가문 출신은 타고난 신사였다. 그의 인생에서 최고의 의무는 저 위대한 유산을 감독하고 더럽혀지지 않도록 지키는 것이었다. 그는 자신의 명예를 한치의 오점도 없이 지켜야만 했다. 그 법들은 그의 지도이며, 그의 행로는 그 위에 표시되어 있었다. 나침반의 0.5도만큼이라도 거기서 벗어난다면 명예가 난파선 꼴이 되는 것, 즉 그가 신사의 지위로부터 추락함을 뜻했다. 이 법은 자신의 종교가 금지할 수도 있는 것조차 요구했다. 그 경우에는 종교가 양보해야 했다. 그 법은 종교나 다른 어떤 것을 충족시키기 위해서도 느슨해질 수 없었다. 명예가 우선이었다. 그 법은 명예가 무엇인지 정의했고, 어떤 점에서 명예가 교회 교리에 따른 규정과 다른지, 또 버지니아의 신성한 경계가 정해질 때 그 밖으로 밀려난 지구상의 하찮은 일부 지역들의 사회적 법과 관습에 따른 규정과 어떤 점에서 다른지를 정의했다.

드리스컬 판사가 도슨스랜딩의 공인된 으뜸 시민이었다면, 펨브로크 하워드는 분명히 공인된 버금 시민이었다. 그는 '위대한 변호사'라는 획득한 작위로 칭해졌다. 그와 드리스컬은 동갑으로 예순에서 한두살 더 먹은 터였다.

드리스컬이 자유사상가였고 하워드는 신념이 굳고 결의에 찬 장로교도였지만, 그들의 따뜻한 우정은 그로 인해 아무런 손상을 입지 않았다. 그들은 자신의 견해가 재산인 사람들이었으며, 그 어떤 사람, 심지어 친구일지라도 그 견해를 수정하거나, 보완하거나, 제안하거나, 혹은 비판할 수 없었다.

그날 낚시가 끝난 후에, 그들은 낚싯배를 타고 중앙 정치와 그 밖의 중요한 문제들에 대해 이야기를 나누며 하류로 내려가는 중이었는데, 곧 마을에서부터 올라오는 작은 배를 만났고 그 배에 탄 이는 다음과 같이 말했다.

"새로 온 쌍둥이 중 하나가 선생님 조카를 어젯밤 걷어찼다는 얘기를 알고 계시겠죠, 판사님?"

"무슨 짓을 했다고?"

"걷어찼다고요."

늙은 판사는 입술이 창백해졌고 눈이

불타오르기 시작했다. 그는 잠시 분노로 말문이 막혔고, 다음 순간 하려던 말을 입 밖으로 내뱉었다.

"음—음—계속해! 자세히 말해봐."

그 남자는 계속했다. 이야기가 끝나자 판사는 잠시 침묵을 지키며 톰이 무대조명 너머로 날아가는 창피한 모습을 속으로 음미하고는, 속마음을 소리내어 말하듯이 이야기했다.

"흠—이해하지 못하겠어. 난 집에서 자고 있었지. 그 아이는 나를 깨우지 않았어. 내 생각에, 자기 일을 내 도움 없이 처리할 능력이 있다고 생각한 게지." 이런 생각에 그의 얼굴은 자부심과 기쁨으로 환해졌고, 쾌활해진 가벼운 마음으로 말했다. "난 이런 태도를 좋아해. 이건 진정한 옛 가문의 핏줄이지, 안 그래, 펨브로크?"

하워드는 웃음기 없는 미소를 지으며, 긍정의 뜻으로 고개를 끄덕였다. 그러자 소식을 전한 이가 다시 말했다.

"그러나 톰은 재판에서 쌍둥이에게 이겼어요."

판사는 의아하다는 듯이 상대방을 바라보며 말했다.

"재판? 무슨 재판?"

"아, 톰은 그를 폭행 혐의로 로빈슨 판사에게 출두하게 했어요."

노인은 치명적 일격을 당한 사람처럼 갑자기 온몸을 움츠렸다. 하워드는 친구가 정신을 잃고 앞으로 넘어지려는 것을 손을 뻗어 팔에 안았고, 배에 눕혔다. 그는 친구 얼굴에 물을 뿌렸고, 놀란 남자에게 말했다.

"자, 가라—이 사람이 여기서 널 다시 보지 못하게 말이야. 네 생각 없는 말이 어떤 결과를 낳았는지 보이지? 그런 잔인한 모욕을 함부로 내뱉지 않도록 좀더 신중했어야지."

"정말 죄송해요, 하워드 선생님. 이럴 줄 알았다면 절대 말하지 않았을 거예요. 그러나 모욕이 아니고, 드리스컬 판사님께 말씀드렸듯이 분명한 사실이에요."

그는 배를 저어 사라졌다. 곧 늙은 판사는 졸도에서 깨어나 자기 얼굴 위로 숙여진 동정하는 얼굴을 애처롭게 바라보았다.

"사실이 아니라고 말해 주게, 펨브로크. 사실이 아니라고 말해주게!" 그는 힘없는 목소리로 말했다.

오르간의 깊은 음조로 답하는 목소리에는 힘없는 기색이 전혀 없었다.

"그게 거짓말이라는 걸 나처럼 알지 않나, 오랜 친구여. 그 아이는 옛 버지니아의 최고 혈통 출신 아닌가."

"그렇게 말해주는 자네에게 신의 축복이 있기를!" 늙은 신사는 격정적으로 말했다. "아, 펨브로크, 정말 충격일세!"

하워드는 친구 곁에 머물렀고, 집까지 배웅하여 함께 집으로 들어갔다. 어두워졌고 저녁식사 시간이 지났지만, 판사는 저녁은 생각에 없고 당사자가 그같은 명예훼손을 부정하기를 서둘러 듣고 싶어했으며, 하워드에게도 똑같은 이야기를 듣게 하고 싶어서 애가 탔다. 톰을 부르러 사람을 보냈고, 그는 곧장 왔다. 그는 멍이 들고 절룩거렸으며, 행복해 보이는 상태가 아니었다. 숙부는 그를 앉게 하고는 말했다.

"우리는 너의 모험에 대해 들었는데, 톰, 거기에 장식을 하느라 그럴싸한 거짓말이 덧붙여졌더구나. 이제 그 거짓말을 산산조각 내다오. 어떤 조치를 취했니? 상황이 어떠니?"

톰은 생각 없이 솔직하게 답했다. "상황이랄 게 없어요. 다 끝났어요. 그를 법정에 세워 혼내줬어요. 얼간이 윌슨이 그를 변호했어요—첫 수임 사건인데, 패소했죠. 판사는 그 비열한 녀석에게 폭행 혐의로 5달러의 벌금형을 선고했어요."

하워드와 판사는 벌떡 일어나 말을 시작했다—아니, 둘 다 아무 말도 나오지 않았다. 다음 순간 그들은 멍하니 서로를 바라보며 서 있었다. 하워드는 잠시 있다가 아무 말도 하지 않고 슬픈 듯이 앉아버렸다. 판사는 진노가 타오르기 시작했고, 폭발했다.

"이런 잡종 개! 이런 쓰레기! 이런 버러지! 내 집안 핏줄이 한대 얻어맞고 그 때문에 법정에 기어갔다고 말하는 거냐? 대답해!"

톰의 고개가 수그러들었고, 사정이 훤히 드러나는 침묵으로 답했다. 숙부는 보기에 딱할 정도로 경악과 수치와 믿지 못하겠다는 태도가 뒤섞인 표정으로 그를 노려보았다. 마침내 그가 말했다.

"어느 쪽 쌍둥이였니?"

"루이지 백작요."

"그에게 결투를 걸었니?"

"아, 아니요." 톰은 더듬거리며 창백해졌다.

"오늘밤 결투를 걸어라. 하워드가 주재할 거다."

톰은 새파래졌고, 그런 모습이 겉으로 역연했다. 톰은 손에 든 모자를 계속해서 빙빙 돌렸고, 무거운 시간이 일초 일초 흘러갈 때마다 숙부가 조카를 바라보는 찌푸린 표정은 더욱 더 험악해졌다. 마침내 톰이 더듬거리며 애처롭게 말했다.

"오, 제발 그렇게 하라고 말씀하시지 마세요, 숙부님! 난 할 수 없어요. 그는 살인을 할 수 있는 악마예요. 난, 난 그가 두려워요!"

늙은 드리스컬의 입은 할 말을 하기 전에 세번이나 열렸다 닫혔다. 그러고 나서야 폭풍처럼 말했다.

"내 가문에 겁쟁이라니! 드리스컬 집안 남자가 겁쟁이라니! 아, 내가 이런 치욕을 당할 만한 짓을 했단 말인가!" 그는 가슴이 찢어지는 어조로 한탄을 거듭거듭 되풀이하면서 구석의 자기 책상으로 비틀거리며 가서 서랍에서 서류 하나를 꺼내 천천히 조각조각 찢은 다음, 여전히 슬퍼하고 한탄하면서 방 안을 오락가락하는 가운데 자기 걸음을 따라 종잇조각들을 멍한 모습으로 뿌려댔다. 마침내 그는 말했다.

"자, 다시 한번 내 유언장의 조각과 파편 들이 여기 있다. 넌 또다시 내가 유산 상속을 박탈하도록 만들었구나, 이 가장 고귀한 아버지의 비열한 아들아! 내 눈 앞에서 꺼져라! 가라──네게 침을 뱉기 전에!"

젊은이는 머뭇거리지 않았다. 잠시 후 판사는 하워드에게 돌아섰다.

"결투의 입회자가 되어주겠지, 오랜 친구?"

"물론이지."

"펜과 종이가 있네. 결투장을 작성해주게, 당장."

"백작은 십오분 안에 결투장을 손에 쥐게 될 걸세." 하워드가 말했다.

톰은 아주 마음이 무거웠다. 그의 식욕은 자신의 재산과 자존심과 함께 사라져버렸다. 뒷길로 나와 후미진 골목을 슬퍼하며 헤매다니는 가운데, 앞으로 분별력 있고 조심스럽게 다듬어지고 잘 통제된 행동을 한다고 해도 숙부의 호의를 되찾아 방금 눈앞에서 사라진 후한 유언장을 다시 작성하도록 설득할 수 있을지 곰곰 생각했다. 그는 마침내 그럴 수 있다고 결론을 내렸다. 이런 종류의 승리를 이미 한번 거두었고, 한번 이룬 것은 다시 이룰 수 있다고 스스로에게 말했다. 그는 시작할 것이었다. 모든 힘을 그 과제에 쏟고, 자신이 편한 생활을 희생하는 댓가를 치르고 방탕과 방종을 즐기는 생활이 제약당하더라도 이 승리를 다시 한번 기록할 것이었다.

'우선,' 그는 속으로 말했다. '도둑질을 청산하고, 그다음으로 노름도 중단해야 해──그것도 당장. 그게 내가 가진 가장 나쁜 악덕이지──어쨌든 내 관점에서는 그래. 채권자들이 닦달하는 탓에 숙부가 가장 쉽게 알게 될 악덕이니까. 숙부는 나 때문에 채권자들에게 200달러를 한번에 지불해야만 했고, 비싸다고 생각했어. 비싸다──참! 아, 나는 노름으로 숙부의 전재산만큼 돈을 잃었어──물론 숙부는 그러리라고 짐작해본 적이 결코 없지. 어떤 사람들은 어떤 사태의 자기 쪽 측면 외에는 생각할 수가 없지. 내가 얼마나 깊이 빠져들었는지를 알았다면, 유언장은 결투가 도와줄 걸 기다릴 것도 없이 이미 사라졌을 거야. 300달러! 그건 태산이지! 그러나 숙부는 진실을 듣게 되진 않을 거야. 이렇게 말할 수 있어서 나로서는 감사하지. 빚을 청산하는 순간, 난 안전해. 그러나 카드는 다신 만지지 않을 거야. 어쨌든 숙부가 살아 있는 동안은 안 만질 거야. 맹세하지. 마지막 갱생을 시작하는 거야—난 그걸 알아—그래, 그리고 이길 거야. 그러나 그후에 다시 잘못된다면 나는 끝장이지.'

13장

더 나은 세상으로 가버린 것을 내가 알고 있는 불쾌한 사람들의
숫자를 헤아릴 때, 나는 삶을 다르게 살 마음이 생긴다.
—『얼간이 윌슨의 책력』

10월. 이 달은 주식 투기를 하기에 특별히 위험한 달 중 하나이다.
나머지 달들은 7월, 1월, 9월, 4월, 11월, 5월, 3월, 6월, 12월, 8월, 그리고 2월이다.
—『얼간이 윌슨의 책력』

톰은 그처럼 우울하게 자신과 대화하면서 얼간이 윌슨의 집을 지나 느릿느릿 걸어갔고, 양쪽에 텅 빈 시골 들판을 가로막고 있는 울타리 사이로 계속해서 가다가 마침내 귀신 붙은 집 가까이에 이르렀다. 거기서 그는 거듭 한숨을 쉬며 걱정으로 마음이 무거워진 상태로 다시 느릿느릿 돌아가기 시작했다. 그는 명랑한 벗을 절절히 원했다. 로위나! 그의 심장은 그녀 생각에 뛰었지만, 다음 순간에 든 생각이 심장박동을 처지게 만들었다. 빌어먹을 쌍둥이가 거기 있을 것이었다.

그는 윌슨 집의 사람이 기거하는 쪽 방향으로 걸었고, 그 집 가까이 갔을 때 거실에 불이 켜진 것을 보았다. 이거면 될 것이다. 때

로 다른 사람들은 톰 자신이 환영받지 못한다고 느끼게 만들었지만, 윌슨은 그 자신에 대한 예의를 잃은 적이 없었고, 친절한 공손함이 환영을 뜻하는지는 확실하지 않을지라도 적어도 감정을 달래주는 법이었다. 윌슨은 문 앞의 발소리를 들었고, 이어 목소리를 가다듬는 것을 들었다.

"저 성마르고 방탕한 어린 거위구나─딱한 악마 같으니, 요즈음엔 친구 찾기가 힘들겠지, 개인 간의 폭력 문제를 법정으로 끌고 가는 수치를 겪었으니 말이야."

풀 죽은 노크 소리가 났다. "들어와요!"

톰은 말 한마디 없이 들어와 의자에 축 처지며 앉았다. 윌슨은 친절하게 말했다.

"어이, 친구, 외로워 보이는군. 너무 힘겹게 여기지 마. 걷어차인 일을 잊도록 노력해."

"아, 이런," 톰은 비참해져서 말했다. "그게 아냐, 얼간이, 그게 아냐. 그것보다 천배는 더 나쁜 거지─아, 그래, 백만배는 더 나빠."

"아니, 톰, 무슨 말이야? 혹시 로워나가─"

"나를 버렸느냐고? 아냐, 그렇지만 노인네가 날 팽개쳤지."

윌슨은 속으로 '아하!' 하고 말했고, 톰의 침실에 있던 수수께끼의 여자를 생각했다. '드리스컬 집안이 그걸 알아낸 거로구먼.' 그러고 나서 그는 진지하게 말했다.

"톰, 어떤 종류의 방탕은 말이야─"

"아, 빌어먹을, 방탕하고는 관계가 전혀 없어. 숙부는 저 망할 이 딸리아 야만인에게 결투 신청하기를 원했고, 나는 하려고 하지 않 았어."

"그래, 물론 그분은 그렇게 하려 들었겠지." 윌슨은 생각에 잠긴 침착한 태도로 말했다. "그러나 날 헷갈리게 하는 것은, 우선, 왜 그 분이 어젯밤에는 그렇게 하지 않았느냐는 거고, 또 그분이 왜 너로 하여금 결투 이전이든 이후든 그 문제를 법정으로 가져가게 했느 냐는 것이지. 그럴 일이 아니었지. 그분답지 않았어. 난 이해할 수 없었어. 어째서 그렇게 되었지?"

"숙부가 그 일에 대해 아무것도 몰라서였지. 어젯밤 내가 집에 왔을 때 잠들어 있었어."

"그리고 넌 숙부를 깨우지 않았다? 톰, 그게 가능해?"

톰은 이 자리에서 별로 위안을 얻지 못하고 있었다. 그는 잠시 짜증을 내더니 말했다.

"나는 숙부에게 말 안하는 쪽을 택했지―그게 다야. 숙부는 동 트기 전에 펨브로크 하워드와 낚시를 갈 거였고, 내가 쌍둥이를 감 옥으로 보낸다면―틀림없이 그렇게 할 수 있을 줄 알았어―그들 이 그런 난폭한 범죄에 대해 벌금만 약간 내고 풀려날 줄 꿈도 꾸 지 못했어―아, 일단 감옥에 가면 그들은 망신을 당한 것이고, 숙 부는 그런 유의 인간들과 결투는 원하지 않을 테고, 또 나에게 결 투를 허용하지 않을 것이었지."

"톰, 네가 부끄럽구나! 어떻게 훌륭한 숙부를 그렇게 대접할 수 있는지 모르겠다. 너보다 내가 숙부님께 더 나은 친구로구나. 만약 내가 상황을 알았더라면 법정으로 가져가지 않고 먼저 숙부님께 알리고 그분이 신사로서 선택하도록 했을 거야."

"당신이 그랬을 거라고?" 톰은 상당히 놀라서 말했다. "그게 당신의 첫번째 수임 사건인데! 숙부가 선택할 수 있었다면 사건을 수임할 기회가 전혀 없었을 거라는 걸 잘 알잖아? 그러면 당신은 오늘처럼 실제로 업무를 시작한 인정받은 변호사가 아니라 가난뱅이에 무명 신세로 생을 마감했겠지. 그런데도 정말 그렇게 했을 거라고?"

"그렇고말고."

톰은 그를 잠시 바라본 후에, 슬픔에 잠긴 듯이 고개를 가로저으며 말했다—

"나는 당신을 믿어—정말이지 믿어. 왜 믿는지 모르겠지만, 믿어. 얼간이 윌슨, 당신은 내가 본 중에 가장 바보야."

"고맙군."

"천만에."

"그러면, 숙부님이 너더러 이딸리아인과 싸우라고 하셨고 넌 거절했다는 게지. 명예로운 가계의 타락한 유물이라니! 난 참으로 네가 부끄럽다, 톰!"

"아, 그건 아무것도 아니야! 전혀 상관없어. 중요한 건 유언장이 또다시 찢기고 말았다는 거지."

"톰, 솔직히 말해줘—숙부님이 그 두가지 일—사건을 법정으로 끌고 간 것과 결투를 거절한 것 외에 다른 일로 비난하시는 건 없나?"

그는 젊은이의 얼굴을 날카롭게 지켜보았다. 그러나 톰의 얼굴은 태연했고, 답하는 목소리 또한 그러했다.

"없어. 숙부는 다른 걸로는 날 비난하지 않았어. 그런 게 있었으면 어제 그랬을 거야. 왜냐하면 어제는 딱 그럴 기분이었거든. 저 망나니 쌍둥이를 마차를 몰아 마을을 돌아보게 했고 볼만한 것들을 안내한 후 집에 돌아와서, 애지중지하지만 시간도 맞지 않는 선친의 오래된 은시계를 찾을 수 없었고 사나흘 전에 마지막으로 봤을 때 어디다 두었는지 기억하지 못했어. 그래서 내가 돌아왔을 때 숙부는 온통 땀을 흘리며 그걸 찾고 있었고, 잃어버린 게 아니라 도둑맞은 게 아닐까 말했을 때는 여느 때처럼 흥분해서 내게 바보라고 했지—그 때문에 숙부 본인은 믿고 싶지 않지만 실제 일어났을까 두려워한 게 바로 도난이라는 걸 확신할 수 있었어. 잃어버린 물건은 도난당한 물건보다 찾을 확률이 더 높으니 말이야."

"휘익!" 윌슨이 휘파람을 불었다. "목록에 또 한건 추가되는군."

"또 뭐라고?"

"절도 한건 더!"

"절도?"

"그래, 절도. 시계는 잃어버린 게 아니라 도둑맞은 거지. 마을에 또다른 연쇄 절도가 있었어—너도 기억하듯이, 이전에 한번 일어난 것과 똑같은 기이한 종류의 절도 말이지."

"설마!"

"네가 태어났다는 사실만큼이나 분명해! 너도 잃어버린 거 없니?"

"없어. 그런데, 메리 프랫 숙모가 지난 생일에 주신 은으로 만든 연필통이 없어진 적은 있지―"

"그걸 도둑맞았다는 걸 알게 될 거야―깨닫게 될걸."

"아냐, 그렇지 않아. 시계가 도난당한 게 아닐까 했다가 혼난 다음에 내 방에 가서 살펴봤을 때 연필통이 없어지긴 했지만, 엉뚱한 데 뒀기 때문이어서 다시 찾았어."

"없어진 물건이 없는 게 확실해?"

"음, 중요한 건 없어. 이삼 달러짜리 무늬 없는 작은 금반지가 하나 없어졌지만, 나타나겠지. 다시 찾아볼 거야."

"내 생각에는 찾지 못할 거야. 연쇄 절도가 있었어, 분명해. 들어오세요!"

치안판사 로빈슨 씨가 들어왔고, 벅스톤과 마을 순경 짐 블레이크가 뒤따라 들어왔다. 그들은 자리에 앉았고, 잠시 이리저리 특별한 의미 없이 날씨 이야기를 하다가 윌슨이 말했다.

"그런데 우린 방금 절도 목록에 물건 하나를 추가했어요. 어쩌면 둘일지도 몰라요. 드리스컬 판사의 오래된 은시계가 사라졌고, 여기 톰은 금반지를 하나 잃었어요."

"이거, 사태가 좋지 않군." 치안판사가 말했다. "갈수록 점점 나빠지고 있어. 행크스, 도브슨, 필리그루, 오턴, 그레인저, 헤일, 풀러, 홀컴 등, 사실상 팻시 쿠퍼 집 근처에 사는 모든 집들이 목걸이, 찻숟갈, 쉽게 가져갈 수 있는 작은 귀중품들을 털렸어. 이웃 모두가 팻시 쿠퍼의 환영회에 참석하고 깜둥이들은 구경하려고 그 집 울타리에 몰려들어 있었을 때 도둑이 빈집들을 방해 없이 털려고 그 기회를 이용한 것이 확실해. 이 일 때문에 팻시는 낙심천만이야. 이웃들 염려에 괴롭고, 특히 그녀 집에 온 외국인들 염려 때문에 괴롭고, 너무 괴로워서 자신의 작은 피해들에 대해서는 걱정할 짬이 없더군."

"동일한 연쇄 절도범이에요." 윌슨이 말했다. "의심할 여지가 없다고 봐요."

"블레이크 순경은 그렇게 생각하지 않아."

"그래요, 당신 말은 틀려요." 블레이크가 말했다. "지난번까지는 남자였어요. 범인을 잡지 못했지만, 전문가인 우리 경찰들이 알고 있듯이 남자라는 증거가 많이 있었어요. 그러나 이번에는 여자예요."

윌슨은 그 수수께끼의 여자를 곧바로 떠올렸다. 그녀는 이제 항상 윌슨의 머리를 떠나지 않았다. 그러나 이번에도 그 여자에 대해 단서가 전혀 없었다. 블레이크는 계속 말했다.

"그 여자는 상복에 쓰는 검은 베일을 하고 덮개 달린 바구니를 팔에 든 구부정한 어깨의 나이 든 사람이에요. 그 여자가 어제 나룻배를 타는 걸 봤어요. 아마 일리노이에 살 거예요. 그러나 어디살든 상관없지. 잡고야 말 거예요——그 여자 스스로도 잡힌다는 걸 확신해도 좋을걸."

"뭘 보고 그 여자가 도둑이라고 생각하시죠?"

"우선 다른 용의자가 하나도 없어요. 그리고 다른 이유로는 지나가던 깜둥이 짐마차꾼들이 그녀가 이 집 저 집 들락날락하는 걸 우연히 보고 말해주었죠―그리고 매번 그 집들이 바로 도둑질당한 집들이었어요."

이것이 충분한 정황증거가 된다는 것은 인정되었다. 무거운 침묵이 뒤따랐고 잠시 지속되었다. 이윽고 윌슨이 말문을 열었다.

"어쨌든 좋은 일이 한가지 있네요. 그 여자는 루이지 백작의 값비싼 인도 단검을 저당 잡히거나 팔 수 없어요."

"아니!" 톰이 말했다. "그걸 도둑맞았어?"

"그래."

"와, 그건 큰 건이네! 그런데 왜 그걸 저당 잡히거나 팔 수 없지?"

"어젯밤 쌍둥이 형제가 자유의 아들들 집회에서 귀가했을 때, 도둑 소식이 사방에서 들려오고 있었고 팻시 숙모는 쌍둥이가 뭔가를 잃었을까봐 애태우며 힘들어하고 있었지. 단검이 사라진 사실이 드러났고, 경찰과 모든 전당포에 그걸 통지했어. 맞아, 잘되었지. 하지만 그 도둑 노파는 단검으로부터 아무것도 얻지 못할걸. 왜냐하면 잡히고 말 테니까."

"현상금을 걸었나요?" 벅스톤이 물었다.

"그래요―칼에 500달러, 그리고 도둑에 500달러를 더 걸었어요."

"참 멍청한 생각이로군요!" 순경이 외쳤다. "도둑은 감히 현상금 가까이 가지 못할 것이고, 사람을 보내지도 못할 거 아뇨. 가는 사람은 누구나 당장 체포될 텐데, 왜냐하면 어떤 전당포도 현상금을 탈 기회를 그냥 넘기지는 않을 거니까 ―"

그때에 누가 톰의 얼굴을 살폈더라면 창백하고 질린 안색이 호기심을 불러일으켰을 것이다. 그러나 아무도 살피지 않았다. 톰은 속으로 말했다. '망했구나! 정리할 길이 없겠어. 나머지 장물들은 반값에도 저당 잡히거나 팔 수 없겠네. 이런, 이럴 줄 알았어 ― 난 망했어, 난 망했어 ― 이번엔 영원히 망한 거야. 아, 끔찍해 ― 뭘 해야 할지, 어떤 길을 취해야 할지 모르겠군!'

"조용, 조용." 윌슨은 블레이크에게 말했다. "난 그들을 위해 현상금 계획을 어제 한밤중에 세웠고, 새벽 2시에야 계획이 말끔해졌어요. 쌍둥이들은 단검을 찾게 될 것이고, 그때에는 내가 어떻게 그렇게 할 수 있었는지 설명할 거요."

사람들 사이에 너나없이 호기심이 강하게 일어났고, 벅스톤은 말했다.

"자, 윌슨, 당신은 우리를 호기심으로 아주 안달하게 만들었어요. 그리고 내가 대놓고 말하지만, 우리에게만 몰래 말해주길 꺼리지 않는다면 ―"

"아, 벅스톤, 나도 당장 말하고 싶지만, 쌍둥이와 아무 말도 안하기로 했으니, 그대로 입을 다물어야만 합니다. 그러나 사흘도 기다리게 되지 않으리라는 내 말을 믿어도 좋아요. 누군가 그 현상금을 금방 타려고 들 테고, 그러면 내가 당신들에게 도둑과 단검 둘 다 금세 보여줄 수 있게 될 거예요."

순경은 실망하기도 하고 헛갈리기도 했다. 그는 말했다.

"전부 다 그렇게 될 수도 있지요—그래, 그렇게 되길 희망해요. 하지만 내 할 일을 완수하지 못한다면 난 비난을 면치 못하죠. 너무 지나치게 당신 방식대로군요."

이 화제는 거의 다 이야기된 듯했다. 아무도 더 제안할 것이 없어 보였다. 잠시 침묵이 흐른 후에 치안판사는 월슨에게 자신과 벅스톤, 순경은 민주당 쪽 위원회 자격으로 온 것이고 월슨에게 시장 출마를 요청하려 한다고 알렸다. 그 작은 마을은 이제 시로 승격할 참이었고 첫번째 선거가 다가오고 있었다. 그것은 월슨이 정당으로부터 관심을 받은 첫번째 일이었다. 분명 하찮은 관심이었지만, 그가 마침내 마을의 삶과 활동에 데뷔했음을 인정하는 것이었다. 그것은 한계단 위로 올라서는 것이었고, 월슨은 깊이 만족했다. 그는 수락했고 위원회는 떠났으며, 톰은 그들을 따라갔다.

14장

진짜배기 남부 수박은 하나의 축복이며, 보다 평범한 것들과
함께 언급되어서는 안된다. 그것은 이 세상의 사치품 중에 으뜸이요,
신의 은총 덕분에 지상의 뭇 과일 중의 왕이다. 사람이 그 맛을 보고 나면,
천사들이 무엇을 먹는지 알게 된다. 이브가 먹은 것은 남부 수박이 아니었다.
이브가 참회를 했기 때문에 우리는 그 사실을 안다.
——『얼간이 윌슨의 책력』

월슨이 위원회를 배웅할 무렵, 펨브로크 하워드는 그 옆집에 소
식을 알리기 위해 들어서고 있었다. 그는 늙은 판사가 의자에 음울
한 상태로 꼿꼿하게 앉아 기다리고 있는 것을 보았다.

"자, 하워드——소식은?"

"세상에서 가장 좋은 소식이지."

"수락했나?" 판사의 눈에 전투의 빛이 기쁜 듯이 반짝였다.

"수락? 아니, 그는 달려들었네."

"그, 그래? 그래, 좋아——아주 좋아. 마음에 들어. 언제 하기로 했
지?"

"지금! 당장! 오늘밤! 감탄할 친구야——감탄할 만해!"

"감탄할 만하다니? 멋진 녀석이구먼! 자, 그런 친구 앞에 선다는 것이 기쁨이자 명예일세. 가게─자네, 어서 가게! 가서 전부 준비하게─그리고 그에게 진심 어린 칭송을 전해주게. 참으로 드문 친구이구먼. 자네가 말했듯이 감탄할 만한 친구야!"

하워드는 다음과 같은 말을 남기고 서둘러 갔다.

"한시간 안에 그를 윌슨의 집과 귀신 붙은 집 사이의 공터로 나오게 할 거고, 내 권총들도 가져올 걸세."

드리스컬 판사는 기쁨의 흥분 속에 복도를 걸어다니기 시작했다. 그러다가 곧 멈춰서서 생각하기 시작했다─톰 생각이었다. 두번 그는 책상을 향해 가다가 두번 돌아섰다. 그러나 마침내 그는 말했다.

"이게 이승에서의 마지막 밤이 될 수도 있다─우연에 기대서는 안돼. 톰은 하찮고 쓸모없지만, 내 잘못이 크지. 동생이 임종할 때 그애를 내게 맡겼어. 내가 애를 엄격하게 훈련시켜 사람으로 만드는 대신에 응석받이로 키워 망쳐놓았지. 죽은 형제의 신뢰를 깨뜨린 셈인데, 거기에다 의무 불이행이라는 죄를 더해서는 안되지. 그애를 이미 한번 용서해준 적이 있으니, 내가 결투에서 살아 돌아온다면 다시 용서하기 전에 힘든 시련을 오래 겪게 만들어야지. 그러나 위험을 무릅쓸 수는 없어. 안되지, 유언장을 원상 복구해야해. 만약 결투에서 살아남으면 유언장을 숨겨두고 톰이 알지 못하게 할 거야. 그리고 그애가 개과천선하고 영원히 계속 그러리라는 걸 확인할 때까지는 말해주지 않을 거야."

그는 다시 유언장을 작성했고, 허울만의 조카인 자는 다시 유산 상속자가 되었다. 그가 유언장 작성을 마무리하고 있을 때, 톰은 다시 한번 생각에 잠겨 걷다 지쳐서 집으로 들어와 까치발을 하고 거실 문을 지났다. 그는 흘낏 안을 들여다보고 서둘러 지나갔다. 오늘 밤 숙부의 모습은 공포일 뿐이기 때문이었다. 그런데 숙부는 글을 쓰고 있었다! 이 늦은 시간에 드문 일이었다. 무엇을 쓰는 것일까? 오싹한 불안이 톰의 가슴에 내려앉았다. 그 글이 나와 관계가 있을까? 그럴 거라는 염려가 들었다. 악운이 시작될 때는 한두방울씩 떨어지지 않고 소낙비로 쏟아진다는 점을 곰곰 생각했다. 저 서류를 훔쳐보거나 서류를 작성하는 이유라도 알아야겠다고 마음먹었다. 그는 누군가 들어오는 인기척을 들었고, 눈길을 피해서 엿들었다. 펨브로크 하워드였다. 무슨 일이 꾸며지고 있는 것일까?

하워드는 아주 만족해서 말했다.

"모든 것이 다 준비되었네. 그는 자기 측 입회인과 의사, 그리고 자기 동생과 함께 결투 장소로 갔네. 난 모든 일을 윌슨과 준비했네. 윌슨이 그의 입회인이야. 우리는 각각 세 발을 쏘기로 했네."

"좋아. 달은 어떻지?"

"거의 대낮처럼 밝다네. 15야드라는 거리를 감안할 때 완벽하지. 바람은 한점도 없고, 덥고 고요하네."

"다 좋군. 모두 최고의 상태군. 여기, 펨브로크, 이걸 읽고 증인이 되어주게."

펨브로크는 유언장을 읽고 증인이 되어주었고, 노인에게 따뜻한 악수를 건네고 말했다.

"음, 그게 옳아, 요크. 자네가 그럴 줄 알았네. 자네는 저 딱한 녀석이 재산도 전문 직업도 없이 미래의 패배가 분명한 상태에서 인생을 싸워나가게 내버려둘 수 없지. 저 녀석이 아니라 저 녀석 아비 생각을 해서라도 그러지 않으리라는 걸 알고 있었지."

"그애의 죽은 아비를 생각하면 그럴 수 없지. 알고 있다네. 불쌍한 퍼시, 자네는 퍼시가 내게 어떤 존재였는지 알고 있겠지. 그러나 유의해주게─톰은 내가 오늘밤 죽지 않는 한 이걸 알아서는 안되네."

"이해하네. 비밀을 지키지."

판사는 유언장을 치웠고, 둘은 결투 장소로 출발했다. 다음 순간에 유언장은 톰의 손안에 있었다. 비참함은 사라졌고, 감정은 엄청난 격변을 겪었다. 그는 유언장을 조심스럽게 제자리에 넣었고, 입을 크게 벌리고 모자를 머리 주변으로 한번, 두번, 세번 돌렸는데, 입술에서 소리는 나오지 않았지만 만세 삼창을 흉내 낸 것이었다. 그는 흥분하고 기쁜 상태로 심사숙고에 빠졌으나, 이따금 소리없는 만세를 부르곤 했다.

그는 속으로 말했다. '재산을 다시 얻게 되었지만, 아는 척하지는 말아야지. 이번에는 재산을 잘 지킬 거야. 더이상 위험을 무릅쓰면 안돼. 더이상 노름도 하지 말고, 음주도 하지 않을 거야. 왜냐하면, 음, 왜냐하면 그런 유의 일들이 일어나는 곳에는 다시 가지 않을 거니까. 그게 확실한 방법이고, 유일하게 확실하지. 그걸 더 일찍 생각할 수도 있었을 텐데, 음, 그래, 내가 원하기만 했더라면 말이야. 그러나 이제—아이고, 이번엔 정말 겁먹었고, 더이상 모험을 하지 않을 거야. 단 한번도 안할 거야. 바로 그래! 나는 오늘 저녁에 큰 노력 없이도 숙부를 돌려세울 수 있을 거라고 스스로를 설득했지만, 그후로 점점 더 마음이 무거워지고 자신이 없어졌었어. 숙부가 말을 꺼내면, 좋은 거지. 그러나 말하지 않으면, 시치미를 뗄 거야. 나는—그래, 얼간이 윌슨에게는 말하고 싶어, 그러나— 아냐, 생각해보지. 어쩌면 말하지 않을 것 같아.' 그는 또다시 무언의 만세를 부르며 말했다. '나는 개과천선했고, 이번에는 그대로 갈 거야, 틀림없이!'

그는 마지막으로 멋진 침묵의 몸짓으로 끝을 내려는 참이었는데, 갑자기 윌슨이 인도 단검을 저당 잡히거나 팔 수 없게 만들었으며, 그 때문에 채권자들에 의해 빚진 게 드러날 큰 위험에 다시 처했다는 사실이 기억났다. 그의 기쁨은 완전히 무너졌고, 돌아서서 자신의 쓰라린 운명에 신음하고 탄식하면서 문을 향해 느릿느릿 걸어갔다. 그는 이층으로 겨우 자신을 끌고 올라갔으며, 자기 방에서 비참하고 고독한 채로 루이지의 인도 단검을 들여다보며 깊은 생각에 빠졌다. 마침내 한숨을 쉬며 말했다.

"이 보석들이 유리이고 이 상아가 뼈라고 생각했을 때, 이 물건은 가치도 없고 곤경에서 구해줄 수도 없었기 때문에 아무런 관심이 없었어. 그러나 이제―아, 이제는 관심으로 가득 차 있어. 그래, 사람 심장을 부숴버릴 만큼의 관심이지. 이건 내 손에서 흙과 재로 변한 황금이 든 가방이야. 이게 나를 구원해도 아주 쉽게 구원할 수 있었는데, 나는 파멸의 길로 가야 하네. 손이 닿는 곳에 구명조끼가 있는데 물에 빠져 죽는 것과 같아. 모든 악운은 내게 오고 모든 행운은 다른 사람들에게 가네. 예를 들면, 얼간이 윌슨 말이야. 심지어 그의 경력도 마침내 미약한 출발을 할 수 있게 되었는데, 알고 싶군, 그럴 자격이 있을 만한 일을 한 게 있나? 그래, 그는 자신의 길을 열었지만, 그것에 만족하지 않고 내 길을 막아야만 했어. 추악하고 이기적인 세상이고, 이 세상을 벗어나고 싶어." 그는 촛불의 빛이 칼집의 보석들에 닿아 반짝이도록 했지만, 그 반짝이고 빛나는 보석들은 그의 눈에 아무런 매력이 없었으며, 그 개수만큼 가슴에 고통을 줄 뿐이었다. "이 일에 대해 록시에게 아무 말도 하지 말아야 해." 그는 말했다. "그녀는 너무 대담해. 이 보석들을 파내서 팔려고 할 거고, 그러면, 아이고, 그녀는 체포되고 보석은 출처를 추적당하고, 그러면—"이 생각에 그는 전율했고, 고발자가 바로 옆에 있다고 상상하는 범죄자처럼 온몸을 떨며 주변을 곁눈질로 살피면서 칼을 숨겨버렸다.

그가 잠을 자려 애썼던가? 오, 아니다, 잠이 올 수 없었다. 그의 곤경은 잠을 청하기에는 너무나 머릿속을 사로잡고 너무나 고통스러운 것이었다. 누군가 함께 슬퍼할 사람이 필요했다. 그는 자신의 절망을 록시에게 들고 가고 싶어졌다.

그는 멀리서 몇발의 총성을 들었지만, 희귀한 일은 아니었기에 아무 인상도 주지 못했다. 그는 뒷문으로 나가 서쪽으로 향했다. 윌슨의 집을 지나 골목길을 따라 가다가 곧 여러명의 사람이 공터를 가로질러 윌슨의 집으로 다가가는 것을 보았다. 결투에서 돌아오는 사람들이었다. 그는 그들을 알아봤지만, 백인들과 어울리고 싶은 마음이 없었기 때문에 울타리 뒤에 웅크리고 숨어 그들이 지나가기를 기다렸다.

록시는 기분이 좋았다. 그녀는 말했다.

"너 어디 있었니, 아들아? 거기 가 있었니?"

"어디?"

"결투 말이야."

"결투? 결투가 있었나?"

"물론 있었어. 늙은 판사가 쌍둥이 중 하나와 결투를 했지."

"이런 일이!" 그 순간 그는 속으로 덧붙였다. '그게 유언장을 다시 작성한 이유였구나. 그는 죽을지도 모른다고 생각했고, 그래서 내게 약해졌던 거구나. 그리고 숙부와 하워드가 그렇게 바빴던 이유가 바로…… 오, 이런, 만약 쌍둥이가 숙부를 죽였다면, 나는 이제 벗어나게 되는 건데—'

"뭘 웅얼거리고 있니, 체임버스? 어디 있었어? 저분들이 결투한다는 걸 몰랐니?"

"그래, 몰랐어. 늙은이는 나를 루이지 백작과 결투시키려고 했지만, 성공하지 못했지. 그래서 가문의 명예를 몸소 지키겠다고 결론을 내린 모양이야."

그는 숙부의 생각을 비웃었고, 그와 나눈 이야기에 대해 상세한 설명을 두서없이 늘어놓으면서 판사가 집안에 겁쟁이가 있다는 것을 알고 얼마나 충격받고 수치스러워했는지도 말했다. 그러다가 눈길을 들어올렸을 때 톰은 깜짝 놀랐다. 감정을 억누르느라 록새나의 가슴이 오르내렸고, 얼굴에 똑똑히 드러난 끝없는 경멸의 시선으로 그를 노려보고 있었다.

"결투의 기회에 기꺼이 응하는 대신에 너를 걷어찬 사람과 싸우기를 거절했다고! 그리고 나에게 와서 아무렇지도 않게 그 얘기를 한단 말이냐, 천한 밑바닥 겁쟁이를 낳은 불쌍한 나에게! 이런! 욕지기가 난다! 네 안에 있는 깜둥이 때문이야! 네 삼십이분의 삼십일은 백인이고, 단지 한부분만이 깜둥이인데, 그 딱하고 미천한 한부분이 너의 정수를 이루는 영혼이로구나. 그건 구원할 가치도 없다. 삽에 담아 시궁창에 던져버릴 가치도 없구나. 너는 네 출생을 더럽혔어. 네 아버지가 널 뭐라고 생각하겠니? 네 아버지가 무덤에서 돌아눕고도 남을 짓거리다."

마지막 세 문장은 톰을 바늘처럼 찔러 격분하게 만들었다. 그는 만약 자기 아버지가 살아 있고 그래서 죽일 수만 있는 상황이라면, 자신이 그 남자에게 얼마만큼 빚졌는지 아주 분명하게 알고 있고 기꺼이 전액을 되갚을 준비가 되어 있을뿐더러, 자기 목숨을 걸고라도 그를 살해할 것임을 엄마가 알게 될 것이라고 속으로 말했다. 그러나 그는 이 생각을 마음에만 담아두었다. 엄마의 현재 상태로는 그게 제일 안전했다.

"너의 에식스 핏줄은 어떻게 된 거냐? 내 이해할 수가 없다. 네 몸안에 흐르는 것은 에식스의 피일 수가 없어, 정말 아니야. 진정 그렇지 않다! 내 5대조 할아버지이자 너의 6대조 할아버지는 옛 버지니아가 낳은 가장 훌륭한 혈통인 존 스미스 대위였다. 게다가 그의 3대조 할머니 혹은 그 위의 조상 중에는 인디언 여왕인 포카혼타스가 있었고, 그분 남편은 아프리카에서 온 깜둥이 왕이었어. 그런데 넌 여기서 결투를 피해 꼬리를 내리고 비루먹은 잡종 개처럼 우리 혈통 전체를 더럽히다니! 그래, 네 속의 깜둥이가 문제야!"

그녀는 양초 상자 위에 앉아 상념에 잠겼다. 톰은 그녀를 건드리지 않았다. 그는 때로 사려라고는 없었지만, 이런 상황에서는 그럴 수 없었다. 록새나의 폭풍 같은 분노는 점차 가라앉았지만 쉽게 사라지지 않았으며, 완전히 사라진 것 같을 때에도 이따금씩 멀리서 우르릉대는 천둥소리, 즉 중얼거리며 내뱉는 말의 형태로 터져나오곤 했다. 그중에는 이런 말이 있었다. "그저 손톱에 좀 드러날 정도로 깜둥이일 뿐인데, 정말 별게 아닌데―하지만 그게 영혼 전체를 칠해버리기에 충분하구나."

곧 그녀는 또 중얼거렸다. "그래, 영혼 전체를 몽땅 칠해버리기에 충분하지." 마침내 그녀의 우르릉거림은 완전히 멈췄고, 얼굴이 밝아지기 시작했다. 톰에게 다행한 징조였다. 그는 그녀의 성격을 알고 있었고, 지금은 그녀가 기분이 좋아지려는 참이었다. 그는 때로 그녀가 무의식적으로 손가락을 코끝에 갖다 대는 것을 보았다. 그는 가까이 들여다보고 말했다.

"아니, 엄마, 코끝 피부가 벗어졌네. 어떻게 된 거야?"

그녀는 진심에서 우러나오는 웃음보를 터뜨렸는데, 신이 오로지 하늘의 행복한 천사들과 지상의 멍들고 다친 흑인 노예들에게만 아낌없이 완벽하게 허락한 것이었다. 그녀는 말했다.

"그 망할 놈의 결투라니, 난 결투에 직접 참가했어."

"맙소사! 총알 때문에 그렇게 되었다는 거야?"

"그러믄요, 틀림없이 그랬다니까!"

"저런! 어쩌다 그렇게 되었어?"

"이랬지. 나는 여기 어둠속에 앉아 졸고 있었는데, 탕! 하고 총소리가 바로 밖에서 나는 거야. 나는 집 반대편으로 튀어가서 얼간이 윌슨 집을 향해 난 창틀 없는 낡은 창문 옆에 서서 무슨 일인지 보려고 했지―그런데 사실 그쪽 창문들은 모두 창틀이 떨어져나가고 없었지―그리고 어둠속에서 내다보니 달빛 아래 바로 내 밑에서 쌍둥이 중 하나가 욕을 하고 있었어―심한 욕은 아니고, 그저 약간 욕을 하고 있었지─얼굴이 갈색인 쌍둥이가 투덜대며 욕하고 있었는데, 어깨에 총을 맞았기 때문이었어. 클레이폴 의사가 돌봐주고 있었고, 얼간이 윌슨도 도와주고 있었고, 늙은 드리스컬 판사님과 펨브로크 씨도 있었지. 하워드 씨는 약간 떨어져 서서 그들이 다시 준비하기를 기다리고 있었어. 곧 그들이 다시 마주 섰고 구령이 떨어지자 탕탕 총이 발사되었지. 쌍둥이는 이번에는 손에 맞아 '아야!' 했고, 나는 그를 맞힌 총알이 쉭 하고 창문 아래 통나무를 맞히는 소릴 들었지. 그다음 총을 쏠 때 쌍둥이는 또 '아야!' 했고 나도 그랬어. 그의 뺨을 스친 총알이 이쪽 창문으로 튀어 바로 내 얼굴을 가로지르면서 내 코의 살갗을 벗겼거든─아이고, 1인치나 1인치 반만 더 앞으로 나가 있었더라면 코 전체가 날아가서 얼굴이 망가지고 말았을 거야. 여기 그 총알이 있다. 내가 찾아냈어."

"거기에 내내 서 있었어?"

"그게 할 질문이냐? 내가 달리 뭘 했을까? 결투를 볼 기회가 매일 있다는 말이냐?"

"아니, 바로 사정거리 안에 있었잖아. 겁나지 않았어?"

여자는 경멸의 콧방귀를 뀌었다.

"겁난다고? 스미스-포카혼타스 집안은 총알은커녕 그 어떤 것도 두려워하지 않는다."

"용기는 넘치는 사람들이라고 생각해. 그들에게 부족한 건 판단력이지. 나라면 옆에 서 있지 않았을 거야."

"그런다고 널 두고 뭐랄 사람이야 없겠지!"

"다른 사람은 다치지 않았어?"

"다쳤지. 금발 쌍둥이와 의사, 입회인 둘을 제외하고는 모두 맞았지. 판사님은 다치지는 않았지만, 총알이 판사님 머리카락을 좀 날려보냈다고 얼간이가 말하는 걸 들었어."

'맙소사!' 톰은 속으로 말했다. '곤경에서 벗어날 기회에 그렇게 가까이 갔는데, 간발의 차이로 놓치고 말았네. 이런, 이런, 그는 살았으니 내 상황을 알게 될 테고 깜둥이 장사꾼에게 날 팔아버릴 거야─그래, 그것도 당장 그렇게 하겠지.' 다음 순간 그는 심각한 어조로 말했다.

"엄마, 우리는 심각한 곤경에 처해 있어."

록새나는 경련을 일으키며 숨을 멈추고 말했다.

"애야! 너는 왜 이런 식으로 사람을 갑자기 놀라게 하냐? 뭐가 도대체 어떻게 되었다는 거냐?"

"음, 내가 말하지 않은 게 하나 있어. 내가 결투하지 않겠다고 했을 때, 그는 유언장을 찢어버렸고, 그래서ㅡ"

록새나의 얼굴은 하얗게 질렸고, 말했다.

"넌 이제 끝났다ㅡ영원히 끝났다! 끝장이야. 우리 둘 다 굶게될 것이고ㅡ"

"얘기 좀 끝까지 들어봐, 제발! 숙부가 몸소 싸우기로 결심했을 때, 자신이 죽임을 당해 이 세상에서 나를 용서할 기회가 더이상 없을지 모른다고 생각해서 유언장을 다시 만들었는데, 난 그걸 확인했고 아무 문제 없어. 그런데ㅡ"

"오, 하느님, 감사해라, 그러면 우린 다시 안전하네!ㅡ안전해! 그런데 넌 왜 여기 와서 그런 끔찍한 얘기를 하려고ㅡ"

"잠깐, 정말로, 얘기 좀 끝내자고. 내가 그러모은 장물 가지고는 빚을 절반도 청산하지 못하고, 우리가 잘 알듯이 채권자들이ㅡ자, 무슨 일이 일어날지 알잖아."

록새나는 고개를 숙이고는 아들더러 자신을 건드리지 말라고 했다ㅡ그녀는 이 문제에 대한 궁리를 끝내야 했던 것이다. 이윽고 그녀는 인상적인 태도로 말했다.

"넌 지금부터 아주 신중해야 할 거야, 정말로! 할 일을 일러줄게. 판사님은 죽지 않았고, 네가 일말의 구실이라도 주면 유언장을 다시 없앨 거야. 그리고 정말 마지막이 되겠지. 자, 내 말 잘 들어! 그러니 앞으로 며칠 동안 할 수 있는 것을 판사님에게 보여줘야 해.

정말 착하게 행동하고, 네 처신을 보도록 해야 해. 널 믿게 만들 어떤 일이든지 해야 하고, 프랫 숙모의 비위도 맞춰야만 해─그녀는 판사님에게 입김이 세고, 너의 가장 좋은 우군이야. 다음 할 일은, 쎄인트루이스로 가버리는 거고, 그러면 눈에 안 보이니 판사님은 널 계속 호의적으로 생각할 테지. 그다음에 채권자들하고 흥정을 하는 거야. 그들에게 숙부가 오래 살지 못할 거라고 말해─그건 사실이잖아─그리고 그들에게 이자, 높은 이자를 주겠다고 말해. 10퍼─뭐라고 말하더라?"

"한달에 10퍼센트?"

"그래, 그리고 나서 네 장물을 한번에 조금씩 팔아 이자를 주는 거야. 그러면 얼마나 버틸 수 있을까?"

"네다섯달 이자를 줄 정도는 될 거야."

"그러면 넌 문제없을 거야. 숙부가 육개월 안에 죽지 않는다면, 그건 상관없어─하느님의 섭리가 보살펴서 길이 생기겠지. 네가 행실만 똑바로 하면 안전할 거야." 그녀는 아들에게 엄격한 눈빛을 던지며 덧붙였다. "그리고 행실을 똑바로 해야 해─뭔지 알지?"

그는 웃고는 어쨌든 그러도록 노력하겠다고 말했다. 그녀는 완강했고, 심각하게 말했다.

"노력만 한다고 되는 게 아냐. 꼭 그렇게 되도록 해야 해. 핀 하나도 훔치면 안돼─더이상 안전하지 않기 때문이야. 그리고 나쁜 친구들과 어울리면 안돼─단 한번이라도, 알겠지. 그리고 단 한잔이라도 술을 마시면 안돼. 단 한번이라도 노름을 하면 안돼─단

162

한번도! 이렇게 하기 위해 노력하는 게 아니라 진짜로 해야 하는 거야. 내가 그걸 어떻게 알 수 있을지 알려주지. 바로 이거다. 내가 쎄인트루이스로 널 따라갈 거고, 너는 매일 와서 검사를 받아야 해. 네가 해야 할 일을 한가지라도 못하는 날이면—단 한번이라도—맹세컨대 나는 이 마을로 와서 판사님에게 네가 깜둥이고 노예라는 것을 바로 말할 거야—그리고 증명해버릴 거야!" 그녀는 말이 제대로 먹혀들도록 잠시 멈췄다. 그러고 나서 덧붙였다. "체임버스, 내가 말하면 믿지?"

톰은 지금 충분히 멀쩡한 정신 상태였다. 그가 답하는 목소리에는 경망한 기색이 전혀 없었다.

"네, 엄마, 이제 내가 개과천선했다는 것—그것도 영원히, 영원히 했다는 걸 난 알아—그리고 모든 인간의 유혹을 넘어선 거야."

"그렇다면 집에 가서 당장 시작해!"

15장

다른 사람들의 습관처럼 교정이 필요한 것은 없다.
—『얼간이 윌슨의 책력』

보라, 바보가 말했다. "계란을 한바구니에 모두 넣지 마라."
—이것은 '너의 돈과 관심사를 분산시켜라'를 달리 말하는 것이다.
그렇지만, 현명한 이는 말한다. "계란을 모두 한바구니에 넣어라
—그리고 그 바구니를 잘 지켜라."
—『얼간이 윌슨의 책력』

이때 도슨스랜딩이 과연 어떤 시기를 보내고 있었는지! 이제까지 그 마을은 항상 잠들어 있었지만, 지금은 잠시 좀 여유도 없었다. 그 정도로 큰 사건과 충격적인 놀라운 일이 줄지어 일어났다. 금요일 아침에는 처음으로 진짜 귀족을 보았고, 팻시 쿠퍼 아주머니 댁에서 성대한 잔치가 있었고, 굉장한 연쇄 절도 사건이 뒤따랐다. 금요일 저녁에는 마을에서 으뜸가는 시민의 상속자가 사백 명이 보는 앞에서 극적으로 걷어차이는 사건이 있었고, 토요일 아침에는 오랫동안 밑바닥에 숨어 있던 얼간이 윌슨이 개업한 변호사로 등장했으며, 토요일 밤에는 시민 중 으뜸가는 유지와 귀족 작위가 있는 이방인 사이에 결투가 있었다.

아마도 마을 사람들은 다른 사건을 모두 합친 것보다도 결투에 더 자부심을 느꼈을 것이다. 그런 사건이 일어난다는 것은 마을의 영광이었다. 그들 눈에 결투의 주인공들은 인간이 누릴 수 있는 영광의 정점에 도달해 있었다. 모든 사람이 그들의 이름에 경의를 표했다. 모든 사람의 입에 칭찬이 붙어다녔다. 결투 당사자의 조역들조차 대중의 칭송을 넘치도록 받았다. 따라서 얼간이 윌슨은 갑자기 지역 유지가 되고 말았다. 토요일 밤에 시장 출마를 요청받았을 때 그는 패배를 무릅쓸 상황이었지만, 일요일 아침에 그는 이미 앞날이 확실한 사람이었으며 성공이 보장되어 있었다.

쌍둥이는 이제 엄청나게 위대한 사람들이었다. 마을은 그들을 열렬하게 품에 안았다. 매일매일 저녁마다 그들은 이 집 저 집에서 만찬에 참석하고 친구를 사귀고 인기를 키우고 굳히면서 모든 사람들을 음악적 비범함으로 매혹시키고 놀라게 하는 가운데, 자신들이 가진 희귀하고 신기한 재능 보따리로부터 다른 영역에서도 할 줄 아는 일들의 본보기를 이따금씩 꺼내 보임으로써 효과를 극대화시키고 있었다. 쌍둥이는 너무 기뻐서 시민권 취득에 필요한 필수 기간인 삼십일의 통상적인 사전 고지를 했고 이 즐거운 고장에서 생애를 마치기로 결심했다. 그 일은 절정을 이루었다. 기쁨에 찬 공동체는 한사람처럼 뭉쳐일어나 박수를 보냈다. 그리고 쌍둥이가 다가오는 시의회 선거에 출마하기를 요청받고 수락했을 때, 여론의 만족은 완성되었다.

톰 드리스컬은 이 일들이 즐겁지 않았다. 이 일들은 마음 깊게 파고들어 심한 상처를 주었다. 그는 자신을 걷어찬 데 대해 한쪽 쌍둥이를 증오했고, 다른 쪽은 걷어찬 이의 형제라서 증오했다.

가끔 마을 사람들은 왜 도둑이나 도난당한 단검, 혹은 다른 물건들에 대한 소식이 들려오지 않는지 의아해했지만, 아무도 그 문제에 대해 밝혀줄 수 없었다. 거의 일주일이 지났고, 여전히 그것은 당혹스러운 수수께끼로 남아 있었다.

토요일에 블레이크 순경과 얼간이 윌슨은 거리에서 만났고, 톰 드리스컬이 제때 합류하여 대화의 말문을 열었다. 그는 블레이크에게 말했다.

"블레이크, 얼굴빛이 별로 좋지 않네. 뭔가가 괴롭히고 있는 것 같아요. 수사하는 데 뭐 잘못된 게 있어요? 그 분야에서 당신은 과거의 성과 덕분에 당연하게도 꽤 평판이 좋잖아, 그렇죠?" 이 말은 블레이크의 기분을 좋게 해서 얼굴에도 드러났다. 그러나 톰은 "시골 경찰치고는"이라고 덧붙였고, 그것은 블레이크가 정반대 감정을 느끼게 했으며, 얼굴뿐만 아니라 목소리에도 그것이 드러났다.

"그렇습니다. 나는 평판을 얻었고, 시골이든 아니든 이 전문직에서는 똑같은 것이지요."

"아, 미안해요. 기분 상하게 할 뜻은 없었어요. 내가 묻고자 한 것은, 단지 마을을 턴 노파에 관해서였어요. 당신이 잡겠다고 말한 어깨가 구부정한 노파 말예요. 그리고 당신이 잡을 줄 다 알고 있었지. 왜냐하면 당신은 자기 자랑을 하지 않는다는 평판을 얻고 있으니까. 그러니—자, 당신—당신은 노파를 잡았지요?"

"망할 놈의 노파 같으니!"

"아이고, 저런! 아직 노파를 못 잡았다는 말씀은 아니시겠지?"

"그래요, 아직 못 잡았어요. 누군가 노파를 잡을 수 있었다면, 나도 할 수 있었을 거요. 그러나 아무도 할 수 없었고, 누가 잡든 상관없어요."

"유감이군. 정말로 유감이군요—당신을 생각해서 하는 말이에요. 왜냐하면 경찰이 그토록 자신있게 말한다는 소문이 퍼질 때, 그럴 때는 으레—"

"걱정 마세요. 그게 다예요—걱정 마요. 그리고 마을로 말하자면, 마을도 걱정할 필요가 없죠. 노파는 내 먹이예요—편하게 기다리세요. 노파를 추적하고 있어요. 나는 단서를 가지고 있어—"

"좋아요! 이제 당신이 쎄인트루이스에서 베테랑 경찰을 불러와서 그 단서가 뜻하는 바와 그것이 이끄는 방향을 풀도록 도와준다면, 그러면—"

"나 자신이 충분히 베테랑이에요. 아무 도움도 필요없소. 난 노파를 일주일—한달 안에 잡을 거요. 맹세해요!"

톰은 관심없다는 듯이 말했다.

"그거면 답이 된다고 생각해요──그래, 그거면 돼. 그러나 난 그 노파가 꽤 나이가 많으리라고 생각하고, 늙은이들은 종종 전문적인 경찰이 단서들을 조합해서 비밀리에 추적에 나선 동안에 경찰의 조심스러운 행보를 기다리지 못하고 죽어버리죠."

이 조롱에 블레이크의 우둔한 얼굴은 붉어졌지만, 그가 반박을 미처 준비하기 전에 톰은 윌슨에게 돌아서서 태도와 목소리에서 태평한 무관심을 드러내며 말했다.

"누가 현상금을 탔나, 얼간이 선생?"

윌슨은 약간 움찔했고, 자기 차례가 왔음을 알았다.

"무슨 현상금?"

"이런, 도둑을 위한 현상금과 단검을 위한 현상금 말이야."

마지못해하는 태도로 보아 상당히 불편한 심기로 윌슨은 답했다.

"음, 음, 실은 아무도 현상금을 타겠다고 나서지 않았지."

톰은 놀란 듯했다.

"아니, 그래?"

윌슨은 약간 짜증을 내면서 답했다.

"그래, 그렇게 되었어. 무슨 상관인데?"

"아냐, 아무것도 아냐. 단지 나는 당신이 새로운 아이디어를 내서 낡고 비효율적인 방법들을 혁신할 계획을 발명했다고 생각했을 뿐──"그는 말을 멈추고, 블레이크에게 고개를 돌렸는데, 블레이크는 자기 대신에 다른 사람이 괴로움을 당하게 되어 즐거운 상태였다. "블레이크, 윌슨이 당신이 노파를 추적하는 게 불필요한 일이라고 암시하는 걸 듣지 않았어요?"

"제길, 윌슨은 사흘 안에 도둑과 장물을 찾을 거라고 말했죠. 틀림없이 그랬지요, 원 참! 그런데 거의 일주일이 지났어. 자, 내가 그때 말했죠. 전당포 주인이 자신을 속여서 장물과 함께 두개의 현상금을 모두 차지할 수 있다는 것을 아는 상황에서 물건을 저당 잡히거나 팔려고 할 도둑이나 도둑의 친구는 없을 거라고. 내가 접한 중에 가장 빌어먹을 아이디어였어요."

"당신은 생각을 바꿀 텐데." 윌슨은 짜증이 나서 퉁명스럽게 말했다. "계획의 일부만이 아니라 전체를 안다면 말이에요."

"흠," 생각에 잠겨 순경이 말했다. "나는 그 아이디어가 안 통할 거라고 했고, 현재까지는 어쨌든 내가 맞았군요."

"아주 좋아. 그러면 그냥 두고, 어떻게 되나 봅시다. 적어도 당신 방법만큼은 효과가 있는 셈이니까요, 알다시피."

순경은 맞받아칠 적당한 말이 생각나지 않았고, 그래서 불만스럽게 콧방귀를 뀐 후에 입을 다물었다.

윌슨이 자기 집에서 계획의 일부만 밝힌 날 밤 이후에, 톰은 며칠에 걸쳐 나머지 계획의 비밀을 알아내려 했지만 실패했다. 그후 록새나의 더 똑똑한 머리에 추측할 기회를 주자는 생각이 들었다. 그는 가상의 경우를 지어내서 그녀에게 말해주었다. 이리저리 생각해보더니 그녀는 판단을 내렸고, 톰은 속으로 '저 여자가 맞았어, 정말!'이라고 생각했다. 이제 그는 윌슨의 얼굴을 지켜보며 그 판단을 시험해보리라고 마음먹었다. 그는 생각에 잠긴 듯이 말했다.

"윌슨, 당신은 바보가 아니야—최근에 알게 된 사실이지. 당신 계획이 무엇이든 간에, 블레이크의 반대의견에도 불구하고 그건 말이 되는 것이었어. 그걸 밝히라고 부탁하는 건 아니지만, 나는 한 가지 사례를 가정해보겠어. 그 사례는 내가 알려고 하는 당신 계획의 핵심에 대한 실마리로서 해답을 줄 수 있고, 그게 내가 원하는 거야. 당신은 칼에 500달러를 걸고, 도둑에게 500달러를 걸었어. 논의를 위해, 첫번째 현상금은 광고가 되었지만, 두번째 현상금은 전당포 주인들에게 사적인 개별 편지로 보내졌다고 가정해보지—"

블레이크는 자기 허벅지를 탁 치면서 소리쳤다.

"이런, 톰이 당신 계획을 알아냈네요, 얼간아! 내가, 아니, 그 어떤 바보라도 생각해낼 수 있었을 거야!"

윌슨은 속으로 생각했다. '웬만큼 머리가 있는 사람이라면 누구나 알아냈을 거야. 블레이크가 눈치채지 못한 것에는 놀랄 게 없고, 톰이 알아낸 데 놀랄 뿐이야. 내가 생각한 것보다 톰에게 뭐가 더 있네.' 그는 입 밖으로 아무 말도 내뱉지 않았고, 톰은 계속했다.

"아주 좋아. 도둑은 함정이 있다는 것을 의심하지 않을 테고, 그는 칼을 가지고 오거나 보내면서 그걸 헐값으로 샀다거나 길에서 주웠다거나 그런저런 핑계를 대면서 현상금을 받으려고 하다가 체포되겠지, 아니야?"

"그렇지." 윌슨이 말했다.

"나도 그렇게 생각해." 톰은 말했다. "의심할 여지가 없어. 그 칼을 본 적이 있나?"

"아니."

"친구 중 누가 본 적이 있나?"

"내가 아는 한 아무도 보지 못했어."

"아, 그러면 난 당신 계획이 실패한 이유를 알아낸 것 같군."

"무슨 뜻이지, 톰? 대체 무슨 말을 하려는 거지?" 불편한 생각이 서서히 들면서 윌슨이 물었다.

"자, 그런 칼은 애초에 존재하지 않았다는 말을 하려는 거야."

"이봐요, 윌슨," 블레이크가 말했다. "톰 드리스컬이 맞아요. 1000달러를 걸죠. 그런 돈이 내게 있다면 말예요."

윌슨은 피가 약간 끓어올랐고, 저 이방인들에게 농락당했나 하고 잠시 궁리했다. 분명히 그런 것 같은 면이 있었다. 하지만 그런다고 그들이 무슨 이득을 얻나? 그는 그런 생각을 입 밖으로 내뱉었다. 톰이 답했다.

"이득? 아, 어쩌면 당신들이 가치를 두는 것은 전혀 아닐지도 몰라. 그러나 그들은 새로운 사회에 발을 내딛는 이방인들이야. 그들이 동양의 왕의 총신처럼 보이는 것이 그들에게 아무것도 아닐까―한푼도 안 들이고 말이야? 1000달러의 현상금을 걸고 이 가난한 작은 마을을 눈부시게 할 수 있다는 것이 그들에게 아무것도 아닐까―한푼도 안 들이고 말이야? 윌슨, 그런 칼은 존재하지 않아. 아니면 당신 계획이 그 칼을 백일하에 드러냈을 거야. 아니면 그런 칼이 있다면 쌍둥이들은 여전히 그걸 가지고 있을 거야. 나로 말하면 그들이 그런 칼을 본 적은 있다고 믿어. 안젤로가 연필로 그 칼을 아주 빨리 솜씨 있게 그렸기 때문에 순전히 거짓으로 꾸몄다고 하기는 어렵기 때문이야. 물론 그들이 그 칼을 가져본 적이 없다고 단언할 수는 없지. 그러나 이건 보증할 수 있어—만약 이 마을에 왔을 때 그들에게 그 칼이 있었다면, 지금도 가지고 있을 거야."

블레이크가 말했다.

"톰이 생각하는 게 정말 합당한 것 같네요—틀림없이 그래요."

톰은 떠나려고 돌아서면서 답했다.

"노파를 찾아요, 블레이크. 그리고 만약 그녀가 칼을 내놓지 못하면, 쌍둥이들을 수색해봐요!"

톰은 느긋하게 가버렸다. 윌슨은 아주 낙심했다. 그는 뭘 생각해야 할지 몰랐다. 그는 쌍둥이에 대한 신뢰를 버리기 싫었고, 현재의 확실하지 않은 증거에 근거해서 믿음을 버리지는 않기로 결심했다. 그러나—흠, 그는 차분히 궁리할 것이고—그다음에 어떻게 행동할지 결정할 것이었다.

"블레이크, 이 문제를 어떻게 생각해요?"

"흠, 얼간이, 나도 톰처럼 생각한다고 말해야만 하겠어요. 그들은 칼이 없었거나, 있었다면 지금도 가지고 있을 거예요."

두 사람은 헤어졌다. 윌슨은 속으로 생각했다.

'나는 그들에게 칼이 분명히 있었다고 믿어. 만약 그게 도난당했다면 내 계획이 그걸 되찾아주었을 거야. 틀림없어. 그러니 나는 그

들이 아직도 칼을 가지고 있을 거라고 믿어.'

톰은 두사람을 만났을 때는 마음속에 특별한 의도가 없었다. 그가 이야기를 시작했을 때, 두사람을 약간 성나게 해서 악의가 섞인 즐거움을 좀 맛보려고 했을 뿐이었다. 그러나 헤어질 때 그는 아주 기분이 좋았다. 우연한 행운으로 하나도 힘들이지 않고 여러가지 즐거운 일을 해냈다는 사실을 눈치챘기 때문이었다. 그는 두사람의 약점을 제대로 찔러 둘 다 기죽게 만들었다. 그는 윌슨이 쌍둥이에 대해 가진 호감에 쓴맛을 살짝 섞어 윌슨이 그것을 입 밖으로 바로 빼내버릴 수 없게 만들었다. 그리고─가장 좋은 것은─자신이 증오하는 쌍둥이를 마을에서 코가 납작해지게 한 것이다. 블레이크가 경찰이 흔히 그러하듯이 거리낌 없이 소문을 내고 다닐 것이어서, 아예 소유한 적이 없거나 잃어버리지 않은 값싼 물건을 놓고 터무니없는 현상금을 건 일에 대해 일주일 안에 마을 전체가 쌍둥이를 남몰래 비웃게 될 것이었기 때문이다. 톰은 자기 자신에게 아주 만족스러웠다.

그주 내내 집에서 톰의 행동거지는 완벽했다. 숙부와 숙모는 그런 태도를 이전에 본 적이 없었다. 그들은 어디서도 톰의 흠을 잡을 수가 없었다.

토요일 저녁에 톰은 판사에게 말했다.

"마음에 걸리는 것이 있어요, 숙부님. 제가 떠나고 다시는 못 볼지도 모르기 때문에 더이상 참고 있을 수가 없어요. 제가 저 이딸리아 모험가와 싸우기를 두려워한다고 숙부님이 믿게 만들었죠.

제가 어떤 핑계를 대서라도 그 일을 피해야 했기 때문이었는데, 어쩌면 제가 부지불식간에 잘못된 핑계를 댄 건지도 모르겠어요. 그러나 그에 대해 아는 것이 있는 상황에서 명예로운 사람이라면 그와 결투장에서 맞대면하는 것에 동의할 수 없었어요."

"정말이냐? 그게 무엇이었냐?"

"루이지 백작은 살인자임을 자백한 사람이에요."

"믿을 수 없군!"

"정확한 사실이에요. 윌슨이 그의 손금을 보고 알아냈고, 그를 궁지에 몰아서 루이지는 고백하지 않을 수 없었어요. 그러나 쌍둥이 둘 다가 우리에게 무릎을 꿇고 비밀을 지켜달라고 애걸했고, 여기서 올바른 생활을 할 거라고 맹세했어요. 너무나 딱해서 저희는 약속을 지키는 한 폭로하지 않겠다고 명예로운 약속을 했지요. 숙부님이라도 그렇게 하셨을 겁니다."

"맞다, 아들아, 그랬을 거다. 사람의 비밀이란 그런 식으로 놀라게 만들어 밝혀냈다고 할지라도 여전히 그의 재산이고 신성한 것이지. 참 잘했고, 네가 자랑스럽다." 그러고 나서 판사는 우울하게 덧붙였다. "그렇지만 내가 명예로운 결투의 현장에서 살인자와 대결하는 수치를 면했더라면 좋았을걸."

"피할 수가 없었어요, 숙부님. 그에게 결투를 신청하실 것을 제가 알았더라면 그걸 막기 위해서 제 맹세를 희생해야 한다고 생각했을 거예요. 그러나 윌슨이 침묵을 지키는 것 외에 달리 어떻게 하리라고 기대할 수는 없었죠."

"아, 아니다, 윌슨도 옳게 행동했고, 절대 비난할 수가 없다, 톰. 톰, 너는 내 마음의 무거운 짐을 덜어주었구나. 나는 집안에 겁쟁이가 있다는 것을 발견했다고 생각했을 때 영혼 깊숙이 상처를 받았단다."

"그런 모습으로 비치는 것이 저 자신에게 얼마나 힘들었을지 상상하실 수 있겠지요, 숙부님."

"아, 알고 있다, 딱한 녀석, 알고 있다. 그리고 이제까지 그 부당한 낙인 아래 지내면서 네가 얼마나 힘들었을지 충분히 이해할 수 있다. 그러나 이제 다 괜찮고, 아무런 피해도 없었다. 너는 내 마음의 평안을 회복시켜주었고, 더불어 네 마음의 평안도 찾았다. 우리 둘 다 고통받을 만큼 받았지."

노인은 얼마간 생각에 잠겨 앉아 있었다. 잠시 후에 눈에 만족한 빛을 띠고 고개를 들어 말했다. "이 살인자가 마치 신사인 양 명예로운 결투의 현장에서 나로 하여금 대적하게 하는 모욕을 저지른 것은 내가 곧 해결해야 할 문제이다. 그러나 지금은 아니야. 선거가 끝날 때까지는 그를 쏘지 않겠어. 그들 둘 다를 그전에 파멸시킬 방법이 있지. 우선 그렇게 할 거야. 둘 중 누구도 선출되지 못할 거야. 내 약속하지. 그가 살인자라는 사실이 소문나지 않았다는 게 확실하지?"

"완벽하게 확실해요, 숙부님."

"그건 좋은 카드가 될 거다. 나는 선거일에 연단에서 그 사실을 흘릴 거야. 그들 발밑에서 땅이 싹 다 무너져버릴걸."

"틀림없죠. 그들을 끝장내버릴 거예요."

"그것과 함께 유권자들에 대한 작업이 끝장내버릴 거야, 확실히. 나는 네가 앞으로 이곳에 와서 사회 하층의 쓰레기들 사이에서 남몰래 작업을 하길 바란다. 그들 사이에서 돈을 쓰게 해주겠다. 그 돈은 내가 주지."

혐오하는 쌍둥이들을 깎아내리는 일에서 다시 한점을 득점했다! 정말 톰에게는 멋진 날이었다. 이제 그는 자리를 뜨면서 동일한 표적에 마지막 한방을 날릴 용기를 얻었고, 그렇게 했다.

"쌍둥이가 법석을 떤 그 경이로운 인도 칼에 대해 알고 계시죠? 음, 그 칼의 행방을 아직 찾을 수가 없어요. 그래서 마을 전체가 조롱하고 수군거리고 비웃기 시작했어요. 사람들 절반은 그런 칼을 쌍둥이가 가져본 적이 없다고 믿고 있고, 다른 절반은 칼은 있었지만 도둑맞지 않고 여전히 갖고 있다고 믿어요. 저는 오늘 그런 말을 하는 사람을 스무명은 만났어요."

그렇다, 톰의 흠 없는 한주는 그가 숙모와 숙부의 총애를 다시 받도록 했다.

그의 엄마도 역시 톰에게 만족했다. 속으로 그녀는 자신이 아들을 사랑하게 되었다고 믿었지만, 그렇게 말하지는 않았다. 그녀는 톰에게 이제 쎄인트루이스로 가라고 했고, 자신도 준비하고 따라가겠다고 말했다. 그런 후에 자신의 위스키병을 깨버리면서 말했다—

"자, 이제! 체임버스, 나는 네가 늘어뜨린 실처럼 똑바로 걷게 만

들어주겠고, 네가 엄마로부터 나쁜 본보기를 배우지 않도록 해야
만 해. 나쁜 친구를 사귀면 안된다고 내가 말했지. 흠, 넌 내 친구가
될 것이고, 나는 네 필요를 충족시킬 거야. 자, 이제, 가라, 가라."

　톰은 그날밤 잡동사니 장물들이 들어 있는 작은 가방과 함께 큰
지역 정기선 중 하나에 승선했고, 불의한 자들의 잠을 잤다. 그 잠
은 우리가 수많은 악당들이 교수형당하기 전날 저녁의 이야기로부
터 알고 있듯이, 정의로운 자들의 잠보다 더 태평하고 깊은 것이었
다. 그러나 아침에 일어났을 때, 다시 불운이 닥쳤다. 그가 자는 사
이에 형제 도둑 하나가 그의 짐을 훔쳐서 중간 기항지에서 상륙해
버렸던 것이다.

16장

당신이 굶주린 개를 구해서 잘 살게 해준다면, 그 개는 당신을
물지 않을 것이다. 이것이 인간과 개 사이의 중요한 차이점이다.
—『얼간이 윌슨의 책력』

우리는 개미의 습성에 대해 다 알고 벌의 습성에 대해서도 다 알고 있지만,
굴의 습성에 대해서는 전혀 모른다. 우리가 굴을 연구하는 일에서
관찰 시간을 잘못 선택해왔음에 거의 틀림없는 것 같다.
—『얼간이 윌슨의 책력』

록새나가 도착했을 때, 그녀는 아들이 심한 절망과 비참함에 빠
져 있는 것을 보고 가슴이 미어졌으며 마음속에 모성이 강하게 치
밀어올랐다. 그는 파멸하여 이제 희망의 여지가 없었다. 그의 파산
은 임박하고 확실했으며, 그는 벗 하나 없는 추방자가 될 것이었다.
이것만으로도 엄마가 자식을 사랑할 이유가 충분했다. 그렇게 그
녀는 아들을 사랑했고, 그렇다고 말해주었다. 그것은 그를 남몰래
움찔하게 만들었다—왜냐하면 그녀는 '깜둥이'이기 때문이었다.
자신도 마찬가지라는 사실이 그를 저 능멸당하는 인종과 전혀 화
해시킬 수가 없었던 것이다.

록새나는 그에게 애정 표현을 퍼부었고, 그는 불편하지만 할 수

있는 한 좋은 쪽으로 반응했다. 그녀는 그를 위로하려 했지만, 그것은 가능하지 않았다. 친밀한 말과 행동은 곧바로 그에게 끔찍한 것이 되었고, 한시간 안에 그는 그녀에게 솔직하게 말함으로써 그런 언행을 중단하거나 달리 대해달라고 요청할 용기가 나기 시작했다. 그러나 톰은 그녀가 두려웠다. 게다가 이제 그런 언행이 좀 뜸해졌는데, 그녀가 궁리를 시작했기 때문이었다. 록시는 구원책을 만들어내려 애쓰고 있었다. 마침내 그녀는 벌떡 일어나 탈출구를 찾아냈다고 말했다. 톰은 이 갑작스러운 희소식에 기뻐서 거의 숨이 막힐 지경이었다. 록새나는 말했다.

"여기 계획이 있어. 틀림없이 통할 거야. 나는 깜둥이고, 내가 그렇다고 말하면 아무도 의심할 사람은 없어. 나는 600달러 값은 나가지. 나를 팔아서 도박꾼들 돈을 줘라."

톰은 멍했다. 자기가 제대로 들은 것인지 확신할 수 없었다. 그는 순간 말문이 막혔고, 잠시 후에 말했다.

"나를 구하기 위해 노예로 팔려가겠단 뜻이야?"

"넌 내 아이가 아니냐? 엄마가 자식을 위해 못할 일이 있니? 백인 엄마가 자기 아이를 위해 못할 일은 없단다. 누가 그들을 그렇게 만들었니? 하느님이 하신 거야. 그리고 누가 깜둥이들을 만들었니? 하느님이 만든 거지. 속을 보면 엄마들은 다 똑같은 거야. 우리의 거룩한 주 하느님이 그들을 그렇게 만든 거야. 내가 노예로 팔리고, 일년 후에 네가 늙은 엄마를 다시 사서 해방시키기 위해 오는 거야. 어떻게 할지를 알려줄게. 그렇게 하는 거다."

톰은 희망이 솟아오르기 시작했고, 그에 따라 기분도 좋아졌다. 그는 말했다.

"그렇게까지 해준다니 엄청나요, 엄마 ─ 그건 정말 ─"

"다시 말해봐! 그리고 계속 말해! 그로써 한사람이 이승에서 바랄 수 있는 보답이 다 되고, 충분하고도 넘치지. 내가 노예 노릇을 하고 저들이 나를 학대할 때, 하느님이 너를 축복하기를, 사랑하는 아들아. 만약 저 먼 곳에서 네가 지금 한 말을 계속한다는 것을 알고 있기만 하면, 쓰라린 상처를 모두 치료해줄 것이고 나는 견딜 수 있을 거야."

"엄마, 다시 한번 말할게. 그리고 끊임없이 그렇게 말할 거야. 그러나 내가 엄마를 어떻게 팔지?─ 알다시피, 엄마는 자유인이잖아."

"그건 큰 차이지! 그러나 백인들은 신경 쓰지 않아. 만약 내가 육 개월 안에 주 경계를 넘어 떠나라는 말을 듣고도 가지 않으면, 법은 나를 팔아버릴 수 있어. 네가 서류 ─ 판매증서 ─ 를 꾸며 그걸 강 아래 켄터키 주 중 어느 곳에 보내서 소유주 서명을 몇 개 받아오고, 돈이 몹시 궁해 나를 싸게 팔겠다고 해봐. 아무 문제 없다는 걸 알게 될 거야. 좀 북쪽으로 나를 데려가서 농장에다가 팔아 ─ 그쪽 사람들은 괜찮은 거래이기만 하면 아무것도 묻지 않을 거야."

톰은 판매증서를 위조하여 엄마를 아칸소의 면화 농장주에게 600달러가 약간 넘는 돈에 팔았다. 이러한 배신을 저지르길 원하지는 않았지만, 우연히 그 농장주를 만났고 구매자를 찾아 북쪽으로 올라가는 번거로움과 여러가지 질문에 답해야 하는 추가적인 위험을 피하게 되었다. 반면에 이 농장주는 록시에게 아주 만족해서 거의 질문을 하지 않았다. 게다가, 농장주는 록시가 자기가 어디에 왔는지를 처음에는 알 수 없을 것이며, 알게 될 쯤에는 이미 만족하고 있을 것이라고 주장했다. 그리고 톰은 이 농장주가 명백히 드러내는 것처럼, 록시 자신에게 아주 흡족해하는 주인을 얻는 것이 그녀에게 엄청나게 유리한 일이라고 스스로를 설득했다. 시간이 얼마 지나지 않아 톰의 거침없는 추론은 자신이 록시를 '강 아래로' 팔아버리는 것이 남몰래 멋진 혜택을 베푸는 것이라고 반쯤 믿어버릴 정도까지 나아가고 말았다. 그는 스스로에게 부지런히 계속 말했다. '단지 일년이야—일년 안에 그녀를 사서 다시 자유의 몸으로 만들어줄 거야. 그녀는 그 점을 잊지 않을 거고, 견딜 수 있게 해줄 거야.' 그렇다, 작은 기만은 해가 될 리가 없고, 어쨌든 만사가 마지막에는 정당하고도 즐거운 결과로 이어질 것이었다. 톰과 농장주는 서로 약속을 해서 록시가 있을 때는 농장주의 '북쪽' 농장에 관해서만 대화했고, 그곳이 얼마나 쾌적한지, 노예들이 얼마나 행복한지에 대해서만 말이 오갔다. 그래서 불쌍한 록시는 완전히 속았다. 또 쉽게 속았다. 그 이유는 자발적으로 노예가 됨으로써, 편하든 힘들든 종류에 상관없이, 길든 짧든 기간에 상관없이 노예가 됨으로써, 그 희생과 비교하면 죽음조차도 빈약하고 평범한 희생이 될 결심을 자기 아들을 위해 하는 엄마를 다름 아닌 그 아들이 배신하는 죄를 저지를 거라고 꿈도 꾸지 못했기 때문이었다. 그녀는 남몰래 아들에게 눈물을 쏟고 애정에 찬 포옹을 퍼부었으며, 주인과 함께 떠나갔다. 가슴은 찢어졌지만, 자신이 하는 일이 자랑스러웠고 자기 능력에 닿는다는 사실을 기뻐했다.

톰은 자신의 채무를 청산했고, 개과천선한 모습을 조금도 흩뜨리지 않기로 결심했고, 유언장을 다시는 위험에 빠뜨리지 않았다. 그에게는 300달러가 남았다. 그의 엄마의 계획에 따를 때, 그는 그 돈을 안전하게 따로 두고 그의 용돈 중 그녀 몫의 절반을 매달 덧붙이게 되어 있었다. 일년이면 그녀를 자유의 몸으로 되살 수 있는 자금이 모일 것이었다.

일주일 내내 그는 푹 잘 수가 없었다. 그만큼 자신을 믿는 엄마에게 행한 악행이 누더기 같은 양심에도 걸렸다. 그러나 이후로 다시 마음이 편해지기 시작했고, 곧 다른 어떤 망나니 못지않게 푹 잘 수 있었다.

배는 록시를 오후 4시에 쎄인트루이스에서 태웠고, 그녀는 외륜 덮개 뒤쪽의 아래 난간에 서서 톰이 사람들 무리 속으로 흐릿해져 없어질 때까지 눈물 속에 지켜보았다. 그러고 나서 더이상 쳐다보지 않고, 밧줄 더미 위에 앉아 밤이 깊도록 울었다. 그녀가 마침내 요란한 소리를 내는 엔진들 사이에 있는 자신의 더러운 삼등 선실 침대로 갔을 때, 그것은 잠을 자기 위해서가 아니라 아침을 기다리기 위해서일 뿐이었으며, 기다리면서 계속 슬퍼했다.

톰과 농장주는 그녀가 "알 수가 없을 것이고", 강을 거슬러올라가고 있다고 생각할 것이라고 예상했다. 그녀가!―실로 그녀는 여러해 동안이나 증기선 생활을 했는데 말이다. 록시는 새벽에 일어나 힘없이 걸어가 다시 밧줄 더미 위에 앉았다. 그녀는 물속에 쓰러진 나무를 여럿 보았는데, 나무들이 만들어낸 물살의 끊김은 그녀의 심장을 터트릴 법한 한가지 사실을 말해줄 수도 있었다. 물살의 끊김이 배와 같은 방향으로 강물이 흐르고 있음을 보여주었기 때문이다. 그러나 록시는 생각이 딴 데 팔려 있었기 때문에 눈치채지 못했다. 하지만 마침내 여느 것보다 더 크고 더 가까운 물살의 끊김이 그녀를 멍한 상태에서 벗어나게 했고, 고개를 들어 살펴보았을 때 숙련된 눈길이 비밀을 폭로하는 물살의 흐름에 닿았다. 한순간 화석처럼 굳어버린 시선이 거기에 꽂혔다. 다음 순간 머리를 가슴에 툭 떨어뜨리며 록시는 말했다.

"오, 거룩하신 주 하느님이 불쌍하고 죄 많은 날 용서하시길―나는 강 아래로 팔려버렸구나!"

17장

인기도 과해질 수 있다. 로마에 가서 처음에 당신은 미껠란젤로가 죽었다는
사실에 회한으로 가득 차게 된다. 그러나 시간이 지나면 당신은 싫증이 나서
그가 죽는 꼴을 보지 못했다는 것만을 회한으로 여기게 된다.
——『얼간이 윌슨의 책력』

7월 4일. 통계는 일년 중 다른 날들을 모두 합친 것보다 이날 바보가
더 많이 죽는다는 사실을 보여준다. 남은 바보의 수를 볼 때, 이는 매년 한번의
7월 4일로는 부족하다는 사실을, 나라의 인구가 그만큼 성장했음을 입증한다.
——『얼간이 윌슨의 책력』

여름은 한주 한주 천천히 흘러갔고, 선거 운동이 시작되었다. 아
주 열띤 분위기로 시작되었고, 매일매일 더욱 더 뜨거워져갔다. 쌍
둥이는 온몸을 던져 선거전에 뛰어들었는데, 그들의 자기애自己愛가
걸려 있었기 때문이었다. 처음에는 아주 폭넓은 인기를 얻었지만,
이후에 인기가 식어갔다. 그 이유는 주로 그들이 너무 지나치게 인
기가 있었고, 그래서 자연스러운 반발이 뒤따랐기 때문이다. 게다
가 그들이 가진 경이로운 칼이 나타나지 않은 점이 이상하다——정
말로, 아주 이상하다——는 이야기가 쉴 새 없이 뒷공론으로 속삭
여졌다. 정말 그 칼이 그토록 귀중한 것인지, 아니면 정말 존재하기
나 했던 것인지. 그리고 속삭임과 함께 낄낄거림과 옆구리 찌르기,

눈 찡긋거림 등이 뒤따랐고, 그 효과가 나타났다. 쌍둥이는 선거의 승리가 인기를 되찾아줄 것이며, 패배는 회복할 수 없는 타격을 줄 거라고 생각했다. 따라서 그들은 열심히 노력했지만, 마지막 며칠 동안 드리스컬 판사와 톰이 그들에 대항하여 노력한 만큼 열심히 할 수는 없었다. 톰의 행동거지는 그 두달 내내 말 그대로 완벽했고, 숙부는 유권자를 설득할 돈을 맡길 뿐만 아니라 자신의 개인 거실에 있는 금고에서 돈을 꺼내오는 일을 맡길 정도였다.

선거 운동의 마지막 연설은 드리스컬 판사가 했고, 그는 두 외국인 모두에 반대하는 연설을 했다. 그것은 대단한 효과가 있었다. 그는 강물처럼 넘치는 조롱을 퍼부었고, 사람이 많이 모인 대중집회가 웃고 박수치도록 몰아갔다. 그는 쌍둥이를 모험꾼, 협잡꾼, 하찮은 쓰레기, 싸구려 구경거리에 미친 이들이라고 깎아내렸다. 그는 그들의 현란한 작위를 끝없는 조롱으로 공격했다. 뒷골목 이발사가 귀족으로 변장한 것이요, 땅콩 행상이 신사인 척 으스대는 것이고, 형제처럼 데리고 다니는 원숭이를 잃은 거리의 풍각쟁이라고도 말했다. 마지막에 그는 말을 중단하고 가만히 있다가 사람들이 완전히 조용해져 다음 말을 기다릴 때 결정적인 일격을 날렸다. 얼음처럼 차가운 진지함과 치밀함으로 그 일격이 가해졌고, 마무리 발언들이 의미심장하게 강조되었다. 그는 분실된 칼에 대한 현상금이 사기요, 인기몰이 전술이며, 그 주인이 **누군가를 살해할 일이 있**다면 그 칼을 어디서 찾아낼지 알고 있을 거라 믿는다고 말했다.

그러고 나서 그는 여느 때 같은 폭발적인 박수와 지지 구호가 아니라 깜짝 놀라고 깊은 인상을 받은 청중들의 침묵 속에 연단에서 내려왔다.

그 이상한 발언은 마을 구석구석으로 날개를 달고 퍼져나갔고, 굉장한 반향을 불러일으켰다. 사람마다 "무슨 뜻으로 한 말이야?"라고 물었고, 사람마다 계속해서 그 질문을 했지만 답을 얻지 못했다. 그러나 판사는 자기 자신은 무엇을 말한 것인지 알고 있다고 하고는 더이상 말하지 않았다. 톰은 숙부가 무슨 뜻으로 그런 말을 한 것인지 도통 모른다고 말했고, 윌슨은 무슨 뜻이라고 생각하느냐는 질문을 받을 때마다 질문자에게 당신은 그게 무슨 뜻이라고 생각하느냐고 되물음으로써 피해나갔다.

윌슨은 선출되었고, 쌍둥이 형제는 패배했다. 실은 참패였고, 그들은 외톨이가 되어 사실상 친구가 없는 상태가 되었다. 톰은 즐거운 마음으로 쎄인트루이스로 돌아갔다.

도슨스랜딩은 이제 한주 동안 휴식에 들어갔고, 정말 휴식이 필요했다. 그러나 뭔가를 기대하는 분위기가 있었는데, 온통 새로운 결투에 대한 소문이 떠돌았기 때문이다. 드리스컬 판사는 선거로 탈진했지만, 그가 도전을 받아들일 만큼 몸이 회복되면 루이지 백작에게 결투 도전을 받게 될 것이라고들 했다.

쌍둥이 형제는 사람들과의 교제를 완전히 끊고, 남몰래 수치를 달랬다. 그들은 사람을 피했으며, 거리가 텅 빈 늦은 밤에만 운동을 위해 외출했다.

18장

감사와 배신은 동일한 행렬의 두 극단일 뿐이다.
악대와 겉만 번지르르하게 차려입은 관리들이 지나가고 나면
당신은 더 머물러 있을 만한 가치가 있는 것은 다 본 것이다.
—『얼간이 윌슨의 책력』

추수감사절. 이제, 칠면조를 제외하고, 모든 이가 겸허하고 진심 어리고
진지한 감사를 드리도록 하자. 피지 섬에서는 칠면조 대신 허드렛일꾼을 쓴다.
당신과 내가 피지 섬을 비웃는 것은 어울리지 않는다.
—『얼간이 윌슨의 책력』

선거가 끝난 후의 금요일은 쎄인트루이스에서는 비가 오는 날이었다. 하루 종일 비가 왔고 또 아주 심하게 쏟아져서, 마치 검댕으로 더럽혀진 도시를 하얗게 씻어버리기 위해 최선을 다하는 것 같았다. 물론 성공하지는 못했지만. 한밤중에 톰 드리스컬은 폭우 속에 극장에서 자신의 숙소로 돌아와 우산을 접고 안으로 들어갔다. 그러나 그가 문을 닫으려 했을 때, 다른 사람이 따라 들어오는 것을 봤다—틀림없이 다른 거주자였다. 이 사람은 문을 닫고 뒤따라 계단을 올라왔다. 톰은 어둠속에 자기 방문을 찾아들어가 가스등을 켰다. 가볍게 휘파람을 불면서 고개를 돌렸을 때, 그는 남자의 등을 보았다. 그 남자는 톰을 위해 문을 걸어잠그는 중이었다.

톰은 휘파람이 잦아들었고 불안해졌다. 남자가 돌아섰는데, 비에 푹 젖어 물이 뚝뚝 떨어지는 누추하고 낡은 옷을 입은 영락한 사람이었고, 낡고 처진 모자 밑으로 검은 얼굴이 보였다. 톰은 무서웠다. 나가라고 말하려 했지만 입이 떨어지질 않았고, 상대방이 먼저 말을 시작했다. 그는 낮은 목소리로 말했다.

"가만있어─네 엄마다!"

톰은 의자 위에 털썩 주저앉았고 헐떡거리며 말했다.

"내가 비열하고 더러운 짓을 했어─나도 알아. 하지만 잘해보려고 그렇게 한 거였어, 정말이야─맹세할 수 있어."

록새나는 잠시 동안 말없이 그를 내려다보며 서 있었다. 톰은 수치스러움에 몸부림치면서 자신에 대한 비난에다가 전후 사정을 설명하려는 딱한 노력, 자기 죄를 덜어보려는 시도를 섞어 두서없이 늘어놓았다. 그러자 그녀는 자리에 앉아 모자를 벗었고, 헝클어진 긴 갈색 머리 타래가 어깨로 흘러내렸다.

"이 머리가 회색으로 바래지 않았으니 네 잘못은 아니라는 게지." 그녀는 자기 머리를 보면서 슬프게 말했다.

"알아, 알아! 나는 개망나니야. 그러나 잘해보려고 한 거라고 맹세. 물론 실수였지만, 그게 최선이라고 생각했어. 정말 그랬어."

록시는 조용히 울기 시작했고, 곧 흐느낌 사이사이에 말하기 시작했다. 분노 아닌 한탄을 하면서 그녀의 말은 이어졌다─

"사람을 강 아래로─강 아래로!─선의로 그랬다고! 개도 그렇게는 대접하지 않겠다! 나는 이제 온몸이 무너지고 망가져버려서, 짓밟히고 학대받던 때처럼 분노할 힘이 더이상 없는 것 같구나. 모르겠어—아마 그럴 거야. 어쨌든 나는 너무 고통받아서 지금 나에게는 폭풍 같은 분노보다 통곡하는 것이 더 쉽겠다."

이 말은 톰 드리스컬의 심금을 깊이 울려야 마땅했지만, 설령 그랬다고 할지라도 그 효력은 더 강한 효력에 가려져 사라졌다. 더 강한 효력은 공포의 무거운 짐을 없앴을 뿐만 아니라 그의 위축된 정신에 정말 고마운 탄력을 주어 왜소한 영혼을 온통 깊은 안도감으로 채웠던 것이다. 그러나 그는 조심스럽게 침묵을 지켰고, 감히 아무 말도 하지 않았다. 이제, 아무런 목소리도 들리지 않는 시간이 잠시 흘렀고, 오직 창문을 때리는 빗소리, 바람이 내는 한숨과 불평 소리, 그리고 이따금 록새나의 숨죽인 흐느낌만이 있었다. 그 흐느낌은 점점 더 잦아들더니, 마침내 그쳤다. 이윽고 도망자는 다시 이야기하기 시작했다.

"저 불빛을 더 줄여. 더. 좀 더. 추적당하는 사람은 불빛을 좋아하지 않아. 자—그거면 돼. 네가 어디 있는지 보이고, 그거면 돼. 가급적 짧게 그간의 얘기를 해줄 거고, 그다음에 뭘 해야 할지 알려주겠어. 나를 산 사람은 악질은 아니었고, 플랜테이션 농장주치고는 좋은 사람이었어. 그가 자기 뜻대로 할 수 있었다면 나는 그 사람 집의 가내 하인이 되어 편안할 수 있었을 거야. 하지만 그의 아내가 양키[19]였고 별로 잘생긴 여자가 아니었는데, 나 때문에 바로

---

19 미국 북부 사람을 일컬음.

들고일어났어. 그래서 나는 일반 들일꾼들 숙소로 내보내졌지. 그 여자는 그것도 모자라 감독관을 부추겨 나를 학대하게 했고, 그 정도로 질투심에 불타고 증오가 컸어. 그래서 감독관은 아침에 해가 뜨기도 전에 날 들판에 내보내서 사방을 분간할 빛이 있는 한 하루 종일 일하게 만들었고, 난 힘센 이들이 하는 일을 해낼 수 없어서 채찍질을 많이 당했지. 그 감독관도 뉴잉글랜드에서 온 양키였는데, 강 아래 남부에서는 누구라도 이게 무슨 뜻인지 알지. 그런 인간들이야말로 깜둥이를 어떻게 부려먹다 죽게 만들 수 있는지를 알고, 어떻게 채찍으로 두들겨팰지도 알지—두들겨패다가 깜둥이 등이 마치 빨래판처럼 피투성이가 되도록 하는 것 말이야. 처음에 주인은 나를 위해 감독관에게 좋은 말을 해주곤 했지만, 그게 더 나쁜 결과를 낳았어. 왜냐하면 여주인이 그걸 알아내서는 그런 일이 있을 때마다 내게는 더이상 동정이 베풀어지지 않았어."

톰의 마음은 농장주의 아내를 향한 격분으로 불이 붙었다. 그리고 스스로에게 말했다. '그 성가신 바보 년만 아니었더라면, 모든 것이 다 잘되었을 텐데.' 그는 그 여자에 대해 깊고도 가혹한 저주를 덧붙였다.

이러한 감정 표현은 그의 얼굴에 강하게 드러났고, 그 순간 방안의 침울한 어둠을 대낮처럼 눈부시게 한 하얀 번개 덕분에 록새나의 눈에 띄었다. 그녀는 기뻤고, 기뻤고, 감사했다. 톰의 얼굴이 엄마가 당한 고통에 대해 자기 자식이 슬퍼할 줄 알며 그녀를 괴롭힌 사람들에게 분개할 줄 안다는 것을 보여주지 않는가? 사실 그녀는 톰이 그럴 줄 아는지조차 의심하고 있었다. 그러나 번개처럼 반짝했던 행복은 반짝할 뿐이었으며, 금방 사라져서 그녀의 영혼을 다시 어둠에 잠기게 했다. 그녀가 속으로 이렇게 생각했기 때문이다. '그는 나를 강 아래로 팔았어―그는 사람에게 공감할 줄을 몰라. 이런 순간은 사라져버릴 거야.' 그러고 나서 그녀는 다시 이야기를 시작했다.

"열흘 전쯤에 나는 몇주 더 못 버틸 것이라고 스스로 말했어. 힘든 일과 채찍질에 너무 지쳤고, 너무 낙담하고 비참했어. 그리고 더이상 상관하지도 않았어. 이런 식으로 살아간다면 삶은 내게 아무런 가치가 없었어. 사람이 그런 마음 상태가 될 때, 자신이 무엇을 할지 상관하기나 하겠어? 나에게 잘해준 작고 병약한 열살짜리 깜둥이 여자애가 하나 있었는데, 불쌍한 것, 엄마가 없는 아이라, 나는 걜 사랑했고 그애도 날 사랑했지. 그애는 내가 일하고 있을 때 구운 감자를 가지고 나와 내게 슬쩍 밀어주려고 했어. 너도 알겠지만, 자기는 굶게 될 건데 자기 먹을 걸 주려고 한 거야. 그애는 감독관이 내게 음식을 충분히 주지 않는다는 걸 알고 있었기 때문이지. 그런데 감독관이 그걸 발견하고는 빗자루만큼이나 굵은 지팡이로 그애의 등을 후려쳤어. 그애는 비명을 지르며 땅에 굴렀고, 다리를 잃은 거미처럼 움츠리면서 흙에 뒹굴었지. 난 참을 수가 없었어. 마음속에 있던 모든 지옥불이 타올랐고, 그에게서 지팡이를 빼앗아서 납작하게 두들겨팼지. 그는 신음하고 욕하면서 정신을 못 차리고 누워 있었고, 주변의 깜둥이들은 완전히 겁을 먹어 죽을 지경이었지. 그들은 감독관을 돕기 위해 주변에 모였고, 나는 그의 말에 올라타 강을 향해 힘껏 달렸어. 저들이 날 어떻게 할지를 잘 알았지. 감독관은 곧 정신을 차릴 것이고, 주인만 허락하면 나를 죽도록 일을 시키기 시작해 결국 정말 죽게 만들 거였지. 그러지 않으면 더 강 아래쪽으로 팔아버릴 것이고, 그건 똑같은 일이지. 그래서 나는 강물에 빠져 죽어서 곤경으로부터 벗어나기로 했어. 마침 어두워지던 때였어. 나는 이분 만에 강에 도착했지. 그 순간에 카누 한척을 봤고, 물에 빠져 죽을 수밖에 없을 때까지는 물에 뛰어들어 죽겠다는 결심이 소용없다고 생각하게 되었어. 그래서 말을 나무 끝에 묶어놓고 카누를 밀어내면서 강을 따라 내려갔어. 경사가 급한 둑 바로 아래로 붙어서 계속 모습을 숨기면서 어둠이 어서 내리기를 기도했지. 나는 아주 빨리 출발했던 거야. 왜냐하면 농장주 저택은 강에서 3마일 떨어져 있었고 강으로 올 수단은 농사짓는 노새밖에 없고 그걸 몰 사람도 깜둥이들밖에 없었지. 게다가 그이들이야말로 서두를 일이 없었어. 그이들은 가능한 한 내게 도망갈 기회를 주었던 거지. 한사람이 저택에 갔다가 다시 돌아오기 훨씬 전에 이미 어둠이 내렸고, 말을 추적하여 내가 어느 길로 갔는지 알아내는 게 아침까지는 불가능했어. 게다가 깜둥이들은 백인들에게 할 수 있는 한 온갖 거짓말을 할 터였지.

그래, 어둠이 왔고, 나는 강 아래로 계속 흘러내려갔어. 두시간 이상 노를 저었고, 그런 후에는 더이상 걱정하지 않았어. 노 젓기를 그만두고 물결을 따라 흘러가면서 뛰어들어 죽지 않을 거라면 어떻게 해야 할까 생각했지. 몇가지 계획을 세웠고, 흘러내려가면서 마음속에서 이리저리 궁리했어. 흠, 자정이 좀 지난 무렵, 십오 내지 이십 마일을 왔다고 생각되던 때, 둑에 정박한 증기선의 불빛을 보았지. 마을도 없었고 목재 야적장도 없는 곳이었어. 금세 나는 별을 배경으로 굴뚝 꼭대기의 모습을 분간해냈고, 하느님 맙소사, 기뻐서 펄쩍 뛰었지! 그 배는 그랜드 모굴이었던 거야. 나는 씬시내티와 뉴올리언스를 오가는 노선에서 여덟해 동안 그 배에서 하녀를 했지. 그 배로 다가갔어. 움직이는 사람이 아무도 눈에 띄지 않았어. 기관실에서 사람들이 망치질하는 소리를 들었고, 그때야 뭐가 문제인지를 알았어. 배의 기계 중 뭔가가 고장이 난 거였어. 배아래의 강변으로 올라가서 카누를 물에 띄워 보냈지. 그리고 다가가니 발판이 하나 배 밖으로 나와 있어서 나는 배 위로 올라갔어. 정말 더웠지. 갑판 선원들과 날품팔이 인부들이 앞 갑판에 퍼져서 자고들 있었고, 이등 항해사 짐 뱅스는 갑판 기둥 위에서 고개를 숙이고 잠들어 있었어. 그게 이등 항해사가 선장 대행을 할 때의 방식이거든. 오래 묵은 감시 담당 빌리 해치는 승강구 계단에서 고개를 끄덕이며 졸고 있었어. 난 이들을 모두 알고 있었지. 그리고, 맙소사, 그들 모두 참 좋아 보였어! 속으로 말했지. 옛 고용주가 지금 당장 나타나서 나에게 일을 주려고 한다면 얼마나 좋을까. 축복이로구나, 내가 친구들 사이에 있고, 내가 살아 있구나. 그래서 그들 사이로 걸어다니다가 보일러 윗갑판으로 올라가서 저 뒤쪽 숙녀용 객실에 딸린 차장실까지 가서 수백만번도 더 느꼈던 즐거움

속에 거기 앉았어. 정말 다시 집에 온 기분이었어. 내 분명히 말하지만 말이야!

한시간쯤 지나서 출항 준비종이 울리는 소리를 들었고, 떠들썩한 소리가 나기 시작했어. 얼마 안되어 징소리가 울리는 것을 들었지. '배를 바깥으로 돌려.' 속으로 말했지. '나는 저 음악 소리를 알지!' 다시 징소리가 울렸어. '안쪽으로 전진'이라고 속으로 말했지. 다시 징소리. '바깥쪽 엔진 정지.' 다시 징소리. '바깥쪽 엔진으로 전진──이제 쎄인트루이스로 향하는 거고, 난 숲을 벗어나 물에 뛰어들어 자살할 필요가 전혀 없구나.' 나는 모굴호가 쎄인트루이스 노선을 뛴다는 걸 알고 있었어. 날이 훤히 밝았을 때 배는 내가 있던 플랜테이션 농장을 지났고, 한 떼의 깜둥이들과 백인들이 강가를 아래위로 수색하며 나를 찾느라 무진 애를 쓰는 것을 보았지만, 전혀 걱정할 필요가 없었지.

그때쯤 쌜리 잭슨이, 걔는 내 바로 밑의 객실 하녀였지만 지금은 객실 하녀 중 우두머리가 됐는데, 당번이라 밖으로 나왔다가 나를 보고는 엄청 반가워했고, 다른 모든 선원들도 마찬가지였어. 그래서 나는 납치되어 강 아래로 팔렸었다고 얘기했고, 사람들이 20달러를 모아서 주고 쌜리는 좋은 옷으로 갈아입게 해주었던 거지. 여기 도착하자마자 곧바로 네가 살던 곳으로 왔고, 이 집에 오니 사람들이 말하길 네가 멀리 갔지만 언제라도 돌아올 수 있다고 했고, 그래서 너를 놓칠까봐 도슨스랜딩에 가지 않았어.

그래, 지난 월요일에 깜둥이 도망노예 잡는 걸 돕기 위해 전단을 붙이는 4번가의 게시판 중 하나를 지나갈 때 주인이 있는 것을 봤어! 나는 거의 땅바닥에 뒤로 넘어갈 지경이었지. 그 정도로 정신을 잃었어. 그는 나를 등지고 서서 다른 사람에게 도망노예를 찾는 전단을 몇장 주면서 얘기를 하고 있었고, 내 생각에 그 전단의 주인공 깜둥이는 바로 나였어. 그는 현상금을 제시하고 있었던 거야—바로 그거였어. 내가 맞지 않겠어? 넌 어떻게 생각해?"

톰은 점점 끔찍한 공포 상태로 끌려들어가면서 속으로 말했다. '어떤 식으로 결판이 나든 간에 나는 망했다! 그 노예 주인은 이 노예 거래에 뭔가 수상한 점이 있다는 생각이 든다고 말했어. 그는 그랜드 모굴에 탄 한 승객이 그 배에 록시가 승선했고 배 위의 모든 사람이 그 거래에 대해 알고 있다고 쓴 편지를 받았다고 말했어. 그래서 그는, 그녀가 자유주州로 도망하지 않고 이곳으로 온다는 것이 내게 불리해 보인다, 내가 자기를 위해 그녀를 찾아내지 않으면, 그것도 빨리 찾아내지 않으면 날 곤란하게 만들겠다고 했어. 난 그 얘기를 믿지 않았지. 나를 회복할 수 없는 궁지에 빠뜨릴 위험이 있다는 걸 뻔히 알면서도 엄마가 여기에 올 정도로 모성본능을 싹 잃어버렸을 거라고 믿을 수가 없었어. 그런데 결국, 엄마는 여기 있잖아! 그리고 난 멍청이처럼 노예 주인을 위해 그녀를 찾아주겠다고 약속했지. 그 약속을 해도 완벽하게 안전할 줄 알고 말이야. 내가 그녀를 넘겨준다면, 그녀는—그녀는—그런데 난 어떻게 나 스스로를 도울 수 있을까? 넘겨주든지, 아니면 돈을 돌려줘야 해. 그런데 돈이 어디서 나지? 난—난—그래, 만약 그가 지금

부터 엄마를 잘 대해줄 거라고 맹세한다면—그리고 그녀도 그가
좋은 사람이라고 스스로 말하잖아—만약 그가 엄마를 지나치게
부려먹거나, 먹을 걸 제대로 주지 않거나 등등을 절대로 하지 않게
하겠다고 맹세한다면—'

번갯불이 이런 걱정스러운 생각들로 긴장되고 굳은 톰의 창백
한 얼굴을 비췄다. 그러자 록새나는 날카롭게 목소리를 높였고, 목
소리에는 두려움이 담겨 있었다.

"저 불을 켜! 네 얼굴을 좀 자세히 봐야겠다. 거기, 자—너 좀 보
자. 체임버스, 넌 네 셔츠만큼이나 하얗게 질렸군! 너 그 사람 만났
어? 그가 널 보러 왔지?"

"그—래요."

"언제?"

"월요일 정오에."

"월요일 정오! 날 추적 중이었니?"

"그가—음, 그는 그렇다고 생각하고 있었어. 달리 말해, 제대로
추적하는 중이기를 바라고 있었지. 이게 엄마가 본 전단이야." 그
는 전단을 호주머니에서 꺼냈다.

"그걸 읽어줘!"

그녀는 흥분으로 헐떡거렸고 눈에는 어두운 불길이 담겨 있었
는데, 톰은 그 불길을 정확하게 번역해낼 수 없었지만 뭔가 위협적
인 것이 느껴졌다. 전단은 머릿수건을 쓴 깜둥이 여인이 어깨에 막
대기로 묶은 흔한 모양의 보따리를 매고 달아나는 통상적인 그림

의 거친 목판화였고, 굵은 글자로 '현상금 100달러'라고 제목이 쓰여 있었다. 톰은 전단을 소리내어 읽었다─적어도 록새나를 묘사한 대목과 주인의 이름, 쎄인트루이스 주소, 4번가의 대행업체 주소는 읽었다. 그러나 보상금을 받을 사람들은 토머스 드리스컬 씨에게 연락해도 좋다는 구절은 빼먹었다.

"전단을 이리 줘!"

톰은 그것을 접어 호주머니에 넣는 중이었다. 찬 기운이 한줄기 등을 기어내려가는 느낌이 들었지만, 가능한 한 무심한 듯이 말했다.

"전단? 아니, 엄마에게는 아무 소용 없잖아, 읽을 줄을 모르니. 왜 이걸 원하는 거야?"

"이리 줘!" 톰은 전단을 건네주었지만, 넘기길 꺼리는 태도를 완전히 숨길 수는 없었다. "너 빠짐없이 다 읽은 거야?"

"틀림없이 읽었지."

"손을 들고 맹세해."

톰은 그렇게 했다. 록새나는 톰의 얼굴에서 눈을 떼지 않고 전단을 조심스럽게 자기 호주머니에 넣고는 말했다.

"너, 거짓말하고 있다!"

"내가 뭐하러 거짓말을 하겠어?"

"나도 모르지─하지만 넌 거짓말하고 있어. 어쨌든 내 생각엔 그래. 그렇지만 상관 마. 그 사람을 보고 나는 너무 놀라서 집까지 비틀거리며 겨우 걸어갔어. 그리고 깜둥이 남자에게 1달러를 주고 이 옷을 사고, 밤낮을 가리지 않고 지금까지 집에 들어가지 않았어.

얼굴을 검게 칠하고 낮에는 불탄 낡은 집 지하창고에 숨어 있었고, 밤에는 먹을 것을 얻기 위해 부두에 있는 큰 설탕 통이나 곡물 자루에서 도둑질을 했고, 감히 뭔가를 살 염도 내지 못했어. 그래서 항상 굶주렸지. 그리고 근처에 사람이 아무도 없을 때인 이 비 오는 밤이 될 때까지 이곳에 올 엄두를 못 냈지. 그러나 오늘밤 어둠이 내린 후로 캄캄한 골목길에 서서 네가 지나가기를 기다렸어. 그리고 마침내 여기 있는 거야."

그녀는 다시 생각에 잠겼다. 곧 그녀는 말했다.

"그 사람을 지난 월요일 정오에 봤다고 했지?"

"그래."

"나는 그날 오후 3, 4시쯤 봤어. 그가 널 찾아온 거지?"

"그래."

"그때 전단을 주던?"

"아니, 아직 인쇄하지 않은 상태였어."

록새나는 그를 의심하는 눈길로 쏘아보았다.

"네가 전단을 완성하는 걸 도와주었지?"

순간 톰은 멍청이 같은 실수를 저지른 자신을 저주했고, 지금 생각해보니 그가 전단을 준 게 월요일 정오였다는 게 기억난다고 말함으로써 실수를 덮으려 했다. 록새나는 말했다.

"분명히, 넌 또 거짓말하고 있어." 그리고 그녀는 손가락을 펴서 들어올렸다.

"자, 그러면! 질문을 하나 할 테니 네가 어떻게 대답하는지 보고 싶군. 너는 그가 나를 쫓고 있다는 걸 알고 있었어. 그리고 그를 돕지 않고 달아난다면, 그는 이 일이 뭔가 잘못되었음을 알게 될 거고, 너에 대해 알아보고 숙부님에게 가게 될 테고, 숙부님은 전단을 보고는 네가 자유 깜둥이를 강 아래로 팔아넘긴 것을 알게 될 터였고, 넌 숙부님이 어떤 사람인지 잘 알고 있잖아! 그는 유언장을 찢어버리고 너를 집 밖으로 내칠 거야. 자, 이제 질문에 대답해. 그 사람에게 내가 분명히 여기로 올 거라고 말하고, 덫을 놓아 나를 잡도록 했지?"

톰은 거짓말이든 논리적 설득이든 이제 자신에게 도움이 안된다는 것을 인정했다—그는 바이스에 꽉 끼어 있는 상태였고, 벗어날 길이 없었다. 그의 얼굴은 흉하게 일그러지기 시작했고, 곧이어 으르렁거리며 말했다.

"좋아, 내가 뭘 할 수 있지? 보다시피, 나는 그의 손아귀에 있고 벗어날 길이 없어."

록시는 잠시 그를 경멸하는 눈빛으로 노려보고는 말했다.

"뭘 할 수 있느냐고? 넌 네 쓸모없는 얼굴 가죽 체면을 위해 엄마에게 유다가 될 수 있었지. 사람이라면 그걸 믿을 수 있겠어? 아니—개도 믿을 수 없을 거야. 너는 이 세상에 태어난 가장 밑바닥의 천한 개이고—그 책임은 나한테 있지!" 그리고 그녀는 그에게 침을 뱉었다.

그는 이 모욕에 아무 반응도 하지 않았다. 록시는 잠시 생각하더니 다시 말했다.

"이제 네가 뭘 할지를 말해주겠어. 너는 그 사람에게 네가 남겨둔 돈을 줘야 하고, 판사님에게 가서 나를 자유롭게 할 나머지 돈을 가져올 때까지 기다리라고 해야 해."

"맙소사! 무슨 생각을 하는 거야? 가서 판사에게 300달러 이상을 구하라고? 제발, 그 돈으로 뭘 하려는지 어떻게 말하라는 거야?"

록시는 평정을 찾은 차분한 목소리로 대답했다.

"넌 그에게 노름빚 때문에 나를 팔았고, 네가 나에게 거짓말을 한 악당이고, 그 돈을 구해 다시 되살 것을 내가 요구하고 있다고 말해야 해."

"아니, 엄마는 아예 미친 것 아냐! 그는 일분 안에 유언장을 조각조각 찢어버릴 거야──그걸 몰라?"

"그래, 알아."

"그러면 내가 그를 찾아갈 정도로 천치라고 믿는 건 설마 아니겠지?"

"그렇게 믿는 건 전혀 아니지──그럴 수밖에 없다는 걸 알고 있을 뿐이지. 내가 그걸 아는 이유는, 네가 돈을 못 구하면 내 스스로 그에게 갈 것이고 그러면 그가 다름 아닌 너를 강 아래로 팔아버릴 테고, 강 아래를 얼마나 좋아하게 될지 몸소 체험하리라는 것을 너 스스로 알고 있기 때문이야!"

톰은 덜덜 떨며 흥분해서 일어섰고, 그의 눈에는 사악한 빛이 감돌았다. 그는 문으로 성큼 걸어가서는 이 숨 막히는 장소를 잠시 벗어나서 뭘 할지 결정하기 위해 신선한 공기로 머리를 좀 맑게 해야겠다고 말했다. 그런데 문은 열리질 않았다. 록시는 음울하게 미소 지으면서 말했다.

"내가 열쇠를 가지고 있지, 아들아─앉아. 네 할 일을 알기 위해 머리를 맑게 할 필요가 전혀 없어─네가 할 일을 알고 있는 건 바로 나야." 톰은 자리에 앉아 어쩔 도리 없이 절망적인 태도로 두 손을 머리카락에 파묻었다. 록시는 말했다, "그 사람이 이 집에 있나?"

톰은 놀란 표정으로 올려다보더니 물었다.

"왜 그렇게 생각하지?"

"네가 그렇게 생각하게 만들었어. 머리를 식히기 위해 밖에 나간다고! 우선, 너는 식힐 것이 아무것도 없고, 둘째, 비열한 눈이 네 속을 다 드러냈어. 넌 가장 밑바닥의 비천하기 짝이 없는 개야─이 말은 아까 벌써 했구나. 자, 그러면 오늘이 금요일이야. 너는 그 사람을 구슬릴 수 있어. 가서 나머지 돈을 구해오겠다고 하면서, 다음주 화요일에 돌아온다고 해. 아니면 수요일도 좋아. 알아들어?"

톰은 시무룩하게 대답했다.

"응."

"그리고 나를 나 자신에게 파는 새 판매증서를 만들고 나면, 우편으로 얼간이 윌슨 씨에게 보내고 그 증서 뒤에 그걸 내가 올 때까지 보관해달라고 편지를 써. 알아들어?"

"응."

"그게 다야. 그럼, 우산 들고, 모자도 써."

"왜?"

"왜냐하면 네가 부두까지 나를 바래다줄 거니까. 이 칼이 보여? 그 사람을 보고 이 옷과 칼을 산 날부터 난 항상 이걸 가지고 다녔어. 그가 날 잡으면, 난 이 칼로 자살할 작정이었어. 자, 출발해. 조용히 길을 앞장서. 만약 네가 이 집 안에서 신호를 보내거나 누군가 거리에서 네게 다가오면 난 이 칼을 네게 박아넣을 거야. 체임버스, 내가 하는 말을 믿지?"

"그런 질문으로 성가시게 할 필요 없어. 엄마 말이 진심인 거 알아."

"그래, 내 말은 네 말과는 달라! 불 끄고 움직여—여기 열쇠가 있어."

그들을 뒤따르는 사람은 없었다. 톰은 밤늦게 귀가하는 사람이 거리에서 스쳐갈 때마다 떨었고, 등에 닿는 차가운 쇠를 느꼈다. 록시는 그의 뒤를 바로 따랐고 언제고 손닿을 거리에 있었다. 반 마일을 걸은 다음에 그들은 인적 끊긴 부두의 넓은 공터에 이르렀고, 그 어둡고 비 내리는 사막 같은 곳에서 헤어졌다.

톰이 집으로 터덜터덜 걸어갈 때, 그의 마음은 삭막한 생각과 무모한 계획으로 가득 차 있었다. 그러나 마침내 지쳐서 그는 스스로에게 말했다—

'출구는 하나뿐이야. 엄마의 계획을 따라야 해. 한가지만 바꾸고—돈을 달라고 해서 나 자신을 망치는 대신 그 늙다리 지독한 구두쇠를 털겠어.'

19장

좋은 본보기가 일으키는 짜증보다 참기 힘든 것은 거의 없다.
—『얼간이 윌슨의 책력』

우리가 모두 똑같이 생각한다는 것은 최선이 아닐 것이다.
경마를 가능하게 하는 것은 의견의 차이이다.
—『얼간이 윌슨의 책력』

도슨스랜딩은 안락한 가운데 지루한 휴식 기간을 끝내면서 참을성 있게 결투를 기다리고 있었다. 루이지 백작 또한 기다리고 있었지만, 소문에 따르면 참을성은 없었다. 일요일이 왔고, 루이지는 그의 도전을 전해주기를 요구했다. 윌슨이 그것을 전했다. 드리스컬 판사는 살인자와 싸우기를 거부했다—"즉, 명예로운 들판에서는 아니다"라고 그는 의미심장하게 덧붙였다.

물론 다른 곳에서는 싸울 준비가 되어 있을 것이었다. 윌슨은 만약 판사가 안젤로가 루이지의 살인에 대해 말하는 자리에 있었더라면 그것을 불명예스러운 일로 생각하지 않았을 것임을 확신시키려 애썼다. 그러나 고집 센 노인은 끄떡도 하려 들지 않았다.

윌슨은 결투의 장본인에게 돌아가 임무가 실패했음을 알렸다. 루이지는 격노했고, 결코 우둔하지 않은 그 노신사가 어떻게 한심한 조카의 증거와 추측을 윌슨의 말보다 더 가치 있다고 할 수 있는지 물었다. 그러나 윌슨은 웃으며 말했다.

"그건 간단해요. 쉽게 설명할 수 있죠. 나는 그의 인형──그의 애기──그를 홀린 대상이 아니고, 그의 조카는 그렇죠. 판사와 죽은 아내는 자식이 하나도 없었소. 판사 부부는 이 보물이 그들의 무릎에 떨어졌을 때 중년이 지난 나이였죠. 이십오년 혹은 삼십년을 굶주려온 부모의 본능을 감안해주어야 마땅하지요. 그 본능은 굶주렸고, 그때쯤에는 허기로 미친 상태가 되어서 손에 걸리는 뭐든지 완전히 만족하게 되어 있죠. 그 본능의 미각은 다 마비되어서 메기를 청어와 구별하지 못할 정도가 되었지요. 젊은 부부에게 태어난 악마는 얼마 지나지 않아 부모가 충분히 알아볼 수 있지만, 늙은 부부가 입양한 악마는 그들에게는 천사요, 언제나 변함없이 천사로 남아 있죠. 톰은 이 노인의 천사이고, 그는 조카에게 홀려 있죠. 톰은 다른 사람들에게는 불가능한 설득력을 발휘해서 그가 어떤 일들을 하도록 할 수 있어요──뭐든지 할 수 있다는 말은 아니지만, 아주 많은 일들이죠──특히 한종류의 일이 그래요. 노인의 마음에 개인적인 편애나 편견을 만들거나 없애는 일이죠. 노인은 당신 둘 다를 좋아했어요. 톰은 당신에게 증오를 품었죠. 그걸로 충분했어요. 노인을 당장 바꿔놓았죠. 이 뒤늦게 입양한 귀염둥이 하나가 벽돌을 던지는 날이면 정말 오래되고 강한 우정도 땅에 떨어져 산산조각이 나죠."

"참으로 이상한 철학이네요." 루이지가 말했다.

"그건 전혀 철학이 아니랍니다—사실일 따름이죠. 그리고 뭔가 애틋하고 아름다운 면이 거기에 있기도 하지요. 나는 이처럼 늙고 자식 없는 딱한 부부가 왕왕대는 작고 무가치한 강아지 무리를 애지중지하는 것을 보는 것만큼 애처로운 일은 없다고 생각해요. 좀 지나면 욕도 하고 꺼억꺼억대는 앵무새들을 덧붙이는가 하면 멍청이 같은 목소리를 가진 마코앵무가 더해지지요. 그다음에는 수백마리의 울어대는 새들이 오고, 곧 악취 나는 기니피그들과 토끼들, 그리고 울부짖는 고양이 무리들이 더해지지요. 그것은 모두 자연이 그들에게 주지 않은 귀한 보물, 즉 자식을 대신할 어떤 것을, 말하자면 질 나쁜 금속과 구리 조각 들을 가지고 창조하려고 하는 암중모색의 미련한 노력이지요. 하지만 이건 곁가지로 샌 얘기고요. 이 지역의 불문율은 당신이 드리스컬 판사를 보면 죽이도록 요구하지요. 그와 마을 전체가 당신 손에서 그런 행동을 기대할 거요—물론 그의 총알에 당신이 죽으면 모든 게 마무리되긴 하지만. 그를 조심해요! 당신은 무장하고 있어요?"

"그래요, 그에게 기회를 줄 겁니다. 그가 공격한다면 나도 반격하겠소."

윌슨이 떠나며 말했다.

"판사는 여전히 선거 운동으로 약간 지쳐 있어서 하루 이틀 밖으로 나오지 않을 거지만, 그가 외출하게 되면 긴장해야 할 거예요.”

밤 11시쯤 쌍둥이들은 운동을 하기 위해 외출했고, 구름에 가린 달빛 아래 긴 산책을 시작했다.

톰 드리스컬은 약 반시간 일찍 도슨스랜딩에서 2마일 아래쪽 해킷에 있는 상점에 도착했다. 그는 그 외딴곳에 내린 유일한 승객이었고, 강변길을 따라 걸어올라와 길에서든 집 안에서든 아무도 마주치지 않고 드리스컬 판사의 집에 들어설 수 있었다.

그는 창문 가리개를 내리고 촛불을 켰다. 그리고 외투와 모자를 벗고, 준비를 시작했다. 그는 자신의 여행가방을 열고 그 안에 있는 남자 옷들 아래에서 그가 입는 여자 옷을 꺼내 옆에 두었다. 그리고 태운 코르크로 얼굴을 검게 칠하고, 코르크는 호주머니에 넣었다. 그의 계획은 아래층 숙부의 거실로 몰래 스며들어 침실까지 들어가 노신사의 옷에서 금고 열쇠를 훔쳐낸 다음 다시 거실로 가서 금고를 터는 것이었다. 그의 용기와 자신감은 이때까지는 상당했지만, 이제 둘 다 조금 흔들리기 시작했다. 만약 우연히 소리를 내는 바람에 들킨다면, 예를 들면, 금고를 여는 도중에 들킨다면 어떻게 하나? 어쩌면 무장을 하고 가는 게 좋을지 모를 일이었다. 그는 인도 단검을 숨겨둔 장소에서 꺼냈고, 없어져가던 용기가 돌아오는 기쁨을 느꼈다. 그는 머리가 쭈뼛 선 상태로 작은 삐거덕 소리에도 맥박이 멈추곤 하면서 좁은 계단을 몰래 조심스럽게 내려갔다. 반쯤 내려갔을 때 그는 아래쪽 계단 끝이 희미한 불빛에 밝은 것을 보고는 불안해졌다. 저게 무슨 뜻일까? 숙부가 아직 자지 않고 있는 것일까? 아니다, 그렇지는 않을 것 같았다. 그는 잠자리에 들면서 촛불을 끄지 않고 두었음에 틀림없었다. 톰은 살금살금 아래로 내려가며, 걸음마다 멈춰 귀를 기울였다. 그는 문이 열려 있는 것을 보았고 안을 들여다보았다. 눈에 들어온 광경에 그는 말할 수 없이 기뻤다. 숙부는 소파에 잠들어 있었다. 소파 앞 작은 탁자에 램프가 약하게 밝혀져 있었고, 그 옆에 노인의 작은 주석 현금 상자가 닫힌 채 놓여 있었다. 상자 옆에는 지폐 한다발과 연필로 쓴 숫자로 가득한 종이 한장이 있었다. 금고 문은 열려 있지 않았다. 분명히 잠든 이는 회계 정리를 하다 지쳐서 휴식을 취하는 중이었다.

톰은 자신의 촛불을 계단에 두고, 지폐 다발 쪽으로 몸을 숙인 채 움직여가기 시작했다. 그가 숙부를 지나칠 때 노인은 잠결에 몸을 뒤척였고 톰은 바로 멈췄다—멈춰서서, 가슴이 쿵쾅거리고 눈은 자기 은인의 얼굴에 못 박힌 채로 조용히 칼집에서 칼을 꺼냈다. 일이초 후에 그는 다시 앞

으로—한걸음—나아갔고, 목표물을 향해 손을 뻗어 움켜쥐면서 칼집을 떨어뜨렸다. 그 순간 그는 노인이 자신을 힘껏 붙잡는 것을 느꼈고, "도와줘요! 도와줘요!" 하는 거친 고함 소리가 귀에 울렸다. 서슴없이 그는 칼을 제대로 내리꽂았고, 자유의 몸이 되었다. 지폐 몇장은 그의 왼손에서 떨어져서 바닥의 피 속으로 떨어졌다. 그는 칼을 떨어뜨리고 떨어진 돈을 낚아채서 달아나려다가, 두려움과 혼란 속에 주운 돈을 왼손으로 옮기고 칼을 다시 잡았지만 제정신이 들어 그것을 집어던져버렸다. 들고 가기에는 위험한 증거물이기 때문이었다.

그는 계단 쪽으로 뛰었고, 문을 닫았다. 밤의 고요함이 집 쪽으로 달려오는 다급한 발걸음 소리로 깨지는 가운데, 촛불을 낚아채서 위층으로 달아났다. 다음 순간 그는 자기 방에 있었고, 살해당한 사람의 시신 앞에는 쌍둥이 형제가 입을 딱 벌리고 서 있었다!

톰은 자신의 외투를 입고, 모자를 외투 안에 단추를 잠가 감추고, 그 위에 여자 옷을 입고 베일을 내린 후, 불을 끄고 자신이 방금 들어온 방문을 잠그고 열쇠를 가지고는 뒤쪽의 다른 문으로 나가서 문을 잠근 후에 열쇠를 지닌 채 어둠속으로 나아가서 뒤쪽 계단을 내려갔다. 그는 아무도 마주치지 않으리라고 생각했다. 지금 모든 관심이 집의 반대편에 쏠려 있었기 때문이었다. 그의 계산은 옳았다. 그가 뒤뜰을 통과할 무렵에, 프랫 부인과 그녀의 하인들, 그리고 옷을 반쯤만 걸친 이웃 대여섯명이 쌍둥이와 죽은 사람이 있는 곳에 도착했고, 앞문으로 여전히 사람들이 몰려들고 있었다.

톰이 중풍이라도 걸린 듯이 떨면서 문을 빠져나갈 때 골목 반대편의 집에서 세 여성이 날듯이 다가왔다. 그들은 그를 서둘러 지나쳐 문을 들어서면서 무슨 일이냐고 물었지만, 대답을 기다리지 않았다. 톰은 스스로에게 말했다. '이 아줌마들이 옷을 입느라 늦어진 게지—그들은 이웃의 스티븐스 집이 불에 탔을 때도 똑같이 행동했지.' 몇분 안에 그는 귀신 붙은 집에 도착했다. 그는 촛불을 켜고, 여자 옷을 벗었다. 그의 왼편은 온통 피였고, 그의 오른손은 그가 움켜쥔 피에 젖은 지폐 얼룩으로 붉었다. 그러나 이외에는 증거가 남아 있지 않았다. 그는 짚단에 손을 닦았고, 얼굴의 검은 칠도 대부분 깨끗이 닦았다. 그리고 자신의 남자 옷과 여자 옷을 태워서, 재를 흩어버리고, 떠돌이 일꾼에 어울리는 변장을 했다. 그는 불을 끄고 아래층으로 내려가서, 곧 강변길을 배회하기 시작했는데 록시가 썼던 방법 중 하나를 빌려 이용하려는 뜻 때문이었다. 그는 카누 하나를 발견해 그것을 저어 강 아래로 내려갔고, 날이 밝을 때쯤 카누를 강물에 떠내려 보내고 육로로 다음 마을에 갔다. 거기서 임시 증기선이 지나갈 때까지 남의 눈을 피하고 있다가, 쎄인트루이스로 가는 갑판 승객 표를 사서 탔다. 그는 도슨스랜딩이 등 뒤로 지나갈 때까지 불안했다. 그러나 거기를 지난 후에는 속으로 말했다. '이제 세상의 어떤 형사도 나를 추적할 수 없을 거야. 남겨진 단서의 흔적도 하나 없어. 그 살인은 영원한 수수께끼의 하나로 남을 것이고, 사람들은 그 사건의 비밀을 추측하느라 오십년을 노력해도 알 수 없을 거야.'

다음날 아침 쎄인트루이스에서 그는 도슨스랜딩에서 보내온 다음과 같은 짧은 전문을 신문에서 읽었다.

　"연로하고 존경받는 시민인 드리스콜 판사가 최근 선거에서 생긴 다툼 때문에 방탕한 이딸리아 귀족 혹은 이발사에 의해 자정경에 살해당했다. 살인범은 아마도 린치를 당할 것이다."

　"쌍둥이 중 하나라고!" 톰은 혼잣말을 했다. "대단한 행운이군! 그를 끝장낸 것은 그 칼이구먼. 우리는 언제 행운이 찾아올지 결코 알 수 없는 법이지. 나는 사실 그 칼을 팔 수 없게 만든 것에 대해 속으로 얼간이 윌슨을 저주했었지. 이제 난 그 행운을 되찾은 거네."

　톰은 이제 부자이고 독립한 셈이었다. 그는 농장주와 일을 정리했고, 록새나를 자기 자신에게 파는 새로운 판매증서를 윌슨에게 우편으로 부쳤다. 그리고 프랫 숙모에게 전보를 쳤다.

"끔찍한 소식을 신문에서 읽었고, 슬픔으로 정신을 잃을 지경이었어요. 정기선 편으로 오늘 출발할 거예요. 제가 갈 때까지 견디도록 하세요."

윌슨은 슬픔에 휩싸인 집에 도착해서 프랫 부인과 다른 사람들이 말해줄 수 있었던 전후 사실들을 다 들은 후 시장으로서 지휘를 맡았고, 로빈슨 치안판사가 도착하여 검시관으로서 적절한 조치를 취할 때까지 아무것도 건드리지 말고 전부 그대로 보존하라는 명령을 내렸다. 그는 쌍둥이와 자신을 빼고 모든 사람이 방 밖으로 나가도록 했다. 보안관이 곧 도착하여 쌍둥이들을 유치장으로 데리고 갔다. 윌슨은 그들에게 용기를 가지라고 말했고, 사건이 재판에 들어갈 때 그들을 변호하기 위해 최선을 다하겠다고 약속했다. 로빈슨 판사가 곧 블레이크 순경과 함께 왔다. 그들은 방을 철저히 살펴보았다. 그들은 칼과 칼집을 발견했다. 윌슨은 칼자루에 지문이 있는 것에 주목했다. 그는 지문을 보고 기뻤다. 그 까닭은 쌍둥이 형제는 가장 먼저 도착한 사람들에게 자신의 손과 옷을 검사하라고 청했고 이들이나 윌슨이 핏자국을 하나도 발견하지 못했기 때문이었다. 쌍둥이가 도와달라는 외침에 응해서 집 안으로 뛰어들어왔을 때 판사가 이미 죽어 있는 걸 발견했다는 말이 진실일 가능성이 있을까? 그는 당장 그 수수께끼의 처녀를 떠올렸다. 그러나 이건 처녀가 해치울 수 있는 종류의 일이 아니었다. 어쨌든 톰 드리스컬의 방은 조사를 해야만 했다.

검시관의 배심원들[20]이 시신과 주변을 살펴본 후에, 윌슨은 이층 수색을 제안하고 위로 올라갔다. 배심원들이 톰의 방을 강제로 열었지만, 당연히 아무것도 발견하지 못했다.

검시관의 배심원들은 루이지가 살인을 저질렀고, 안젤로는 종범이라고 판단했다.

마을은 불행한 두사람에게 원한을 품었고, 살인 후 첫 며칠 동안 항상 그들은 린치를 당할 위험에 처해 있었다. 대배심[21]은 곧 루이지를 일급살인죄로 기소했고, 안젤로는 사전에 종범이었다고 판단했다. 쌍둥이들은 재판을 기다리기 위해 시 유치장에서 지역 감옥으로 옮겨졌다.

윌슨은 칼자루의 지문을 꼼꼼히 살피고는 스스로에게 말했다. '쌍둥이 중 누구도 이 지문을 남기지 않았어.' 그러면 본인의 이해관계 때문이든 고용된 살인자이든 간에 관련된 다른 사람이 분명히 있는 것이었다.

그러나 그게 누구일까? 그는 찾아내야만 했다. 금고는 열려 있지 않고, 현금 상자는 안에 3000달러가 든 채로 잠겨 있었다. 강도질이 아니라 복수가 살해 동기였다. 피살자가 루이지 말고 원수진 사람이 어디 있었던가? 그에게 깊은 원한을 가질 이는 세상에 루이지

20 사망 원인을 규명하기 위한 법적 절차에 개입하는 배심원들.
21 형사사건에 대한 기소 여부를 결정하는 미국의 법적 제도.

밖에 없었다.

수수께끼의 처녀! 그 처녀는 윌슨에게 아주 골칫거리였다. 강도질이 동기라면 그 처녀가 답일 수 있지만, 복수를 위해 노인의 생명을 빼앗기를 원할 처녀는 없었다. 그는 여성하고 다툰 적이 없었다. 그는 신사였다.

윌슨은 칼자루의 지문을 완벽하게 확보해두었다. 그리고 자신의 유리판 기록에 지난 열다섯 내지 열여덟해 사이에 다양한 연령의 여성 지문을 많이 가지고 있었지만, 그의 조사는 소용이 없었다. 칼자루의 지문은 그 모든 검사에도 성공적으로 버텨냈고, 자신이 가진 기록 중에는 칼에서 본뜬 지문과 일치하는 것이 없었다.

살인 현장에서 나온 칼의 존재는 윌슨에게 걱정스러운 정황이었다. 일주일 전에 그는 루이지가 그런 칼을 가지고 있으며 그걸 도둑맞은 척 가장하면서 여전히 가지고 있다고 스스로에게 인정한 것이나 다름없었다. 그런데 이제 현장에 칼이 있었고, 그 칼과 함께 쌍둥이 형제가 있었던 것이다. 마을 사람 태반이 쌍둥이가 칼을 잃었다고 주장했을 때 사기를 치는 것이라고 말하는 상황이었고, 이제 사람들은 신이 나서 "내가 그렇다고 했잖아!"라고 말했다.

만약 그들의 지문이 칼자루에 있었다면—그러나 더이상 거기에 대해 고민하는 것은 쓸데없는 일이었다. 칼자루의 지문은 절대로 그들 것이 아니었다. 그는 이 점을 완벽하게 알고 있었다.

윌슨은 톰을 의심하지 않았다. 첫째, 톰은 누구를 죽일 수가 없었다—그럴 만한 위인이 못되었다. 둘째, 그가 사람을 죽일 수 있다고 해도, 자신을 애지중지하는 은인이자 가장 가까운 인척을 고르지 않을 것이었다. 왜냐하면 숙부가 살아 있다면 톰은 아낌없는 지지를 받고 찢어버린 유언장을 다시 회복시킬 기회가 있지만, 숙부가 죽으면 그 기회 또한 사라질 것이기 때문이었다. 이제 알려진 대로 유언장이 실제로는 회복되었지만, 톰이 그 사실을 알았을 리가 없었다. 그가 만약 알았더라면 말 많고 입이 가벼운 타고난 성향 탓에 틀림없이 말을 흘리고 다녔을 것이었다. 마지막으로, 톰은 살인이 일어났을 때 쎄인트루이스에 있었고, 숙모에게 친 전보가 보여주듯이 조간신문을 보고 그 소식을 들었다. 이러한 추론들은 분명한 생각이 아니고 막연한 느낌이었는데, 그 이유는 윌슨 자신이 톰을 살인과 진지하게 연관 짓는 생각을 비웃을 것이기 때문이었다.

윌슨은 쌍둥이 사건이 정말 심각한, 사실은 거의 희망 없는 사건이라고 생각했다. 왜냐하면 공범이 발견되지 않으면, 사리 밝은 미주리 배심원단은 분명히 그들을 교수형에 처할 것이었고, 공모자가 발견된다고 해도 상황은 나아지지 않고 보안관이 목매달 사람만 하나 더 늘어날 뿐이었다. 살인을 오로지 자신의 개인적 이유 때문에 저지른 사람을 발견하지 않는 한 쌍둥이를 구할 방도도 없었다──이건 불가능의 특징을 몽땅 갖춘 과제였다. 그렇지만, 칼자루에 지문을 남긴 사람은 찾아야만 했다. 그를 찾는다고 해도 재판에서 쌍둥이들이 이기지 못할 가능성이 있지만, 그를 찾지 못한다면 이길 가능성이 전혀 없었다.

그래서 윌슨은 이리저리 배회하면서 생각하고 또 생각하고, 추측하고 또 추측하기를 밤낮으로 했지만, 아무 소득이 없었다. 그가 알지 못하는 젊은 처녀나 여성 들을 만날 때면 어김없이 이런저런 핑계로 지문을 채취했지만, 귀가해서는 언제나 한숨만 쉬게 될 뿐이었다. 새 지문은 칼자루의 지문과 전혀 일치하지 않았던 것이다.

수수께끼의 처녀로 말하자면, 톰은 맹세컨대 그런 처녀를 알지 못하고 윌슨이 묘사한 그런 옷을 입은 처녀를 본 기억이 없다고 했다. 그는 자신이 항상 방문을 잠그는 것은 아니고, 때로 하인들이 문단속을 잊는다는 것을 인정했다. 그럼에도 불구하고 그 처녀는 찾아온 적이 극히 드문 것임에 틀림없었고, 그렇지 않다면 눈에 띄었을 것이라는 게 톰의 의견이었다. 윌슨이 그 처녀를 연쇄 절도와 연결시키려 애쓰고 그녀가 노파로 분장한 바로 당사자가 아니라고 하더라도 노파의 공모자일지 모른다고 했을 때, 톰은 충격을 받은 듯 보였고 또한 큰 관심을 드러냈다. 그리고 처녀, 혹은 처녀와 노파가 다시 나타날지 긴장하고 살피겠다고 말했다. 그들이 영리하기 때문에 이제 상당 기간 모든 주민이 경계할 것이 분명한 이 마을에 감히 다시 나타나지 않을 것 같다고 덧붙이긴 했지만.

모든 이들이 톰을 동정했고, 그는 아주 조용하고 슬픔에 잠겨서 자신의 큰 상실을 가슴 깊이 느끼는 것으로 보였다. 그는 연극을 하고 있었지만, 오로지 연극인 것만은 아니었다. 톰의 숙부로 알려진 이의 형상이 마지막에 본 모습대로 톰이 깨어 있을 때면 어둠속에서 꽤 자주 눈앞에 나타났고, 잠들어 있을 때면 또다시 꿈에 찾아왔다. 그는 비극이 일어난 방에 들어가려 들지 않았다. 이것은 맹목적인 사랑을 보내는 프랫 숙모를 감동시켰고, 숙모는 자신이 애지중지하는 조카가 얼마나 민감하고 섬세한 성격이며, 얼마나 그의 불쌍한 숙부를 깊이 사랑했는지를 "과거에는 결코 몰랐지만 이제는 깨달았다"라고 말했다.

20장

가장 분명하고 가장 완벽한 정황증거도 결국은 오류일 가능성이 높고, 그래서
아주 주의 깊게 받아들여져야 한다. 여성이 깎은 연필의 경우를 들어보라.
증인들이 있다면, 당신은 그녀가 칼로 연필을 깎았음을 알게 될 것이다. 그러나
단지 연필의 겉모습만 본다면, 그녀가 자기 이로 연필을 깎았다고 말할 것이다.

────『얼간이 윌슨의 책력』

몇주가 흘러갔고, 변호사와 팻시 쿠퍼 숙모를 제외하고는 어떤
친구도 투옥된 쌍둥이들을 방문하지 않았다. 마침내 재판 날이 다
가왔다──이날은 윌슨의 생애에서 가장 마음이 무거운 날이었다.
쉼 없는 부지런함에도 불구하고 그는 사라진 '공모자'의 기미나 흔
적을 전혀 발견하지 못했다. '공모자'는 그가 이 사람에 대해 혼자
서 오래전에 택한 용어였다──이것이 의심할 여지 없이 올바른 용
어라서가 아니라 적어도 올바른 용어일 가능성 때문이었다. 비록
그는 왜 쌍둥이가 공모자가 그랬듯 도망가지 않고 피살자 옆에 머
물러 현장에서 잡혔는지를 전혀 이해할 수가 없었지만 말이다.

법정은 물론 만원이었고, 판결이 날 때까지 그럴 것이었다. 마을

자체뿐만 아니라 인근 지역들에서도 이 재판은 온통 으뜸가는 대화 주제였기 때문이었다. 프랫 부인은 깊은 애도 속에, 그리고 톰은 모자에 상장을 달고 검사인 펨브로크 하워드 옆의 좌석에 앉았고, 그들 뒤에는 가족의 친구들이 여러줄에 걸쳐 자리했다. 쌍둥이에게는 그들의 변호인의 체면을 유지해줄 친구가 하나밖에 없었으니, 슬픔에 빠진 늙고 딱한 그들의 집 여주인이었다. 그녀는 윌슨 가까이에 앉았고, 피고와 아주 친근한 사람으로 보였다. '깜둥이용 구석 좌석'에는 체임버스가 앉았고, 또 록시가 좋은 옷을 입고 판매증서를 호주머니에 넣은 채 앉아 있었다. 그 문서는 그녀에게 가장 귀한 소유물이었고, 떼어놓지 않고 밤낮으로 품에 지니고 다녔다. 톰은 재산을 물려받은 후 그녀에게 매월 35달러를 줬고, 쌍둥이가 그들을 부자로 만들어준 데 대해 자신과 그녀가 감사해야 한다고 말한 적이 있었다. 하지만 이 말이 록시를 너무 화나게 만든 탓에 이후로는 감히 그 주장을 되풀이하지 않았다. 그녀는 늙은 판사가 자신의 아이를 대접받을 가치가 있는 것보다 천배는 더 잘 대해줬고, 그녀에게도 평생 동안 불친절한 적이 없었다고 말했다. 그래서 그녀는 판사를 죽인 저 이국의 악마들을 증오했고 그들이 교수형당하는 꼴을 볼 때까지는 만족스럽게 잠을 잘 수 없을 것이었다. 그녀는 이제 여기서 재판을 지켜볼 것이었고, 판사가 그녀를 법정소란죄로 일년간 감옥에 넣는다고 할지라도 한번 '만세' 소리를 지를 것이었다. 그녀는 머릿수건을 두른 머리를 치켜들며 말했다. "판결이 내려질 때 저 지붕이 날아가게 만세를 부를 거야, 장담해."

펨브로크 하워드는 간략하게 검사 측 주장을 설명했다. 그는 어디에도 공백이나 오류가 없는 일련의 정황증거에 의해, 법정에 선 주범이 살인을 저질렀고, 동기는 일부는 복수에 있고, 또 일부는 자신의 목숨을 위기에서 구하려는 욕심이었다는 것, 그의 형제는 그 범죄에 가담한 종범이라는 것, 범죄는 인간의 악행 목록 중에 알려진 가장 비열한 것—즉, 암살이라는 것, 그 범죄는 가장 사악한 마음에 의해 계획되어 가장 비겁한 손에 의해 실행되었다는 것, 사랑하는 누이의 마음을 산산조각 내고 아들만큼이나 귀한 젊은 조카의 행복을 망쳤으며 많은 친구들에게 위로할 수 없는 슬픔을 가져왔고 사회 전체에 슬픔과 상실을 초래했다는 것을 증명할 수 있다고 말했다. 분노한 법의 최고형이 떨어질 것이었고, 법정에 선 피고에게 그 벌은 의심할 여지 없이 집행될 것이었다. 그는 더이상의 언급은 결심 논고로 미뤄두겠다고 말했다.

그는 스스로 깊은 감동을 받았으며, 법정 전체도 마찬가지였다. 프랫 부인과 다른 여러 부인들은 그가 자리에 앉을 때 울고 있었고, 증오로 가득 찬 숱한 눈들이 불행한 죄수들에게 내리꽂혔다.

증인들이 차례차례 검사에 의해 불려나와 길게 심문을 받았지만, 반대심문은 짧았다. 윌슨은 증인들이 피고를 위해 유리한 증거를 내놓을 수 없음을 알고 있었다. 사람들은 얼간이 윌슨을 딱하게 여겼다. 막 싹터오르는 그의 경력은 이 재판 때문에 상처 입을 것이었다.

여러 증인들은 쌍둥이들이 자기들의 잃어버린 칼로 누군가를 암살할 필요가 있을 때는 그것을 찾을 수 있을 거라고 대중연설에서 드리스컬 판사가 말하는 것을 들었다고 증언했다. 새로운 소식은 아니었지만, 슬프게도 예언적인 것이었음을 이제 와서 깨달을 수 있었고, 그 무시무시한 말들이 반복되는 동안 조용해진 법정에선 엄청난 감정의 전율이 흘렀다.

검사가 일어나서 이 법정에서 살인죄로 기소된 사람의 결투 신청을 피고 측 변호사가 가져왔다고 드리스컬 판사가 자신에게 말한 적이 있고, 판사는 살인 경력을 스스로 밝힌 살인자와 '명예로운 결투장'에서 싸우기를 거부했지만 다른 곳에서라면 싸울 준비가 되어 있다는 말을 살아 있던 마지막 날에 자신과의 대화에서 의미심장하게 덧붙인 적이 있다고 말했다. 여기 살인죄로 기소된 사람은 아마도 드리스컬 판사를 다시 만나는 순간 죽거나 죽이거나 해야 한다는 경고를 받았을 것이었다. 만약 피고 측 변호사가 이 진술을 인정하기를 택한다면, 그는 굳이 윌슨을 증언대로 부르지 않을 것이었다. 윌슨 씨는 검사의 진술을 부정하지 않겠다고 말했다. (법정에서 웅성거림이 일어났다—"윌슨에게는 점점 더 상황이 나빠지는군.")

프랫 부인은 자신은 고함을 듣지 못했고, 현관문으로 다가오는 빠른 발걸음 소리 외에는 무엇이 자신을 깨웠는지 몰랐다고 했다. 그녀는 벌떡 일어나 현관홀로 달려나갔고, 거실로 들어갈 때 현관 계단을 날아오르는 듯이 발걸음이 뒤따라오는 소리를 들었다고 했다. 거기서 그녀는 살해당한 오빠를 피고들이 굽어보며 서 있는 것

을 봤다고 했다. (여기서 그녀는 말을 잇지 못하고 흐느꼈다. 법정이 술렁거렸다.) 다시 말을 이으면서, 자기 뒤를 따라 로저스 씨와 벅스톤 씨가 왔다고 했다.

윌슨이 반대심문을 할 때, 그녀는 쌍둥이들이 결백함을 주장했다고 말했다. 즉 그들은 산책하고 있었고 도와달라는 비명 소리에 응답하여 집으로 달려온 것이었는데, 고함이 아주 크고 강해서 상당히 멀리에서도 들렸다는 것이었다. 그들은 그녀와 방금 언급한 신사들더러 자신의 손과 옷을 살펴보라고 사정했다는 것이었다—그렇게 살펴본 결과 핏자국은 전혀 발견되지 않았다.

이 말을 확인하는 진술이 로저스와 벅스톤으로부터 뒤따랐다.

칼에 대한 사항도 입증되었다. 아주 상세하게 칼을 묘사하면서 현상금을 제시한 광고가 증거로 제시되었고, 그 칼이 광고의 묘사와 정확히 일치함이 입증되었다. 이어서 약간의 사소한 세부사항들 제시가 뒤따랐고, 검찰 측 주장은 매듭지어졌다.

월슨은 자신에게 세명의 증인, 즉 클라크슨 자매들이 있다고 말했는데, 그들은 도움을 청하는 비명이 들린 몇분 후에 뒷문으로 드리스컬 판사 집을 나서는 베일을 쓴 젊은 여성을 만났다고 증언할 것이었다. 법정이 주목하기를 청하는 다른 정황증거들과 함께 그들의 증언을 판단할 때, 이 범죄에 연루된 아직 발견되지 않은 사람이 하나 더 있다는 자신의 견해를 법정이 확신할 수 있을 것이며, 그 사람이 발견되기까지는 자신의 의뢰인에게 정의를 베풀어 재판 절차가 중지되어야 마땅하다고 월슨은 말했다. 그는 시간이 늦어졌기 때문에 자신의 세 증인에 대한 심문을 다음날 아침으로 연기할 것을 요청했다.

법정에서 쏟아져나온 군중은 흥분한 채 짝을 짓거나 삼삼오오 나뉘어 흩어져가면서 재판 진행에 대해 신나고 호기심에 찬 관심으로 대화를 나누었다. 모든 사람이 만족스럽게 즐거운 하루를 보낸 것처럼 보였지만, 피고와 피고 측 변호사, 그리고 그들의 나이든 여주인은 예외였다. 이들에게는 즐거움도 전혀 없었고, 손에 잡을 만한 희망도 전혀 없었다.

쌍둥이들과 헤어지면서 팻시 숙모는 희망과 기쁨을 가장하며 저녁인사를 하려고 시도했지만, 끝맺지 못하고 목이 메었다.

스스로 완벽하게 안전하다고 생각했음에도 불구하고 재판이 시작될 때의 엄숙함은 톰을 막연한 불안감으로 짓눌렀다. 그의 성품은 아주 사소한 경고에도 매우 민감했던 것이다. 그러나 월슨의 주장이 드러낸 빈곤함과 약점이 법정에 노출되는 순간부터 그는 다시 한번 편안해졌고 심지어 흥겹기까지 했다. 그는 법정을 떠날 때 윌슨에 대해 냉소적으로 안타까워했다. '클라크슨 자매들이 뒷골목에서 모르는 여자를 만났다.' 그는 속으로 말했다. '바로 이게 그의 주장이야! 그 여자를 찾는 데 그에게 백년의 시간을 주겠어─원한다면 수백년을 줄 수도 있지. 더이상 존재하지 않는 여자, 그녀를 여성으로 만들어준 옷들은 다 타서 재로 흩어져버렸어─오, 정말, 퍽이나 쉽게도 그 여자를 찾을 수 있겠네!' 이런 생각은 자신이 발각당하지 않도록, 아니, 의심조차 받지 않도록 한 빈틈없고 영악한 짓들에 대해 스스로 백번도 더 경탄하게 만들었다.

'이런 사건들은 거의 대부분 아주 사소한 사실이나 간과된 아주 작은 단서나 흔적이 남겨져 들통이 나고 말지. 그러나 이번 경우는 남겨진 흔적이 조금도 없어. 마치 새가 하늘을 날아갈 때 흔적이 남지 않는 것과 마찬가지야─그래, 밤을 뚫고 날아갈 때라고까지 말할 수 있겠지. 어둠속에 하늘을 날아가는 새를 추적할 수 있는 사람이라면 나를 추적해 판사의 암살자를 찾아낼 수 있지─그렇지 못한 사람은 덤벼들 필요도 없어. 그리고 그게 이 세상 모든 사람 중에서 딱한 얼간이 윌슨 앞에 놓인 일이라니! 하느님, 그가 있지도 않는 여자를 찾아 열심히 더듬고 다니는 꼴은 불쌍할 정도로 우습구먼. 찾는 사람이 항상 코앞에 있는데 말이야!' 상황을 생각하면 할수록 그 우스꽝스러움이 그를 강하게 자극했다. 마침내 그는 말했다. '윌슨이 그 여자 얘기를 듣지 않게 되는 날이 결코 오지 않도록 해야지. 마주칠 때마다 그가 죽는 날까지, 시작되지도 않은 변호사 일이 어찌 되고 있느냐고 물을 때마다 그를 곤혹스럽게 하던 태평하고도 다감한 태도로 물어볼 거야. '어이, 얼간이, 아직 그 여자 흔적을 못 찾았어?'' 웃고 싶었지만, 안될 일이었다. 주변에 사람들이 있었고, 그는 숙부를 애도하는 상중에 있었다. 그는 그날밤 윌슨에게 들러 그의 망가진 소송 건에 대해 애를 끓이는 것을 지켜보면서 이따금 공감과 동정 어린 한두마디 말로 분통 터지도록 괴롭히는 것이 좋은 여흥거리가 되리라는 마음이 들었다.

윌슨은 저녁 생각이 없었다. 식욕이 전혀 없었다. 자신의 기록 수집 목록에 있는 여성들의 지문을 모두 꺼내 들여다보면서 문제가 되는 처녀의 지문이 거기 어딘가 있는데 간과한 것이라고 스스로를 설득하려고 애쓰면서 한시간 이상을 우울하게 골똘히 생각했다. 그러나 그것은 사실이 아니었다. 그는 자신의 의자를 당겨 양손을 머리 위에 올려 꽉 잡고는 멍하고 무미건조한 생각에 자신을 맡겼다.

어두워지고 한시간쯤 지난 후에 톰 드리스컬이 들렀고, 자리에 앉으면서 즐거운 웃음과 함께 말했다.

"안녕, 무시당하고 미미하던 시절에 위안으로 삼았던 즐거움으로 돌아간 거네, 안 그래?" 그러면서 그는 유리판 하나를 들고는 빛에 비추며 살펴보았다. "자, 기운내, 이 양반아. 이 큰 태양흑점이 당신의 빛나는 새 유리판에 어른거려 잘 안 보인다는 이유 하나만으로 자제력을 잃고 이 어린애 장난으로 돌아가는 것은 소용없어. 다 지나갈 것이고, 당신은 괜찮아질 거야." 그리고 그는 유리판을 내려놓았다. "재판에서 항상 이길 거라고 생각한 거야?"

"아, 아냐." 윌슨이 한숨을 쉬며 말했다. "그런 걸 기대하지는 않았지만, 루이지가 네 숙부를 죽였다고 믿을 수가 없고, 그가 너무 안됐어. 그게 날 우울하게 해. 그리고, 톰, 너도 나처럼 느낄 거야, 그 젊은이들에게 편견을 가진 게 아니라면."

"난 그건 잘 모르겠어." 톰의 안색이 흐려졌다. 그의 기억이 발로 걷어차인 일로 되돌아갔던 것이다. "가무잡잡한 친구가 그날밤 날 대접한 생각을 하면, 난 그들에게 빚진 선의가 없어. 편견이든 아니든 간에, 얼간이 씨, 나는 그들을 좋아하지 않아. 그리고 그들이 응분의 벌을 받을 때, 그들을 애도하는 자리에서 날 보게 되지는 않을 거야."

그는 다른 유리판을 들어올리고는 감탄했다.

"아니, 여기 우리와 가까운 록시의 표찰이 있네! 당신은 깜둥이의 앞발 자국으로 남의 왕궁을 장식할 작정이야? 여기 있는 날짜로 보면, 이 지문을 뜰 때 나는 칠개월이었고, 그녀는 나와 자신의 작은 깜둥이 새끼를 기르고 있었지. 그녀의 엄지 지문에는 곧바로 난 선이 하나 있네. 왜 그렇지?" 그리고 톰은 그 유리판을 윌슨에게 내밀었다.

"그건 흔한 일이야," 싫증난 윌슨은 지친 듯이 말했다. "보통은 베이거나 긁힌 상처야." 그리고 그는 유리판을 무심하게 잡아 램프불 쪽으로 들어올렸다.

갑자기 그의 얼굴에서 핏기가 싹 가셨다. 그의 손이 떨렸고, 죽은 사람의 표정 없는 유리 같은 눈빛으로 눈앞의 잘 닦인 유리판 표면을 응시했다.

"아이고, 무슨 일이야, 윌슨? 기절하려고 하는 거야?"

톰은 벌떡 일어나 물 한잔을 가져다 권했지만, 윌슨은 덜덜 떨며 그를 피하면서 말했다.

"아냐, 아냐—저리 치워!" 그의 가슴은 오르락내리락했고, 충격을 받은 사람처럼 멍하고 두리번거리는 식으로 머리를 움직였다. 곧 그는 말했다. "잠자리에 들어야 나아질 것 같아. 나는 오늘 무리했어. 그래, 여러날 동안 과로했어."

"그러면 이만 일어나 당신이 휴식할 수 있도록 하지. 잘 자요, 친구." 그러나 나가는 길에 톰은 마지막으로 한마디 조롱을 던지는 걸 참을 수 없었다. "너무 괴롭게 생각하지 마. 사람은 언제나 이길 수는 없는 법이니. 언젠가 당신은 누군가를 목매달게 될 거야."

윌슨은 속으로 중얼거렸다. '너를 목매다는 일로 시작해야 한다는 게 유감이라고 말한다면 그건 거짓말은 아니야. 네가 한심한 개자식이긴 하지만!'

그는 차가운 위스키 한잔으로 기운을 차리고 다시 일하기 시작했다. 그는 톰이 록시의 유리판에 뜻하지 않게 남긴 새로운 지문을 칼자루에 남은 지문의 흔적과 대조하지 않았다. 그의 훈련된 눈에는 그럴 필요가 없었고, 그는 다른 문제로 바쁘게 움직이며 때때로 중얼거렸다. "난 정말 천치야! 여자라는 것만 생각하다니—여자 옷을 입은 남자라는 생각은 한번도 해본 적이 없었어." 처음에 그는 톰이 열두살 때 뜬 지문을 담은 유리판을 찾아서, 그걸 내려놓았다. 그다음에 칠개월 젖먹이일 때의 톰의 아기 손가락 지문을 꺼내 와서 두 유리판을 톰이 새롭게 (그리고 무의식적으로) 남긴 지문이 있는 유리판과 함께 놓았다.

"자, 이제 씨리즈가 완성되었어." 그는 만족스럽게 말하고, 이 유리판들을 조사하며 즐기기 위해 앉았다.

그러나 그의 즐거움은 짧았다. 그는 상당한 시간 동안 세 유리판을 뚫어지게 바라보더니, 경악으로 마비된 듯이 보였다. 마침내 그는 유리판들을 내려놓고 말했다. "전혀 알아낼 수가 없군 ─ 빌어먹을, 아기의 지문이 다른 것들과 일치하질 않아!"

그는 반시간 동안 자신의 수수께끼를 고민하며 마루를 이리저리 걸어다녔고, 다른 유리판 두개를 찾아왔다.

그는 앉아서 오랫동안 이 유리판들을 놓고 문제를 해결하려 머리를 짜내면서 계속 중얼거렸다. "소용없어. 이해할 수가 없어. 유리판들이 일치하질 않아. 그렇지만 이름과 날짜가 정확하다는 것은 맹세할 수 있어. 그러니 당연히 일치가 되어야만 옳아. 내 평생 이 물건들 중 하나라도 부주의하게 기록한 적이 결코 없었어. 여기에는 아주 놀라운 수수께끼가 있는 거야."

그는 이제 지쳐 나가떨어졌고, 두뇌회전이 되지 않기 시작했다. 그는 잠을 자서 머리를 식힌 후에 이 난제를 어떻게 풀 수 있을지 살피겠다고 중얼거렸다. 한시간 동안 고민 많고 휴식이랄 수 없는 잠을 잤고, 무의식이 찢겨나가기 시작하면서 곧 잠이 덜 깬 상태로 일어나 앉은 자세를 잡았다. "지금 그게 무슨 꿈이었지?"그는 기억하려고 애쓰면서 말했다. "그 꿈이 뭐였지?—그게 수수께끼를 풀어주는 듯—"

그는 문장을 채 끝내지 못하고 단번에 마루 중간으로 뛰어내렸고, 달려가 불을 켜고 자신의 '기록들'을 움켜쥐었다. 그는 그것들을 단숨에 재빠르게 훑어보았고 소리를 질렀다.

"그렇구나! 맙소사, 정말 뜻밖의 사실이네! 그리고 이십삼년간 이럴 거라고 의심해본 사람이 하나도 없었지!"

21장

그는 땅 위에서는 쓸모없다.
그는 양배추에게 영감을 불어넣으면서 땅속에 누워 있어야만 한다.
—『얼간이 윌슨의 책력』

4월 1일. 이날은 우리가 나머지 364일 동안
어떤 사람인지를 상기시켜주는 날이다.
—『얼간이 윌슨의 책력』

윌슨은 일을 하기 위해 옷을 충분히 입고, 마치 높은 증기압 아래에서처럼 긴장하여 계속 일했다. 그는 잠이 싹 달아나버렸다. 엄청나고 희망에 찬 발견이 원기를 회복시켜준 덕분에 지친 기분은 말끔히 사라져버렸다. 그는 일련의 '기록들'을 정교하고 정확하게 본을 떴고 그 본들을 자신의 사도기로 열배가 되게 확대했다. 그는 이 사도기 확대본을 하얀 마분지 위에 만들었고, '기록'의 '패턴'을 구성하는 나선, 곡선, 고리 들의 복잡한 미로가 지닌 개별 선들을 잉크로 강조함으로써 굵고 진하게 보이게 만들었다. 훈련받지 않은 눈으로 보면 유리판에 인간의 손가락이 만든 섬세한 원본들은 거의 비슷해보였다. 그러나 열배로 확대하자 그것들은 결을 가로질러 톱질한 나무토막의 나이테를 닮았고, 그중에 똑같은 패턴이 하나도 없음은 전혀 날카롭지 않은 눈조차도 단번에, 그리고 여러걸음 떨어진 거리에서도 알 수 있었다. 윌슨이 마침내 지루하고 힘든 작업을 끝냈을 때, 결과들을 시간상의 선후와 배열을 주된 기준으로 계획을 세워 배치했고, 그 배열된 확대본들에 자신이 여러해 전에 가끔 만들어둔 여러개의 사도기 확대본을 첨부했다.

이제 밤은 지나갔고 낮이 훤하게 밝았다. 그가 서둘러 아침식사를 조금 했을 때는 9시였고, 법정은 개정할 준비가 되어 있었다. 그는 자신의 '기록들'을 가지고 십이분 늦게 자기 자리에 앉았다.

그 기록들이 톰 드리스컬의 눈에 살짝 띄었고, 그는 옆자리의 친구를 쿡 찌르며 눈을 찡긋하면서 말했다. "얼간이는 사업에 대해 아주 희귀한 안목을 가지고 있어―재판에 이길 수 없다면 적어도 자기가 만든 왕궁 유리창 장식물을 비용 없이 선전할 훌륭하고 좋은 기회라고 생각한 게지." 윌슨은 자신의 증인들이 좀 늦었지만 곧 도착할 것이라는 전갈을 들었지만, 자리에서 일어나 그들의 증언을 활용할 기회가 없을지 모르겠다고 말했다. (놀란 웅성거림이 법정에서 일어났다. "완벽한 퇴각이군! 한방 날리지도 못하고 두 손을 드는구면.") 윌슨이 계속 말했다.

"저는 다른 증언을 확보했고―그게 더 훌륭합니다." (이 말이 호기심을 불러일으켰고, 실망의 기색이 담긴 놀라움의 웅성거림이 일어났다.) "제가 이 증거를 법정에 느닷없이 제출하는 것처럼 보인다면, 제가 어제 밤늦게까지도 그 증거를 발견하지 못했고 반시간 전까지도 검토하고 분류하느라 바빴다는 것을 변명으로 말씀드리겠습니다. 그 증거를 곧 제출하겠습니다. 그러나 먼저 몇가지를 앞서 말씀드리고자 합니다."

"재판장께 감히 말씀드리건대, 검찰이 내세운 가장 으뜸가는 주장, 가장 일관된 주장, 아주 집요하게, 그리고 제 표현으로 하자면, 아주 공격적이고 자신있게 내세운 주장은 이것입니다. 즉 인도 칼의 자루에 피 묻은 지문을 남긴 사람이 살인자라는 겁니다." 월슨은 자신이 하려는 말을 인상적으로 보이게 하기 위해 몇초간 말을 멈추었다가 조용히 덧붙였다. "저는 그 주장을 받아들입니다."

전기가 흐르는 듯한 놀라움이 퍼졌다. 아무도 그런 인정을 하리라고 생각하지 않았다. 온 법정에 놀라움의 소란이 벌어졌고, 사람들은 과로한 변호사가 제정신을 잃었다는 암시를 듣기도 했다. 형사소송 절차에서 법적인 기습이나 위장 공격에 익숙한 사람이었음에도 불구하고 경험 많은 판사조차 귀를 의심하지 않을 수 없었고, 변호사에게 무슨 이야기를 한 것이냐고 물었다. 하워드는 굳은 표정에는 아무런 내색도 하지 않았지만, 태도와 자세에서 일순간 그 자연스럽던 자신감을 상당히 잃었다. 월슨은 계속했다.

"저는 그 주장을 받아들일 뿐만 아니라, 환영하고 강력하게 지지합니다. 그 문제는 잠시 접어두고, 저는 여기서 증거를 통해 확증하려는 다른 사항들을 따져보는 일로 나아가서 그 주장을 일련의 인과관계 속에서 제자리에 가져다놓으려고 합니다."

그는 살인의 기원과 동기에 대한 자신의 가설을 그려내는 과정에서 몇가지 대담한 추정을 하기로 마음을 굳힌 상태였다. 그 추정들은 살인 사건의 설명되지 않는 공백들을 메워줄 것이었고, 제대로 맞춘다면 도움이 되고 만약 맞추지 못한다고 해도 불리할 것이 없었다.

"제 생각에 이 사건의 어떤 정황들은 검찰의 주장과 전혀 다른 살인 동기를 암시하는 것처럼 보입니다. 살인 동기가 복수가 아니라 강도질이라는 것이 제 확신입니다. 피고인 형제 중 하나인 루이지 백작이 드리스컬 판사와 마주치는 순간 그의 생명을 빼앗지 않으면 자신이 죽게 된다는 통고를 받은 직후에 두 형제가 살인이 벌어진 방에 있었다는 사실은 그들이 자기보존의 자연스러운 본능 때문에 남몰래 그 방에 가서 상대방을 죽임으로써 루이지 백작을 구하려 했음을 명백히 입증한다는 주장이 있었습니다.

그러면 왜 그들은 살인을 저지른 다음 거기에 그대로 머물렀을까요? 프랫 부인은 도와달라는 비명을 듣지 못하고 잠시 후에 깨어났지만, 그 방으로 달려갈 시간이 있었고—거기에서 그녀는 이 두사람이 탈출을 전혀 시도하지 않고 그냥 서 있는 것을 보았습니다. 그들이 유죄라면, 그녀가 현장으로 달려가는 동안 집 밖으로 달아났어야 옳습니다. 만약 무장하지도 않은 사람을 죽일 정도로 자기보존 본능이 그토록 강한 이들이었다면, 그 어느 때보다도 그 본

능이 민첩하게 발휘되어야 하는 순간에 도대체 이게 어떻게 된 것일까요? 우리 중 누구라도 입장이 바뀌었다면 거기 머물렀을까요? 우리의 지적 능력을 그 정도로까지 모욕하지 말도록 합시다.

피고인들이 살인 도구가 된 칼에 아주 큰 현상금을 걸었다는 사실과 그 굉장한 현상금을 받겠다고 나선 도둑이 전혀 없었다는 사실이 강조된 바 있습니다. 특히 후자는 칼이 도난당했다는 주장이 허풍이요, 거짓이라는 훌륭한 정황증거가 되었고, 이런 세부 사실들이 고인이 그 칼에 대해 한 기억할 만하고 명백히 예언적인 발언과, 피살자와 함께 칼의 주인과 그의 형제 외에는 아무도 없었다고 목격자들이 증언한 살인 현장에서 바로 그 칼이 최종적으로 발견되었다는 사실과 연결됨으로써, 이 불운한 이방인들에게 살인 혐의가 씌워지는 흔들릴 수 없는 일련의 증거가 된다고 강조된 바 있습니다.

그러나 저는 곧 증인 선서를 요청할 것이고, 다름 아닌 도둑을 잡기 위해 제공된 큰 현상금 또한 있었다는 점, 그 현상금은 비밀이어서 광고되지 않았다는 점, 이 사실이 비밀이 새지 않을 안전한 상황이라고 생각되었지만 실제로는 절대 그렇지 않은 상황에서 부주의하게 언급—아니면 적어도 암묵적으로 인정—되었다는 점을 증언할 것입니다. 이 도둑이 그 자리에 있었을 가능성이 있습니다.”(톰 드리스컬은 변호사를 쳐다보고 있었지만, 이 대목에서 시선을 떨어뜨렸다.) “그 경우에 도둑은 그 칼을 판매하거나 전당포에 저당 잡힐 엄두를 내지 못하고 가지고 있을 것이었습니다.”(이런 주장이 나쁘지 않은 솜씨라고 인정하는 뜻으로 방청객 중 여럿이 고개를 끄덕였다.) "저는 피고인들이 드리스컬 판사의 방에 들어서기 몇분 전에 다른 사람 하나가 거기에 분명히 있었다는 점을 배심원들이 만족하게끔 입증할 것입니다."(이 말이 강한 반향을 불러일으켰다. 이제 법정에서 졸던 사람들마저 죄다 깨어났고, 계속 들을 준비가 되어 있었다.) "만약 필요해 보인다면, 나는 클라크슨 자매들이 베일을 쓴 사람—겉보기에 여성인 사람—이 도와달라는 비명이 들린 몇분 후에 뒷문으로 나오는 것을 만났다는 사실을 증언을 통해 입증할 수 있습니다. 이 사람은 여자가 아니었고, 여장을 한 남자였습니다." 또다른 반향이 터져나왔다. 윌슨은 이 추정을 시도할 때 효과가 어떤지를 살피기 위해 톰을 쳐다보았다. 그는 결과에 만족했고, 속으로 말했다. '성공이다—저놈 한방 맞은 거야!'

"집 안에 있던 그 사람의 목적은 강도질이었지 살인이 아니었어요. 금고가 열려 있지 않았던 것은 사실이지만, 3000달러가 든 평범한 주석 현금 상자가 탁자 위에 있었습니다. 도둑이 집 안에 숨어 있었다는 것, 도둑이 이 상자에 대해, 그 주인이 밤에 그 안에 담긴 현금을 계산하고 자신의 회계를 정리하는 습관이 있다는 것에 대해 알고 있었다는 것은—물론 제가 확언할 수는 없지만, 그가 그런 습관이 있었다면 말이죠—어렵지 않게 가정할 수 있습니다. 또 도둑이 주인이 잠든 사이에 상자를 가져가려고 했지만 소리를 내는 바람에 들켜서 잡히지 않으려고 그 칼을 써야만 했다는 것,

그리고 사람들이 몰려오는 소리를 들었기에 상자를 놓아둔 채 도주했다는 것을 가정할 수 있습니다.

저는 이제 제 가설을 다 말씀드렸고, 그 가설의 타당함을 입증하는 증거들로 넘어가겠습니다." 윌슨은 자신의 유리판 여러개를 들어올렸다. 방청객들이 얼간이 윌슨이 옛날에 하던 어린애 같은 '빈둥거림'과 어리석음을 상기시키는 이 낯익은 기념품들을 알아보았을 때, 그들의 얼굴에서 긴장되고 우울한 호기심은 사라지고 온 법정에 가슴 후련한 안도의 웃음이 터져나왔으며, 톰도 낄낄거리며 그 흥겨움을 함께했다. 그러나 윌슨은 동요가 없는 모습이었다. 그는 자기 앞의 탁자 위에 기록들을 늘어놓고 말했다.

"제가 막 소개하려는 증거, 즉 곧 선서를 하고 증인석에서 입증하기를 허락할 것을 요청할 증거를 설명할 몇마디를 재판장이 허락해주시기를 간청합니다. 모든 인간은 요람에서 무덤까지 변하지 않는 어떤 신체적 특징을 가지고 있으며, 그것을 기준으로 신원을 항상 확인할 수 있습니다━단 한치의 의심이나 의문도 없이 말이죠. 이 특징은 말하자면 그의 서명, 그의 신체적 자필 서명이며, 이 자필 서명은 위조될 수도 없고 위장하거나 숨길 수도 없으며, 시간에 따른 침식작용과 돌연변이에 의해 읽지 못하게 될 수도 없습니다. 그 서명은 얼굴이 아닙니다━나이가 들면 얼굴이 알아볼 수 없게 변할 수 있습니다. 머리카락도 아닙니다. 그것은 빠져버릴 수 있기 때문입니다. 신장일 수도 없는 것이, 키는 같은 사람들이 많습니다. 체형도 아닌 것이, 그것 또한 동일한 사람들이 있기 때문입니다. 그러나 이 서명은 각 개인의 고유한 것이고—지구에 우글거리는 숱한 사람 중에 똑같은 이는 하나도 없습니다!"(방청객들은 다시 한번 큰 흥미를 느꼈다.)

"이 서명은 자연이 손의 안쪽과 발바닥에 남기는 섬세한 선들과 물결 모양들로 이루어집니다. 여러분이 자기 손끝의 볼록한 부분을 들여다보면—다들 날카로운 눈을 가지셨으니—마치 지도상에서 대양의 경계를 표시하는 선들처럼 촘촘하게 이 교묘하고 곡선을 이루는 금들이 모여 있다는 것, 그 금들이 분명히 드러나는 패턴들, 예를 들면, 아치형, 원형, 긴 곡선, 나선 등등을 이루는 것을 관찰할 수 있습니다."(법정의 모든 이들이 이제 자기 손을 들고 고개를 한쪽으로 기울인 채 손을 빛에 비추어 보았고, 자기 손끝의 볼록한 곳을 꼼꼼히 살펴보는 중이었다. "아니, 그렇네—난 이걸 전에는 본 적이 없어!" 하고 감탄하는 속삭임들이 들려왔다.) "오른손의 패턴은 왼손의 패턴과 같지 않습니다."("아니, 그것도 맞네!" 하는 외침들이 들렸다.) "손가락을 하나하나 대조해보면 당신의 패턴은 옆 사람과 다릅니다."(법정 안의 사람들이 온통 옆 사람과 비교하기 시작했다. 심지어 판사와 배심원들도 이 신기한 일에 빠져들었다.) "쌍둥이의 오른손 패턴은 왼손과 같지 않습니다. 쌍둥이 중 한사람의 패턴은 결코 다른 쌍둥이의 것과 동일하지 않습니다—배심원은 피고인들의 손가락 패턴이 이 규칙을 따르고 있음을 알게 될 겁니다."(쌍둥이들의 손에 대한 자세한 검사가 당장 시작되었다.) "여러분은 하도 똑같이 생겨서 옷을 똑같이 입히면

부모들도 구별하지 못하는 쌍둥이에 대해 들어보셨을 겁니다. 그러나 태어나서 죽을 때까지 이 신비하고 놀라운 타고난 자필 서명이라는 확실한 신원 확인 장치를 가지고 다니지 않는 쌍둥이들은 이 세상에 태어난 적이 없습니다. 그걸 일단 아시고 나면, 형제 쌍둥이가 다른 쪽 쌍둥이를 사칭해서 당신을 속일 수는 결코 없을 겁니다."

윌슨은 여기서 멈추고, 말없이 서 있었다. 말하는 이가 이렇게 행동할 때, 산만한 분위기는 순식간에 말끔히 사라지는 법이다. 침묵이 뭔가가 나온다는 경고의 징조인 것이다. 이제 모두들 손바닥과 손가락을 아래로 내렸고, 허리가 구부정한 이들은 모두 자세를 바로잡았으며, 모두 고개를 들고 윌슨의 얼굴을 뚫어지게 바라보았다. 그는 그래도 하나, 둘, 셋을 기다렸고, 이는 자신의 침묵이 법정에 거는 마법을 완전하고 완벽하게 하려는 것이었다. 그러고 나서 깊은 침묵 속에 벽시계 소리가 들릴 정도가 되었을 때, 그는 손을 내밀어 인도 칼의 칼날 부분을 들어 모든 사람이 그 상아 칼자루의 불길한 얼룩들을 볼 수 있도록 높이 들어올렸다. 그리고 차분하고 감정 없는 목소리로 말했다—

"이 손잡이에 무방비 상태였으며 남을 해친 적이 없는, 여러분 모두를 사랑했고 또한 여러분 모두가 사랑한 사람의 피로 살인자의 타고난 자필 서명이 씌어져 있습니다. 이 세상에서 그 손이 이 선홍빛 서명을 그대로 복제할 수 있는 사람은 단 하나뿐입니다."

그는 말을 멈추고 눈을 들어 좌우로 흔들리는 시계추를 바라보았다. "그리고 하느님이 기쁘시게도 우리는 저 시계가 정오를 치기 전에 이 방에서 그 사람을 찾아낼 것입니다."

방청객의 절반은 충격을 받고 정신이 어지러워져서 무슨 행동을 하는지 모르는 상태로 마치 살인자가 문 앞에 나타나기를 기다리는 것처럼 일어섰으며, 탄식의 웅성거림이 바람처럼 온 법정을 휩쓸었다. "법정에서 질서를!—앉으시오!" 이 말은 보안관으로부터 나왔다. 그의 말은 효과가 있었고 법정은 다시 고요해졌다. 월슨은 톰을 슬쩍 훔쳐본 후, 속으로 말했다. '이제 괴로워하는 징조를 드러내고 있구나. 저 애를 경멸하는 사람들도 지금은 쟤를 가엾게 여기고 있을 거야. 사람들은 이 상황이 자신의 은인을 그렇게 잔인한 일격으로 잃은 젊은이에게 너무 가혹한 시련이라고 생각하겠지. 그들 생각은 맞는 셈이지.' 그는 자신의 변론을 계속했다.

"이십년 이상 저는 이 마을에서 이 신기한 신체적 서명을 수집하며 강요당한 여가를 즐겨왔습니다. 제 집에 수집된 서명들이 수도 없이 많이 있습니다. 그 하나하나는 이름과 날짜가 있는 꼬리표가 달려 있습니다. 꼬리표는 그다음 날이나 심지어 단 한시간 후에 만든 것이 아니고, 지문을 뜬 바로 그 순간에 만들었습니다. 제가 증언대에 서게 되면 선서를 하고 지금 하는 말을 되풀이하겠습니다. 저는 재판장님, 보안관과 배심원들 모두의 지문을 가지고 있습니다. 이 방에 있는 분은 흑백을 막론하고 타고난 서명을 제가 제시하지 못할 사람이 없고, 여러분 중 누구도 자신을 위장해서 제가 지문으로 여러분을 수많은 동료 인간들로부터 구분해낼 수 없게 하거나 오류 없이 식별하지 못하게 막을 길이 없습니다. 그리고 여러분 중 누구든지 저와 함께 백살까지 산다고 가정하면, 저는 여전히 언제라도 동일하게 식별해낼 수 있어요!"(이제 방청객의 관심은 갈수록 더 고조되고 있었다.)

"저는 이 서명 중 어떤 것들을 아주 열심히 연구해서 은행 직원이 가장 오래된 고객의 자필 서명을 알아보는 것만큼이나 잘 알고 있습니다. 이제 제가 등을 돌리면, 몇명의 방청객분들이 자신의 손가락을 머리카락에 문지른 다음에 배심원단 옆에 있는 창문 유리창 중 하나에 손가락을 눌러주시고, 피고인들도 그중에 섞여 자신들의 손가락을 눌러주시길 부탁드립니다. 또, 이 실험에 참가한 사람들, 즉 피고 외의 사람들은 자신의 지문을 다른 유리창에도 눌러주시고, 역시 피고들의 지문도 누르게 해주세요. 그러나 이번에는 이전과 똑같은 순서나 상호관계에 놓이지 않도록 해주세요— 왜냐하면 백만분의 일의 확률이지만 정답이 되는 지문을 순수한 추측으로 한번은 맞출 수도 있거든요. 그래서 나는 두번 시험받기를 원합니다."

그는 뒤돌아섰고, 두개의 유리창은 섬세하게 선이 그어진 타원형의 지문들로 재빨리 덮였다. 그러나 그 지문들은 어두운 배경, 예를 들면 바깥에 있는 나뭇잎들에 비출 수 있는 사람에게만 보이는 것이었다. 이윽고 완료되었다는 신호에 윌슨은 창문으로 가서 지문들을 살펴보고는 말했다.

"이것은 루이지 백작의 오른손이요, 서명 세개를 내려가 있는 이것은 그의 왼손입니다. 여기 안젤로 백작의 오른손이 있네. 여기 아래쪽은 그의 왼손이고. 자, 이제 다른 창문을 봅시다. 여기와 여기에 루이지 백작의 지문이 있고, 여기와 여기에 그의 형제의 것이 있습니다." 그는 얼굴을 돌렸다. "제가 맞습니까?"

그 대답은 귀먹을 것 같은 폭발적인 박수 소리였다. 재판장은 말했다.

"확실히 기적에 접근하는군요!"

월슨은 다시 창문으로 가서 그의 손가락으로 가리키며 말했다.

"이것은 치안판사 로빈슨 씨 지문입니다." (박수) "이것은 블레이크 순경." (박수) "이것은 배심원인 존 메이슨 씨." (박수) "이것은 보안관." (박수) "나는 다른 지문들의 주인 이름까지 댈 수는 없지만, 집에 모두 이름과 날짜를 적어두었고, 이들을 모두 내 지문 기록들로 식별할 수 있습니다."

그는 폭풍 같은 박수 속에 자기 자기로 돌아갔다. 보안관은 박수 소리를 멈추게 했고, 사람들을 앉게 했다. 물론 그 이유는 방청객들이 모두 일어서서 서로 보려고 밀쳐대고 있었기 때문이었다. 재판장, 배심원단, 보안관 등 모든 이가 월슨의 행동을 관찰하는 데 너무 몰입했기 때문에 방청객들을 더 일찍 제지할 수는 없었다.

"자, 이제," 월슨은 말했다. "저는 여기에 두 아이의 타고난 자필 서명을 가지고 있습니다―사도기에 의해 원래 크기보다 열배 확대된 것이어서 눈이 달린 사람은 누구라도 한눈에 둘의 차이를 알아볼 수 있습니다. 이 아이들을 갑과 을이라고 부르겠습니다. 여기

생후 오개월에 수집된 갑의 지문이 있습니다. 여기는 칠개월에 수집된 지문입니다." (톰은 놀랐다.) "보시다시피 둘은 똑같아요. 여기는 을의 오개월 때 지문이고, 또 칠개월 때의 것입니다. 이 둘도 서로를 정확히 복사한 것이나 다름없지만, 그 패턴은 여러분이 관찰하다시피 갑의 지문과는 아주 다릅니다. 저는 이것들에 대해 곧 다시 언급하겠지만, 지금은 덮어두겠습니다.

여기, 드리스컬 판사를 살해했다고 기소당해 지금 여러분 앞에 서 있는 사람들의 타고난 자필 서명이 열배로 확대되어 있습니다. 저는 이 사도기 복사본을 어젯밤에 만들었고, 제가 증언대에 올라가면 맹세하고 그렇게 증언하겠습니다. 저는 배심원단이 이들을 창문에 난 피고인들의 지문 자국과 비교해서 동일한지 여부를 말씀해주기를 재판장께 청합니다."

그는 강력한 확대경을 배심원 대표에게 건네주었다.

242

배심원은 한사람씩 마분지의 복사본과 유리를 살펴보고 비교했다. 그런 후에 배심원 대표가 판사에게 말했다.

"재판장님, 둘이 동일하다고 우리 모두 동의했습니다."

윌슨은 배심원 대표에게 말했다.

"그 마분지를 엎어놓아주시고, 대신 확대경으로 이 마분지의 지문을 칼자루에 난 그 치명적인 자필 서명과 꼼꼼히 비교하신 후에 무엇을 알게 되었는지 재판장께 말해주세요."

다시 배심원들은 치밀하게 검사한 후에 다시 보고했다.

"저희는 둘이 정확히 동일함을 알게 되었습니다, 재판장님."

윌슨은 검사를 향해 돌아섰고, 다음과 같이 말할 때 그의 목소리에는 분명히 알아들을 수 있는 경고의 어조가 담겨 있었다.

"검사는 강력하고 일관되게 주장하기를 저 칼자루에 남은 피 묻은 지문 자국은 드리스컬 판사의 암살범이 남긴 것이라고 했습니다. 여러분은 제가 그 주장을 인정하고 환영한다는 말을 이미 들었습니다." 그는 배심원들을 향해 돌아섰다. "피고인들의 지문 자국을 암살자가 남긴 지문 자국과 비교해주세요. 그리고 재판장께 보고해주세요."

비교가 시작되었다. 진행 과정에서 방청객의 움직임과 소리가 일체 잠잠해졌고, 집중하여 결과를 기다리는 긴장의 깊은 침묵이 법정을 지배했다. 마침내 보고가 이루어졌다.

"둘은 닮은 점이 조금도 없습니다." 천둥과 같은 박수 소리가 뒤따랐고 모든 방청객이 자리를 박차고 일어났지만, 법정에 의해 즉시 제지되었고 다시 질서를 찾았다. 톰은 이제 앉은 자세를 잠시마다 계속 바꾸고 있었지만, 태평함은커녕 아주 작은 편안함도 얻지 못했다. 법정의 관심이 다시 한번 집중된 후에, 윌슨은 심각하게 쌍둥이를 몸짓으로 가리켰다.

"이 두사람은 결백합니다――저는 두사람에게 더이상 관심이 없습니다." (또다시 박수 소리가 터져나왔지만, 즉시 제지되었다.) "이제 저는 죄지은 자를 찾는 일로 넘어가겠습니다." (톰의 눈은 튀어나올 지경이었다. 그리고 모든 사람이 상을 당한 젊은이에게 정말 잔인한 날이라고 생각했다.) "우리는 갑과 을의 아기 시절 자필 서명으로 돌아가겠습니다. 저는 배심원들이 갑의 이 큰 사도기 복사본들, 오개월과 칠개월이라고 표시된 사본들을 봐주시기를 청합니다. 둘은 일치하나요?"

배심원 대표가 대답했다.

"완벽하게 일치합니다."

"이제 팔개월에 수집하여 역시 갑이라고 표시된 이 확대 복사본을 검사해보시죠. 다른 두개와 일치합니까?"

놀란 반응이 나왔다.

"아니요. 그 둘은 크게 다릅니다!"

"바로 그렇습니다. 자, 이제 을의 오개월과 칠개월이라고 표시된 두 서명의 확대본을 보세요. 둘은 서로 일치합니까?"

"네――완벽합니다."

"팔개월이라고 표기된 이 세번째 확대본을 보십시오. 을의 앞의 두 복사본과 일치합니까?"

"전혀 아닙니다!"

"어떻게 이 이상한 불일치를 설명할 수 있는지 아십니까? 제가 말씀드리지요. 우리가 모르는 어떤 이유 때문에, 그러나 아마도 이 기적인 이유 때문에 누군가가 이 아이들을 요람에서 바꿔치기한 것입니다."

이 말은 당연히 엄청난 흥분을 불러일으켰다. 록새나는 이 감탄할 만한 추측에 크게 놀랐지만, 동요하지는 않았다. 바꿔치기를 추측해내는 것과 누가 그 짓을 했느냐를 추측하는 것은 별개의 일이기 때문이었다. 의심의 여지 없이 얼간이 윌슨은 경이로운 일들을 해낼 수 있었지만, 불가능한 일을 할 수는 없었다. 안전? 그녀는 완벽하게 안전했다. 그녀는 남몰래 미소를 지었다.

"칠개월과 팔개월 사이에 저 아이들은 요람에서 바꿔치기되었습니다." 그는 효과를 극대화하기 위해 잠시 침묵한 후에 덧붙였다. "그리고 그 짓을 한 사람은 이 법정에 있습니다!"

록시는 맥박이 멈춰버렸다! 법정은 전기충격을 받은 듯했고, 사람들은 바꿔치기를 한 사람을 보기라도 하려는 듯이 반쯤 일어섰다. 톰은 맥이 풀리고 있었다. 생명력이 그로부터 서서히 빠져나가는 듯했다. 윌슨은 계속했다.

"아이 방에서 갑은 을의 요람으로 옮겨졌고, 을은 부엌으로 옮겨졌습니다. 그래서 깜둥이이자 노예가 되었지요." (흥분—분노한 외침들이 혼란스럽게 터져나왔다.) "그러나 십오분 안에 갑은 여러분 앞에서 백인이자 자유인이 될 것입니다!"(박수가 터져나왔지만, 제지되었다.) "칠개월부터 지금까지 갑은 여전히 찬탈자이며, 제 지문 기록에서 그는 을의 이름을 가지고 있습니다. 여기 열두살 때 그의 지문 확대본이 있습니다. 그것을 칼자루의 암살자의 것과 비교해주세요. 일치합니까?"

배심원 대표가 답했다.

"가장 사소한 세부까지 일치합니다!"

윌슨은 엄숙하게 말했다.

"여러분들의 친구이자 저의 친구―남을 잘 도와주고 친절한 성품을 가진 요크 드리스컬―를 살인한 자는 여러분 가운데 앉아

있습니다. 발레 드 샹브르, 깜둥이이자 노예, 토머스 아 베켓 드리 스컬이라고 잘못 불리는 자, 네가 스스로를 목매달 지문 자국을 창문에다 찍어라!"

톰은 회색빛으로 변한 얼굴을 윌슨 쪽으로 애원하는 듯이 돌렸고, 창백한 입술로 뭔가 뜻이 통하지 않는 몸짓을 하고는 마루에 맥없이 죽은 것처럼 쓰러져버렸다.

윌슨은 외경에 질린 침묵을 다음의 말로 깨뜨렸다.

"그럴 필요가 없습니다. 이미 그가 자백했습니다."

록시는 몸을 던져 무릎을 꿇었고, 얼굴을 손으로 가렸으며, 흐느낌 속에 다음의 말이 겨우 나왔다.

"하느님이 내게 자비를 베푸시길, 난 가엾고 비참한 죄인이니!"

시계가 12시를 쳤다.

법정은 폐회되었다. 새로운 죄수는 수갑을 찬 채 이송되었다.

마무리

거짓말을 할 줄 모르는 사람이 자신이 거짓말 여부를
가장 잘 판단한다고 생각하는 경우가 종종 있다.
―『얼간이 윌슨의 책력』

10월 12일, 발견. 아메리카 대륙의 발견은 경이로운 일이었지만,
발견하지 못했더라면 더욱 경이로운 일이었을 것이다.
―『얼간이 윌슨의 책력』

마을은 밤새 잠을 자지 못하고 낮에 있었던 아연실색할 사건들
을 토론하고 톰의 재판이 언제 열릴지에 대해 추측을 주고받았다.
시민들이 끝없이 몰려와 윌슨의 창문 밑에서 노래를 불렀고, 연설
을 요청했으며, 그의 입술에서 떨어지는 문장 하나하나에 목이 쉬
도록 환호를 질렀다 ― 이제 그 문장들은 모두 황금으로 이루어지
고, 멋진 것이었기 때문이다. 불운과 편견에 대항한 그의 오랜 싸움
은 끝이 났고, 그는 영원히 성공한 사람이 되었다.

그리고 이 열광하는 이들로 이루어진 시끄러운 무리들이 한 떼
씩 돌아갈 때마다 그중에서 후회하는 어떤 사람이 목소리를 높여
말하게 마련이었다.

"그런데 이 사람은 우리가 이십년 이상을 얼간이라고 불러온 사람이야. 그는 이제 그 지위를 사직했네, 친구들."

"그래, 그렇지만 얼간이 자리는 공석이 아니야 — 우리가 선출되지 않았나."

쌍둥이들은 이제 로맨스의 주인공이 되었고, 명성도 회복했다. 그러나 그들은 서부에서의 모험에 지쳤고, 곧장 유럽으로 돌아가 버렸다.

록시의 가슴은 산산조각이 났다. 그녀가 이십삼년간 노예로 살게 만들었던 젊은이는 거짓 상속자가 주던 월 35달러를 계속해서 주었지만, 그녀의 상처는 너무 깊어 돈이 치료할 수 없었다. 눈빛에 담긴 활기는 꺼져버렸고, 전사와도 흡사하던 몸가짐은 사라졌으며, 웃음소리는 그쳐버렸다. 그녀는 교회와 교회 일에서만 유일한 위안을 얻었다.

진짜 상속자는 갑자기 자신이 부자이고 자유의 몸임을 알게 되었지만, 아주 혼란스러운 상황에서 그렇게 되었다. 그는 읽을 수도 쓸 수도 없었고, 그의 말투는 깜둥이 거주지에서도 가장 밑바닥 사투리였다. 걸음걸이, 태도, 몸짓, 자세, 웃음—그 모든 것이 천박하고 조야했다. 그의 몸가짐은 노예의 몸가짐이었다. 돈과 좋은 옷은 이 약점을 고칠 수도 없었고 가릴 수도 없었으며, 오히려 더 두드러지게 했고 더더욱 애처롭게 만들었다. 그 딱한 인간은 백인들의 응접실에서 공포를 견딜 수가 없었고, 부엌에서만 익숙하고 평화를 느낄 수 있었다. 교회 가족석은 그에게 고통일 뿐이었지만, 그는 더이상 위안을 주는 피난처인 '깜둥이 좌석'에 들어갈 길이 없었다. 그 자리는 자신에게 영원히 닫혀버린 것이었다. 그러나 우리는 그의 기이한 운명을 더이상 추적할 수 없다. 그것은 또다른 긴 이야기가 될 것이다.

가짜 상속자는 모조리 자백했고, 종신형을 선고받았다. 그러나 복잡한 상황이 발생했다. 퍼시 드리스컬 가문의 상황은 그 주인이 사망할 때 아주 좋지 않았기 때문에 그 엄청난 빚의 60퍼센트만을 지불할 수 있었고, 그 조건으로 타결이 되었다. 그러나 이제 채권자

들이 다시 나서서 자신들은 전혀 책임이 없는 오류로 인해 가짜 상속자가 그 당시에 재산목록에 포함되지 않았으며, 따라서 자신들에게 큰 손실을 입혔다고 이의를 제기했다. 그들은 '톰'은 합법적으로 자신들의 재산이며 지난 팔년간 그러했다는 점, 자신들이 이 기간 동안 그의 노예 일을 빼앗김으로써 이미 충분히 손실을 입었다는 점과 그러한 손해가 더이상 발생해서는 안된다는 점, 만약 처음부터 그가 자신들에게 인도되었더라면 그를 팔아버렸을 것이고 그러면 그는 드리스컬 판사를 살해할 수 없었을 것이라는 점, 따라서 정말로 살인을 저지른 죄는 그에게 있지 않고 오류가 난 재산목록에 있다고 정당하게 주장했다. 모두가 이 주장에 타당성이 있다고 여겼다. 누구나 '톰'이 백인이고 자유인이라면 물어볼 것도 없이 그를 처벌하는 것이 정의롭다고 인정했다. 그것은 아무에게도 손해가 아닐 것이었다. 그러나 값나가는 노예를 평생 가둬둔다는 것, 그건 전혀 다른 문제였다.

주지사는 이 사건을 이해하자마자 톰을 즉각 사면했고, 채권자들은 그를 강 아래로 팔아버렸다.

미국의 인종주의를 향한 촌철살인의 비판

『얼간이 윌슨』(*Pudd'nhead Wilson*, 1894)은 마크 트웨인의 후기 작으로, 중편 분량의 짧은 소설이다. 미국 남부의 노예제 역사를 잘 모르는 독자도 앉은자리에서 읽어내기에 어렵지 않으며, 따라서 최근 미국 중고교에서도 좋은 읽을거리로 많이 채택되고 있다고 한다. 『허클베리 핀의 모험』(*Adventures of Huckleberry Finn*, 1885) 같은 트웨인의 대표작에 미치지는 못하지만, 이 작품은 미국의 노예제 문제와 미국 역사의 실상에 대한 근본적 성찰을 담은 고전적인 성과이다.

그러나 어느 면에서 『얼간이 윌슨』은 에드거 앨런 포우 이래의 탐정소설, 추리소설 전통에 따른 가벼운 읽을거리로 받아들여질 수 있으며 실제로도 오랫동안 그러했다. 이 작품의 창작 경위를 보면 더욱 그런 평가를 하기 쉽다. 애초에 이 작품은 몸통이 붙은 쌍둥이, 속칭 '샴쌍둥이'를 소재로 하여 허무맹랑한 요소를 많이 지닌 트웨인 특유의 유머소설로 구상되어 진척되었다. 그러나 창작 과정에서 작가 스스로 작품이 심각한 내용으로 변하는 것을 깨닫고 유머소설적 틀에서 완전히 분리시켜 완성한 작품이『얼간이 윌슨』이다. 나중에 미국 초판본에서 트웨인이『얼간이 윌슨』의 모태가 된『저 기이한 쌍둥이』(*Those Extraordinary Twins*, 1894)를 정리해 함께 출판한 이유는 두 작품을 묶어 내놓는 것이 수입을 올리기에 더 유리하기 때문일 뿐이었다. 이 점을 고려하여 이 책은『저 기이한 쌍둥이』를 제외하고『얼간이 윌슨』만을 번역했다.

미국 역사의 갈림길이 된 노예해방 실패

이 작품은 흑백 인종 간의 성적 관계라는 민감하고 심각한 주제를 정면으로 다룬다. 19세기 말 미국 사회의 인종적 분위기에서 금기시된 이 주제를 진지하게 다루는 작가는 문단, 출판계, 독자 모두로부터 환영받기 어려웠다.『얼간이 윌슨』과 같은 작품의 출간은 작가로서 위험을 무릅쓰는 시도였으며, 트웨인처럼 이미 확고한 명성을 지닌 소설가가 아니라면 어려운 일이었다.

『얼간이 윌슨』의 시간적 배경은 남북전쟁 이전인 1830년대에서

1850년대에 걸쳐 있고, 작품은 남북전쟁이 30년 가까이 지난 후에 발표되었다. 트웨인이 19세기 말에 이미 과거지사가 된 노예제의 최전성기를 되돌아본 데에는 흑인 노예들이 해방된 지 수십년이 지났지만 실질적인 해방을 성취하지 못했으며 흑백문제가 미국사회의 진로를 가로막는 심각한 장애물임을 피부로 절감하고 있었기 때문이다.

미국사의 시대 구분에서 남북전쟁 직후를 통상 '재건기'(1865~77년)라고 부른다. 종전의 역사 연구는 전쟁에서 승리한 북부의 남부 재건을 위한 정치적 노력이 거듭된 실책과 혼선, 부패로 훼손되고, 게다가 해방노예들의 무지와 무능력과 뒤얽히면서 실패한 시대로 재건기를 설명해왔다. 그러나 이제 널리 정설로 받아들여지는 최근 연구에 따르면 재건이 실패한 참된 원인은 링컨 대통령 암살 후의 공화당 정권이 해방노예들에게 참정권을 부여하는 선에서 멈추지 않고 스스로 경작할 토지를 배분하거나 과거의 강제노동이 아닌 자유로운 노동이 가능할 제반 여건을 마련하는 적극적인 사회경제정책을 통해 그들을 미국의 어엿한 시민으로 받아들이지 못한 탓이었다. 또 해방노예들이 그저 무지하고 무능했다는 것은 사실무근이며 재건기 중에 흑인들이 보여준 정치적 각성과 성장은 여러 난관에도 불구하고 경탄할 만한 것이었다.

재건기의 실패는 인종주의를 오히려 심화하고 확산시킴으로써 미국 역사가 바람직하지 못한 방향으로 흐르는 결정적인 갈림길이 되었다. 북부의 남부에 대한 전후 군정(軍政)이 끝난 이후 반동의 물결 속에 남부의 각 주들은 앞다퉈 흑인의 권리를 다시 빼앗고 제한하는 각종 조치들을 취했을 뿐 아니라 불법적인 린치가 횡행하는 등 공포 분위기를 조성함으로써 1880~1890년대에 흑백차별 체제가 남부에 굳게 자리 잡게 되었다. 원래 백인 배우가 얼굴에 검정 칠을 하고 무대에 등장해 연기하던 어리석고 우스꽝스러운 흑인 인물의 이름에서 유래된 속칭 '짐 크로우 체제'가 바로 그것이다. 소위 KKK단으로 상징되는 (유대인을 포함한) 유색인종 배제의 강압적인 사회적 기풍이 깊이 뿌리내렸고, 법적으로는 '분리하되 평등하다'는 연방대법원 판결이 압축하듯이 인종 분리와 차별이 모든 면에서 정당화되었던 것이다.

이런 상황에서 해방된 흑인들은 노예 시절과 다를 바 없는 비참한 삶에 시달리다 미국의 급속한 산업 발전으로 북부에서 대량의 노동력을 필요로 하게 되자 1910~1930년대의 제1차 '대이주'를 통해 200만명 가까이 남부의 궁벽한 농촌에서 북부의 산업도시들로 탈출함으로써 새로운 운명을 개척하게 된다. 대공황 이후 다시 대규모 이주 물결이 이어졌고 이를 바탕으로 흑인들의 사회적 조건이 변화하고 역량이 성숙하는 가운데 드디어 1950, 1960년대의 흑인민권운동이 터져나오게 되는 것이다.

요컨대 마크 트웨인이 작품을 발표한 1890년대는 남부에서 반동의 물결이 최고조에 달한 때였으며, 북부 역시 진정한 인종 통합과는 거리가 먼 상태였다. 이런 사회적 조건에서 작가가 노예제 전성기였던 19세기 중엽으로 돌아가 겉모습은 백인이지만 법적, 사

회적으로는 흑인인 록시와 톰의 이야기를 다루었다는 것은 남다른
의미를 지닌다.

시대착오적인 미국 남부 노예제의 허구성

서유럽의 백인들은 신대륙 발견 이후 아프리카에서 엄청난 수
의 흑인을 납치하거나 구매하여 까리브 해 지역과 미국 남부의 대
규모 농장을 포함, 신대륙 각지에서 짐승처럼 학대하며 노예로 부
려먹었다. 엄연한 인간을 짐승이나 물건 취급하는 일은 르네상스
와 종교개혁, 계몽주의를 바탕으로 합리적 이성을 따르는 문명을
발전시켰다는 서구의 자기인식에 비추어봐도 시대착오적인 일이
아닐 수 없다.

그러나 근대 노예제를 시대착오적이라고 말할 때는 유의할 점
이 있다. 그것은 노예제가 우연적이고 기형적인 군더더기의 역사
적 제도였다거나 설령 없었어도 근대의 발전에 아무 지장을 초래
하지 않았으리라는 뜻이 결코 아니다. 오히려 노예제는 특정한 역
사적 단계에서 근대자본주의 세계체제의 비약적인 성장과 확산에
꼭 필요했다. 수백년에 걸쳐 수천만명에 달하는 노예가 대서양 '중
앙항로'를 오가는 노예선에 짐짝처럼 실려 신대륙으로 끌려와 부
의 창출에 동원됨으로써 오늘날 서유럽과 북미가 누리는 물질적
풍요를 포함한 근대의 성과가 비로소 가능했다. 다시 말해 근대의

눈부신 물질적 발전과 성취는 근대 노예제에서 극에 달하는 인종주의 없이는 불가능했다. 그것이 바로 인류가 아직껏 속 시원한 대안을 찾지 못한 근대의 모순이요, 한계이다. 적어도 이 점에서 노예제와 인종주의는 근대의 필수적 요소였던 것이다.

노예제는 단지 피부색 하나를 가지고 똑같은 인간을 주인과 물건, 인간과 비인간으로 갈라놓았다. 그뿐만 아니라 『얼간이 윌슨』에 그려진 록시와 그의 아들은 피부색을 포함하여 외모마저 백인이지만 "법과 관습이라는 허구에 따라 깜둥이"(24~25면)로 취급받았으니, 소위 '피 한방울의 법칙', 즉 한방울이라도 흑인의 피가 섞이면 무조건 흑인이라는 기준은 잔인하고 비인간적일뿐더러 작품에서처럼 현실적으로도 모호한 기준이었다. 더구나 프랑스 대혁명 이후 19세기 중엽에 이르면 영국을 비롯한 대부분의 서구 국가에서 노예제가 폐지되고 노예무역이 금지된 마당에 세계에서 가장 선진적인 민주적 정치체제를 가졌다고 자부하던 미국에서 유독 노예제가 더욱 번성한 현실은 그 시대착오성을 두드러지게 했던 것이다.

노예해방 이전의 미국 남부에서는 흑인 노예에게 글을 가르치면 법적 처벌의 대상이었다. 글을 배울 능력이 있는 엄연한 인간을 사람이 아닌 동물 혹은 소유물이라고 규정하며 글을 읽지 못하게 한 것은 노예들의 각성과 발전의 싹을 애초에 잘라냄으로써 노예제도를 유지하기 위해서였다. 그러나 이 법은 실제로 철저히 지킬 도리가 없다는 점에서 보편적 강제력을 지닌 법다운 법이 될 수 없었다.

또 주로 노예주들의 성폭행에 의한 것이었지만 백인 주인과 흑인 여자 노예 사이의 성적 관계와 그에 따른 혼혈아의 출생은 남부 사회의 광범위한 현상이었다. 또 흑인의 피가 섞인 혼혈아들을 무조건 동물 혹은 동산(動産)으로 간주하는 것은 폭발적인 잠재력을 지닌 모순이었다. 『얼간이 윌슨』의 아이 바꿔치기 사건도 록시가 엄마인 자신의 의사와 무관하게 아들이 팔려나갈 수 있다는 현실 앞에서 느낀 두려움과 절망 때문에 벌어지며, 실제로 전해지는 흑인 노예의 실화들을 보면 노예주의 자의적 결정에 좌우되는 혈육의 이산과 해체가 가장 견딜 수 없는 고통이었다.

이처럼 남부 노예제는 자기모순을 안고 있는 지속불가능한 것이었다. 윌슨이 처음 록시와 재스퍼가 대화하는 것을 듣게 되는 장면에서 나오듯이, 지켜보는 백인이 없기 때문에 재스퍼가 일을 하지 않고 빈둥거린다거나 어느 집이나 노예들이 틈만 나면 주인집의 갖가지 물건과 음식을 훔친다는 사실도 그 지속불가능성을 뒷받침한다. 마크 트웨인이 인종주의를 얼마나 극복한 백인 작가였느냐는 점에 대해 평자마다 의견이 다르고, 『얼간이 윌슨』에서도 '깜둥이'에 대한 애매한 발언들이 논란을 낳는다. 그러나 작중 화자가 흑인 노예들의 좀도둑질에 대해 "자신에게서 값으로 따질 수 없는 보물──자신의 자유──을 매일매일 강탈하는 사람에게 최후의 심판 날에 하느님이 기억할 만한 그 어떤 죄도 짓는 게 아니라고 완벽하게 확신했던 것이다"(30면)라고 진술할 때 우리는 작품에

구현된 기본 시각에 대해서는 의심하기 어렵다.

이 작품에는 '강 아래'라는 표현이 자주 나온다. 소위 '깊은 남부' 지역, 즉 가장 남쪽의 앨라배마, 조지아, 루이지애나, 미시시피 주 등은 대규모 농장(플랜테이션 농장)에서 집약적 노예노동을 통해 면화, 담배 등 수익성 높은 작물들을 재배했다. 당연히 이런 대농장의 노동조건과 생활여건은 도슨스랜딩의 '가내노예'들의 상황과 비교할 수 없이 열악했다. 따라서 백인들은 말을 잘 듣지 않는 노예들을 걸핏하면 '강 아래', 심지어 '더 강 아래'로 팔아버린다고 협박함으로써 다스렸던 것이다.

도슨스랜딩 같은 소읍의 가내노예들의 삶이 '강 아래'보다 훨씬 낫다는 사실은 이런 곳에서는 시간이 지남에 따라 흑백관계가 인간/비인간의 구분선을 '강 아래'보다 더 쉽게 넘어설 수밖에 없음을 뜻한다. 흑인 유모와 그 손에서 자라난 백인 아이의 관계가 종종 남다를 수밖에 없듯이, 백인 주인 가족과 흑인 노예 사이에 '온정주의'에 기반을 둔 일종의 가족적 유대가 생기기도 했다. 드리스컬 판사가 동생이 죽기 직전 그로부터 노예 체임버스의 소유권을 사는 이유가 큰 허물이 없는 노예를 톰의 생각대로 '강 아래'로 파는 것은 백인 사이에서도 손가락질감이기 때문이었다는 일화도 이런 복잡한 현실을 잘 보여준다.

실제로 남북전쟁이 임박한 시점에서 남부의 흑인 노예 중에는 글을 깨친 이도 많았고 자신의 피나는 노력과 주인과의 타협 등으로 별도의 집을 마련하여 안정된 가정을 꾸리고 상당한 재산도 축적하는 경우가 적지 않았다. 이런 개명된 흑인들이 남북전쟁 이후 재건기에 흑인 지도자로 성장하여 다수가 주의회 의원이 되는 등 놀라운 정치적 진출을 보여주기도 했다. 또 작품에서 록시의 주인이 죽기 직전에 그간의 공로를 인정하여 그녀를 해방시켜주듯이 자유인이 된 노예나 북부로 탈출하여 자유를 쟁취한 '도망노예'들도 많았다. 요컨대 흑인 노예는 비인간이지만 언제든지 인간으로 바뀔 수 있는 기이한 존재였으며, 이는 미국 남부 사회체제의 근간인 노예제의 모순과 불안정을 극명하게 보여준다.

잘 알려져 있듯이 남북전쟁은 표면상으로는 노예제도가 빌미가 되었지만 미합중국이라는 연방체제의 유지냐 해체냐 하는 쟁점이 더 결정적이었다. 링컨 대통령이 노예해방에 소극적이다가 전세를 뒤바꿀 수 있다는 정치적 판단이 섰을 때 노예해방 선언을 발표한 것도 유명한 일화이다. 근본적으로 남북전쟁은 북미대륙에서 근대 산업자본주의의 발전과 서부로의 영토 확장 과정에서 노예제에 근거하는 남부의 농업체제가 더이상 당대의 생산력 수준과 사회발전 단계에 부합하지 못했기 때문에 터졌던 것이다.

그 과정에서 노예해방을 계기로 미국사회는 근대 세계체제를 지탱하는 핵심 원리의 하나인 인종주의를 극복할 수 있는 희귀한 기회를 얻었다. 불행하게도 그 기회는 재건기의 실패로 말미암아 물거품이 되었고 남부만이 아니라 미국사회 전체가 장기간 인종차별에 기반을 둔 사회체제에 갇혀 있어야 했다. 그러한 역사적 정체의 후유증은 오늘날에도 여전히 남아 미국사회의 구석구석에서 부정적 영향을 끼치고 있다.

당대 미국 민주주의의 실상

이 소설은 인종 문제라는 당대 미국의 핵심적 모순을 중심으로 미국사회 전반을 비판하며, 흥미 위주의 소재로 노예제를 다루는 것이 결코 아니다. 따라서 백인 주요인물들의 특징이나 백인 지배층 사회의 문화적 특성을 눈여겨보는 것도 꼭 필요하다. 먼저 드리스컬 판사와 그의 친구인 변호사 펨브로크 하워드를 살펴보자. 이 두사람은 옛 버지니아 출신 일급 가문의 후예라는 사실에 대해 무한한 자부심을 느끼며, 지역 유지로서 자신이 속한 공동체의 깊은 존경을 받고 있다.

그러나 이들의 언행을 가만히 살펴보면 중요한 갈림길에서 종종 납득하기 힘든 판단과 선택을 한다. 톰이 이방인 루이지에게 걸어차인 일에 대해 결투 아닌 법적 고발을 택한 행동을 놓고 가문의 명예를 더럽혔다면서 민감하게 반응하는 귀족적 자세는 차라리 시대적 특성으로 쉽게 이해할 수 있다. 그러나 명예를 그토록 중시하는 드리스컬 판사가 선거에서 쌍둥이들을 떨어뜨리기 위해 부정한 금권 선거를 아무렇지도 않게 자행하는 것은 놀라운 일이다. 조카인 톰의 거짓말에 속아넘어간 것을 감안하더라도 드리스컬 판사는 도슨스랜딩의 가난한 우중을 돈으로 좌우하는 일에 거리낌이 없고 양심의 가책을 느끼지 않는다. 또 판사의 피살 사건에 대해 펨브로크 하워드가 증거에 입각하여 합리적으로 분석하고 판단할 생각을 하지 않는다는 점도 간과하기 어렵다. 두사람의 이러한 약점은 당대 미국사회 질서의 실상에 대해 여러가지를 생각하게 만든다. 음주 문제를 둘러싸고 공동체 전체가 둘로 갈라져 싸우는 현실이 보여주듯이 도슨스랜딩은 지도자나 일반 대중이나 이성적이고 합리적인 공론의 장을 가지고 있다고 말하기 어렵다. 이 작은 공동체는 소설의 첫 대목이 주는 인상과 달리 평화롭고 목가적이지 않으며, 주민들이 자랑하는 미국식 공동체는 그리 이상적이지도 민주적이지도 않다.

이와 관련하여 드리스컬 판사나 펨브로크 하워드가 사유재산의 절대성을 강조하는 성향이 매우 강해 결과적으로 민주주의와 거리가 멀다는 점이 흥미롭다. 가령, 드리스컬 판사와 그 벗은 "자신의 견해가 재산인 사람들이었으며, 그 어떤 사람, 심지어 친구일지라도 그 견해를 수정하거나, 보완하거나, 제안하거나, 혹은 비판할 수 없었다"(132면)라고 지적하는 대목이 눈길을 끈다. 이 인물들은 자신의 견해를 사적 소유의 절대성과 동일시함으로써 소통과 타협이 전제되는 민주주의적 자세와 갈등할 수밖에 없는 오만방자한 태도를 지니고 있다. 15장 후반부에서 판사는 조카 톰이 루이지의 비밀을 발설하지 않은 것을 칭찬한다. 그 이유는 루이지의 비밀이 "여전히 그의 재산이고 신성한 것"(174면)이기 때문인데, 이는 퍽 특이하고 우스꽝스럽기까지 하다.

드리스컬 판사로 대변되는 백인 지배자의 사고방식은 언제나 사유재산의 절대적인 신성함을 중심축으로 돌아간다. 앞서 불완전한 노예해방이 미국 역사의 행로를 결정적으로 굴절시켰다고 말했지만, 이와 같은 사유재산에 대한 물신적 이해는 해방된 흑인들에게 무상 분배를 포함하는 혁신적 방법을 통해 토지 소유를 허용하지 못한 역사적 과오와 깊이 연결되어 있다. 바로 이 점에서 주요한 백인 등장인물들에 대한 작가의 날카로운 관찰과 분석은 탁월한 것이다. 퍼시 드리스컬이 토지 투기의 실패로 빈털터리가 된다거나 록시가 증기선 근무 중에 저축한 전재산이 은행 파산으로 날라감으로써 한푼 없는 신세가 되는 얘기는 이 시대의 자유방임적 자본주의체제의 실상을 잘 보여준다. 드리스컬 판사 등의 백인 지배층이 사유재산의 신성함을 내세우며 고수하는 편협한 세계관은 이러한 자유방임주의의 버팀목으로 충실히 기능하면서 그 체제의 갖가지 모순과 폐해를 악화시켰던 것이다.

작품 주인공은 누구인가: 록시와 윌슨

많은 독자들은 작품 제목으로 내세워진 '얼간이' 데이비드 윌슨보다는 그 기구한 운명이 생생하게 그려진 록시가 진짜 주인공이라고 생각할 것이다. 록시는 그만큼 실감나는 등장인물이며, 트웨인 소설 세계에서 쉽게 찾기 힘든 빼어난 여성 인물이다. 생명력

넘치는 미모의 록시는 '강 아래'로 팔려갈 위험을 생각해서 자신의 아기를 주인의 아기와 바꿔치기할 정도로 대담하고 의지가 강하다. 아들 톰에게 배신당해 강 아래로 팔려간 상황에서 백인 남성 감독관을 때려눕히고 탈출할 정도의 강골이며, 쫓기는 몸으로 아들과 함께 밤길을 걷는 대목에서는 그토록 사랑하는 톰이지만 여차하면 정말 칼로 찔러죽일 기세이다. 무엇보다도 두뇌회전이 빠르고 정확하며 남들이 미처 생각하지도 못한 꾀를 내기도 한다.

이처럼 록시의 남다른 면은 타고난 개인적 자질도 있고 무소유의 피억압자가 종종 드러내는 특유의 통찰력 덕도 있을 것이다. 하지만 8년간 증기선의 객실 하녀로 일하며 얻은 풍부한 경험에서 나오는 경륜 또한 간과할 수 없다. 19세기 중엽 폭발적으로 성장하며 서쪽으로 팽창하던 미국에서 미시시피 강은 물류의 대동맥이었다. 마크 트웨인 자신이 젊은 시절 미시시피 강 증기선의 도선사였음은 널리 알려져 있지만, 당시 증기선은 성장과 진보, 자유와 풍요의 상징이었다. 해방된 노예로서 록시는 증기선에 일자리를 구하여 남부 소읍의 백인 가정이나 면화 재배 농장에 갇혀 있는 흑인 노예들과는 전혀 다른 삶을 살 기회를 얻었다. 바로 그 점에서 록시가 '강 아래'에서 탈출하여 강물에 투신자살하려다가 과거에 일하던 증기선을 우연히 만난 덕분에 극적으로 회생한다는 것도 예사롭지 않다.

그러나 록시는 자기 아들을 바꿔치기하여 백인 주인으로 만들어 놓은 바에는 "자신이 행한 기만의 밥"이(47면) 되지 않을 수 없으며, "모성이라는 숭고한 위치로부터 변하지 않는 노예제라는 암울한 심연"에(52면) 빠져 헤어날 길 없는 비극의 주인공이다. 그녀는 자신이 처한 삶의 조건 탓에 모순적인 사고와 언행을 보여준다. 그녀의 가슴에는 살해당한 드리스컬 판사에 대한 강한 충성심과 백인 노예주에 대한 자연스러운 분노와 원한이 공존한다. 또 결투를 회피한 아들의 비겁한 행위를 '깜둥이'의 피가 섞인 탓으로 매도하는 자기모순적인 사고방식을 보이는가 하면, 톰에게 아버지의 신원을 밝히는 장면에서 드러나듯이 일급 가문의 혈통을 자랑하는 백인 지배자들의 사고방식을 체화하고 있다. 록시는 이렇게 다면적이고 상충되는 요소를 한 몸에 지닌 인물이어서 독자로서는 책을 놓은 후에도 오래도록 잊기 힘든 살아 숨 쉬는 주인공이다.

종전의 비평에서는 윌슨을 주인공으로 보면서 그를 작가의 관점을 대변하는 중심인물로 평가하는 경우가 많았다. 하지만 그렇게 보기에는 윌슨이라는 인물에게 석연치 않은 구석이 너무 많다. 그는 도슨스랜딩에 도착한 첫날 마을 사람들에게 받아들여지기 힘든 농담을 한 붙은 때문에 '얼간이'가 되고 만다. 그의 농담 자체는 여러가지로 해석할 수 있지만, 하나의 운명으로 얽힌 백인과 흑인 간의 관계를 암시하면서 노예제에 기반을 둔 남부사회를 비꼬는 것이라고 해석할 수도 있겠다. 그러나 아이러니를 이해할 줄 모르는 이 지방 사람들은 곧장 그를 바보 취급하고 그는 타지에서 적응하지 못한 채 사회적으로 배제된 주변인의 삶을 산다. 윌슨은 똑똑하고 근면한 사람이며 곧 마을 사람들의 호감을 얻게 되지만, 그의 사회적 지위는 오래도록 개선되지 않는다. 다만 마을 최고의 유지인 드리스컬 판사만이 그를 인정하여 자유사상가협회에 끼워주지만 우스꽝스럽게도 회원은 두사람뿐이다.

윌슨은 스코틀랜드계 북부 출신 양키임에도 불구하고 남부 백인 사회의 주류적 가치관을 거부하지 않고 순응하는 모습을 보인다. 가령, 톰이 찾아와 결투를 회피한 사정을 설명할 때의 반응이 좋은 예이며, 이 점에서 그는 도슨스랜딩에 거의 동화된 남부인이라고 해야 옳다. 그런데 이러한 그의 처신과 그가 쓰는 『책력』의 내용, 즉 작가 트웨인이 각 장의 첫머리에 붙여놓기도 한 경구들이 보여주는 강렬한 냉소와 아이러니가 담긴 풍자정신이 잘 맞아떨어지지 않는다. 윌슨은 겉보기보다 복잡하고 수상쩍은 사람이며, 당대 미국 현실에 대한 대안적 존재라고 보기 곤란하다.

윌슨이라는 인물은 결코 작가의 의식이나 시선을 대변하는 인물이 아니다. 사실 윌슨은 영민한 사람이면서도 쉽게 흔들리는 면을 보여주기도 한다. 예를 들어, 그는 루이지의 희귀한 보물인 칼이 분실되었을 때 그것을 찾기 위해 좋은 책략을 내놓았지만, 톰이 찾아와 쌍둥이 형제가 칼을 도둑맞지 않았으면서도 그런 척 위장한 것인지 모른다고 거짓말을 하며 떠볼 때 순간적으로 그 말에 좌우되어 자신이 농락당한 것이 아닌가 깊이 의심한다. 그만큼 윌슨도 완벽한 이성적 시민은 아니며, 톰의 사악한 농간에 쉽게 동요할 수 있는 구석을 드러낸다. 물론 윌슨의 가장 두드러진 허점은 어느날 톰의 침실에 있는 것을 우연히 목격한 젊은 처녀의 수수께끼를 제

때 풀지 못한다는 것이다. 그는 다른 마을 사람들과 달리 과학적이고 논리적인 사고 훈련이 되어 있고 자기성찰 능력이 있는 사람이지만, 처녀의 정체에 대해 속을 끓이며 고심했음에도 불구하고 그녀가 여장 남자일 수 있다는 손쉬운 사실을 뒤늦게야 깨닫는다. 윌슨은 인간의 거짓과 악행, 어리석음을 꿰뚫어보면서도 결정적인 고비에서는 스스로가 어리석은 면모를 보이는 것이다.

따라서 독자로서는 작품에서 윌슨 또한 비판적으로 그려진다고 보는 것이 타당하다. 이와 관련하여 작품 평가에 아마도 가장 중요한 쟁점으로서 후반부의 다소 갑작스러운 작품 분위기 변화를 주목할 필요가 있다. 드리스컬 판사가 잔인하게 살해된 이후에 작품은 노예제의 비극적 현실에 대한 탐구에서 판사를 죽인 진범을 찾는 추리소설로 분위기가 바뀐다. 물론 후반부에서 쌍둥이 형제를 살인범으로 의심하기 어려운 정황을 간단히 무시하는 도슨스랜딩의 어리석은 군중심리와 그에 대항하는 윌슨의 용기있는 노력이 대비됨을 간과할 수는 없다. 그러나 당시로서는 첨단 과학인 지문 감식법을 통해 진범이 붙잡히고 록시의 아이 바꿔치기의 진실마저 밝혀지는 일견 통쾌한 탐정소설적 결말에서 용두사미의 아쉬움을 느끼는 것은 대부분의 독자에게 공통된 독서 실감일 것이다.

수상쩍은 면모가 많은 윌슨을 성공한 영웅으로 만들고 끝나는 작품 후반부가 과연 얼마나 작품의 결함이며, 또 작가가 피할 수 있는 약점이었는지는 흥미로운 토론거리이다. 분명한 것은 당대 미국의 인종문제의 핵심을 찌르기는 했으되 그것을 해결하는 구체적인 방향까지 상상할 수 없었던 트웨인의 한계, 더 정확히는 당대 미국사회의 한계가 어떤 식으로든 이러한 작품 플롯에 반영되어 있다는 점이다. 작중 화자가 억울하게 노예살이를 한 체임버스의 후일담을 전하면서 그의 "기이한 운명"은(250면) 또다른 긴 이야기가 되리라고 했지만, 트웨인은 끝내 체임버스의 후일담을 제대로 그리지 못했다. 또 록시의 비극을 끝까지 밀고 나가 정말 고전 비극에 견줄 문학적 성과를 거두지도 못했다. 그러나 이후의 작가들에게 자신이 미처 다하지 못한 문학적 탐구를 요구하는 동시에 그러한 후속 작업의 밑거름이 되었다는 점에서 『얼간이 윌슨』의 탁월함은 오래도록 빛을 발할 것이다.

번역 텍스트에 대하여

『얼간이 윌슨』은 정본 텍스트를 쉽게 확정하기 힘들다. 두가지 초고와 잡지 『쎈추리 매거진』(Century Magazine)의 연재본, 그리고 미국 출간본과 영국 출간본 등이 모두 약간씩 차이를 보인다. 이 번역본에서는 『쎈추리 매거진』을 저본으로 삼은 노턴 출판사(W. W. Norton & Company)의 재판본(2005)을 사용하되 영국에서 출간된 초판을 저본으로 하여 노턴 초판(1980)과 대조하여 수정한 옥스퍼드판(Oxford University Press 1992) 또한 참조했다. 두 판본 사이의 차이는 거의 사소한 것들이다. 역주는 여러 판본의 각주를 고루 참조하되 가독성을 위해 최소한으로 달았다. 작품 제목은 여러 판본에서 '얼간이 윌슨의 비극'(The Tragedy of Pudd'nhead Wilson)이라고 되어 있고 '비극'이라는 어구를 넣느냐 마느냐는 전문 연구자 간의 쟁점이다. 그러나 노턴판의 편집자는 모건 초고에서 마크 트웨인의 육필로 씌어진 '얼간이 윌슨, 이야기'(Puddn'head Wilson, A Tale)를 제목으로 택했는데, 역자 역시 이에 준해 한국어 제목을 '얼간이 윌슨'으로 간명하게 옮겼다.

작품 번역 과정에서 서울대 영어영문학과의 동료인 민은경 교수, 미국 럿거스 대학의 김수지 교수에게 고마운 도움을 얻었으며 이 자리를 빌려 감사드린다. 또 번역 원고를 책으로 완성하는 과정에서 원서와 대조하는 작업을 해준 정서현 선생과 오역과 오류, 어색한 표현과 문장을 숱하게 바로잡아준 창비 편집부의 권은경 선생께도 깊이 감사드린다. 번역 과정에서 남아 있는 오류와 실수는 모두 번역자의 책임이다.

김명환(서울대 영문학과 교수)

작가연보

1835년   11월 30일 미주리 주 플로리다에서 존 마셜 클레먼스와 제인 램

턴 클레먼스 사이의 4남 3녀 중 다섯째로 출생. 본명은 쌔뮤얼 랭

혼 클레먼스. 출산 예정일보다 2달 일찍 태어난 병약한 아기였음.

1839년   경제적 어려움 때문에 미주리 주 해너벌로 가족이 이사. 미시시

피 강에 면한 남부 소읍인 이곳이 성장기를 보낸 고향이 됨. 뛰어

난 입담을 가진 주변 흑인 노예들의 이야기에 푹 빠진 백인 소년

이었으며, 흑인 구전문학의 영향이 훗날 대표작『허클베리 핀의

모험』(*Adventures of Huckleberry Finn*) 등의 살아 있는 언어 구사

와 흑인 노예 묘사에서 드러남.

1843년   아버지가 치안판사로 선출됨.

1847년	아버지 사망. 어려운 가정 형편으로 인해 식료품점, 서점, 약국 등에서 일함.
1848년	신문 『미주리 쿠리어』(*The Missouri Courier*)에서 인쇄 견습공으로 일함.
1851년	형 오라이언이 인수한 신문 『해너벌 저널』(*The Hannibal Journal*)에서 인쇄 직인이자 기자로 일함.
1852년	보스턴의 한 주간지에 첫 단편 「개척민을 겁주려 든 멋쟁이 신사」(The Dandy Frightening the Squatter)를 게재.
1853~56년	해너벌을 떠나 쎄인트루이스, 뉴욕, 필라델피아, 씬시내티 등에서 인쇄업에 종사하면서, 여러 지역 신문에서 기자로 일함. 뉴욕에서는 인쇄공을 위한 무료 도서관에서 저녁마다 독서에 열중함.
1857년	미시시피 강 증기선의 견습 도선사가 됨.
1858년	세살 아래 동생 헨리가 증기선 펜실베이니아의 폭발 사고로 사망.
1859년	도선사 자격증 취득. 남북전쟁이 터지기까지 꾸준히 도선사로 일함. 당시 미시시피 강의 도선사는 후한 보수를 받으며 세인의 부러움을 사는 인기 직업이었음.
1861년	남군에 잠깐 가담하지만 곧 이탈하여 형 오라이언과 함께 서부의 네바다 주로 가서 광산 개발을 시도. 큰돈을 벌려는 욕구는 마크 트웨인을 평생 따라다니며 파산을 가져오기도 한 집착이었음.
1862~65년	네바다와 캘리포니아의 여러 정기간행물에서 기자이자 유머 작가로 활약. 1863년부터 '마크 트웨인'이라는 필명 사용. 이 필명은 미시시피 강의 증기선에서 도선사들이 안전한 항해가 가능한

최소 수심인 두길 깊이를 가리키는 항해용어에서 온 것임. 1865년 발표한 「짐 스마일리와 그의 뜀뛰기 개구리」(Jim Smiley and His Jumping Frog)로 전국적인 명성을 얻음.

1867년　『캘러베러스 카운티의 유명한 뜀뛰기 개구리와 다른 소품들』(*The Celebrated Jumping Frog of Calaveras County*) 출간. 유럽과 그리스 도교 성지를 돌며 『알타 캘리포니아』(*Alta California*)의 기자로 활약. 뉴욕에서 훗날 아내가 될 올리비아 랭던을 만남. 노예제 폐지 활동에 대해 자부심을 지닌 동부 상류층인 랭던 집안의 강한 반대에도 불구하고 그녀에게 끈질기게 구애함.

1868년　수도 워싱턴에서 네바다 주 상원의원 윌리엄 스튜어트의 비서로 잠시 일했으며 여러 신문의 기자로 활동. 캘리포니아에서는 대중 강연가, 언론인, 여행기 작가로 활약.

1869년　『해외에 나간 순둥이들』(*The Innocents Abroad*)이 큰 상업적 성공을 거둠. 당대 주요 문인이었던 윌리엄 딘 하우얼스(William Dean Howells)와 교류하기 시작. 이름난 흑인 지도자인 프레더릭 더글러스(Frederick Douglass)를 만났으며, 멤피스에서 벌어진 흑인 린치 사건을 풍자한 「단지 깜둥이일 뿐」(Only a Nigger)을 『버펄로 익스프레스』(*Buffalo Express*)에 발표. 남부 출신 백인으로서 과거에 지녔던 인종차별적 사고와 감수성에서 벗어나는 질적 변화를 보여줌.

1870년　올리비아와 결혼. 『버펄로 익스프레스』의 공동 소유주이자 부편집장이 됨. 아들 랭던 출생.

1871년	동부 코네티컷 주의 하트퍼드로 이주. 연속적인 강연 여행을 함.
1872년	딸 올리비아 쑤전 탄생. 아들 랭던 사망. 첫 영국 방문. 자전적 여행기인 『거친 생활』(*Roughing It*)로 미국의 으뜸가는 유머 작가로서의 지위를 굳히게 됨.
1873년	찰스 더들리 워너(Charles Dudley Warner)와의 공저 『도금시대』(*The Gilded Age: A Tale of Today*) 출간. 가족과 함께 유럽 여행.
1874년	딸 클라라 탄생. 하트퍼드의 저택 완성. 현재 마크 트웨인 박물관으로 사용되고 있음.
1876년	『톰 쏘여의 모험』(*The Adventures of Tom Sawyer*) 출간.
1878~79년	가족과 함께 유럽 여행.
1880년	딸 진 출생. 여행기 『해외에 나간 뜨내기』(*A Tramp Abroad*) 출간.
1881년	『왕자와 거지』(*The Prince and the Pauper*) 출간. 자신이 지지한 공화당 대통령 제임스 가필드가 흑인 지도자 프레더릭 더글러스에게 공직을 주도록 애씀.
1882년	미시시피 강 여행.
1883년	『미시시피에서의 삶』(*Life on the Mississippi*) 출간.
1884~85년	조지 W. 케이블과 함께 강연 여행. 『허클베리 핀의 모험』 출간.
1888년	발명가 토머스 에디슨을 그의 뉴저지 실험실을 찾아가 만남.
1889년	『아서 왕 궁전의 코네티컷 출신 양키』(*A Connecticut Yankee in King Arthur's Court*) 출간.
1890년	어머니와 장모가 잇따라 사망. 이후 딸 진의 간질 발병, 아내의 건강 문제 등 개인적 불행과 고통이 잇따름.

1891년	하트퍼드를 떠나 이후 10년간 빈 등 유럽 체류. 프로이트 등 당대 지식인과 예술가 들을 만나 교유.
1894년	『얼간이 윌슨』(*Pudd'nhead Wilson*) 출간. 자동 식자 기계에 대한 무리한 투자로 심각한 재정적 위기.
1895~96년	강연을 위한 세계 여행. 경제적 난관을 해결하려는 목적도 있었던 이 여행의 성과로『적도를 따라서』(*Following the Equator*)가 1897년 출간.
1896년	딸 쑤전 사망.『잔 다르끄의 개인적 회상』(*Personal Recollections of Joan of Arc*)과『탐정 톰 쏘여』(*Tom Sawyer, Detective*) 출간.
1898년	『수수께끼의 이방인』(*The Mysterious Stranger*) 집필 시작.
1899년	소설집『해들리버그를 타락시킨 사람』(*The Man That Corrupted Hadleyburg*) 출간.
1900년	미국으로 귀환하여 뉴욕에 정착. 미국이 해외에서 벌이는 인종주의적 제국주의 행태를 공개적으로 비판.
1901년	예일 대학에서 명예박사 학위 수여.
1904년	아내 올리비아가 요양차 머물던 피렌쩨에서 사망.
1905년	씨어도어 루스벨트 대통령을 백악관에서 만남. 제국주의적 대외정책을 비판한 글들이 잡지에서 잇따라 거절당함.
1906년	『인간은 무엇인가?』(*What Is Man?*)를 자비 출간.
1907년	옥스퍼드 대학에서 명예박사 학위 수여.
1909년	심장병 진단을 받음. 딸 진 사망. 정신질환을 겪던 딸 클라라는 피아니스트와 결혼하여 유럽행.

1910년	4월 21일 코네티컷 주 레딩에서 사망.
1916년	『수수께끼의 이방인』 사후 출간.

고전의 새로운 기준, 창비세계문학

오늘날 우리는 인간의 존엄과 개성이 매몰되어가는 시대를 살고 있다. 물질만능과 승자독식을 강요하는 자본주의가 전지구적으로 확산되면서 현대사회는 더 황폐해지고 삶의 질은 크게 훼손되었다. 경제성장만이 최고의 선으로 인정되고 상업주의에 물든 문화소비가 삶을 지배할수록 문학은 점점 더 변방으로 밀려나고 있다. 삶의 본질을 성찰하는 문학의 자리가 위축되는 세계에서는 가진 자와 못 가진 자 할 것 없이 모두가 불행할 수밖에 없다.

이 시대야말로 인간답게 산다는 것의 의미가 무엇인지 근본적인 화두를 다시 던지고 사유의 모험을 떠나야 할 때다. 우리는 그 여정에 반드시 필요한 벗과 스승이 다름 아닌 세계문학의 고전이라는 점을 강조한다. 고전에는 다양한 전통과 문화를 쌓아올린 공동체의 경험이 녹아들어 있고, 세계와 존재에 대한 탁월한 개인들의 치열한 탐색이 기록되어 있으며, 새로운 세상을 꿈꾸는 아름다운 도전과 눈물이 아로새겨 있기 때문이다. 이 무궁무진한 상상력의 보고이자 살아 있는 문화유산을 되새길 때만 개인의 일상에서 참다운 인간적 가치를 실현하고 근대적 삶의 의미와 한계를 성찰하는 지혜를 얻을 수 있을 것이다.

'창비세계문학'은 이러한 문제의식에서 출발한다. 세계문학의 참의미를 되새겨 '지금 여기'의 관점으로 우리의 정전을 재구성해야 할 필요성이 그 어느 때보다 절실하다. '정전'이란 본디 고정된 목록으로 존재하는 것이 아니라 그때그때 주어진 처소에서 새롭게 재구성됨으로써 생명을 이어가는 것이다. 우리는 먼저 전세계 문학들의 다양성과 차이를 존중하면서 국가와 민족, 언어의 경계를 넘어 보편적 가치에 기여할 수 있는 가능성에 주목하고자 한다. 근대를 깊이 성찰한 서양문학뿐 아니라 아시아와 라틴아메리카, 중동과 아프리카 등 비서구권 문학의 성취를 발굴하고 재평가하는 것 역시 세계문학의 지형도를 다시 그리려는 창비의 필수적인 작업이 될 것이다.

여러 전집들이 나와 있는 세계문학 시장에서 '창비세계문학'은 세계문학 독서의 새로운 기준이 되고자 한다. 참신하고 폭넓으면서도 엄정한 기획, 원작의 의도와 문체를 살려내는 적확하고 충실한 번역, 그리고 완성도 높은 책의 품질이 그 기초이다. 독서시장을 왜곡하는 값싼 유행과 상업주의에 맞서 문학정신을 굳건히 세우며, 안팎의 조언과 비판에 귀 기울이고 독자들과 꾸준히 소통하면서 진정 이 시대가 요구하는 세계문학이 무엇인지 되묻고 갱신해나갈 것이다.

1966년 계간 『창작과비평』을 창간한 이래 한국문학을 풍성하게 하고 민족문학과 세계문학 담론을 주도해온 창비가 오직 좋은 책으로 독자와 함께해왔듯, '창비세계문학' 역시 그러한 항심을 지켜나갈 것이다. '창비세계문학'이 다른 시공간에서 우리와 닮은 삶을 만나게 해주고, 가보지 못한 길을 걷게 하며, 그 길 끝에서 새로운 길을 열어주기를 소망한다. 또한 무한경쟁에 내몰린 젊은이와 청소년들에게 삶의 소중함과 기쁨을 일깨워주기를 바란다. 목록을 쌓아갈수록 '창비세계문학'이 독자들의 사랑으로 무르익고 그 감동이 세대를 넘나들며 이어진다면 더없는 보람이겠다.

2012년 가을
창비세계문학 기획위원회
김현균 서은혜 석영중 이욱연 임홍배 정혜용 한기욱

창비세계문학 31

얼간이 윌슨

초판 1쇄 발행 / 2014년 4월 25일
초판 5쇄 발행 / 2024년 2월 14일

지은이 / 마크 트웨인
옮긴이 / 김명환
펴낸이 / 염종선
책임편집 / 권은경
펴낸곳 / (주)창비
등록 / 1986년 8월 5일 제85호
주소 / 10881 경기도 파주시 회동길 184
전화 / 031-955-3333
팩시밀리 / 영업 031-955-3399 편집 031-955-3400
홈페이지 / www.changbi.com
전자우편 / lit@changbi.com

한국어판 ⓒ (주)창비 2014
ISBN 978-89-364-6431-8 03840